UM MISTÉRIO DA

RAINHA DO CRIME

Publicado originalmente em 1970

AGATHA CHRISTIE

PASSAGEIRO PARA FRANKFURT

· TRADUÇÃO DE ·

Bruna Beber

HarperCollins

Rio de Janeiro, 2023

Diretora editorial: *Raquel Cozer*

Gerente editorial: *Alice Mello*

Editor: *Ulisses Teixeira*

Copidesque: *Paula Di Carvalho*

Revisão: *André Sequeira*

Design gráfico de capa e miolo: *Túlio Cerquize*

Produção de imagens: *Buendía Filmes*

Produção de objetos: *Fernanda Teixeira* e *Yves Moura*

Fotografia: *Vinicius Brum*

Diagramação: *Abreu's System*

CIP-Brasil. Catalogação na Publicação
Sindicato Nacional dos Editores de Livros, RJ

C479p
Christie, Agatha, 1890-1976
Passageiro para Frankfurt / Agatha Christie ; tradução Bruna Beber. – 1. ed. – Rio de Janeiro : Harper Collins, 2021.
256 p.

Tradução de: Passenger to Frankfurt
ISBN 9788595085947

1. Ficção inglesa. I. Beber, Bruna. II. Título.

20-67579 CDD: 823
CDU: 82-3(410.1)

Meri Gleice Rodrigues de Souza – Bibliotecária – CRB-7/6439

HarperCollins Brasil é uma marca licenciada à Casa dos Livros Editora LTDA.
Todos os direitos reservados à Casa dos Livros Editora LTDA.
Rua da Quitanda, 86, sala 218 — Centro
Rio de Janeiro, RJ — CEP 20091-005
Tel.: (21) 3175-1030
www.harpercollins.com.br

Para Margaret Guillaume

"A liderança, além de uma grande força criativa, pode ser diabólica..."

Jan Smuts

Sumário

Introdução

A autora fala:

A primeira pergunta que se faz a um autor, pessoalmente ou por carta, é: "De onde vêm suas ideias?"

É grande a tentação de responder "Sempre recorro à Harrods", ou "Na maioria das vezes, acabo comprando na Army & Navy", ou ainda, com rispidez, "Procure na Marks and Spencer".

O consenso universal parece ser de que existe uma torneira mágica de ideias que apenas autores descobriram como abrir.

Também não é muito possível mandar o questionador de volta ao período elisabetano, quando Shakespeare indagou:

Diga, onde nasce a fantasia,
à cabeça ou ao coração se filia?
Como é gerada, como é nutrida?
Responde, responde.

A única opção é dizer com firmeza: "Da minha cabeça."

É claro que essa reposta não serve de nada. Se há simpatia pelo interlocutor, você se desarma e se esforça um pouco mais.

"Se uma ideia em particular parece interessante, e você sente que pode servir para alguma coisa, você a revira na cabeça, brinca com ela, trabalha, pondera, e, pouco a pouco, ela vai ganhando forma. Depois, claro, é necessário começar a escrevê-la. Essa parte não é tão divertida... é um trabalho árduo. Outra opção é guardar a ideia com cuidado, em um depósito, para talvez usá-la um ou dois anos depois."

É provável que a segunda pergunta — ou melhor, afirmação — seja:

"Imagino que todos os seus personagens sejam inspirados em pessoas da vida real?"

Uma negação indignada a essa insinuação monstruosa.

"Não, não vêm. Eu os invento. São *meus*. Precisam ser *meus* personagens: fazendo o que quero que façam, sendo o que quero que sejam, ganhando vida; tendo ideias próprias às vezes, mas apenas porque eu os tornei *reais*."

Então o autor teve as ideias, inventou os personagens... mas ainda falta uma terceira coisa: o cenário. Os dois primeiros vêm de fontes interiores, mas o terceiro é exterior, precisa estar no mundo, em estado de espera, inerte. Não se inventa o cenário, ele existe, é real.

Digamos que você fez um cruzeiro pelo rio Nilo e lembra-se de tudo... talvez seja exatamente o cenário que deseja para uma história. Ou almoçou em um café em Chelsea. Estava acontecendo uma briga — uma moça arrancou um tufo de cabelo de outra. É um começo excelente para o livro que pretende escrever em seguida. Você viaja no Expresso do Oriente. Como seria divertido ambientar uma trama neste cenário. Vai tomar um chá com uma amiga. Assim que chega, o irmão dela fecha o livro que está lendo, deixa-o de lado e diz: "Nada mal, mas por que cargas d'água não pediram a Evans?"

Então você decide, sem hesitar, que o livro que vai escrever em breve terá o título *Por que não pediram a Evans?*.

Ainda não sabe como Evans será. Não tem problema. Evans se revelará no tempo certo; o título, porém, está definido.

Portanto, de certo modo, você não inventa os cenários. Eles são exteriores, estão ao seu redor, já existem — basta esticar a mão e escolher. Um trem, um hospital, um hotel em

Londres, uma praia no Caribe, uma cidadezinha do interior, uma festa, um colégio para meninas.

Contudo, uma regra sempre se aplica: eles estão no mundo, falam por si. Pessoas reais, lugares reais. Um lugar assentado no tempo e no espaço. Se vai se passar no momento presente, como obter informações detalhadas além das que estão diante de seus olhos e ouvidos? A resposta é assustadoramente simples.

A imprensa lhe oferece isso todos os dias, em seu jornal matinal sob o título Notícias. Recolha-as da primeira página. O que está acontecendo no mundo hoje? O que todos estão comentando, pensando, fazendo? Aponte um espelho para o ano de 1970 na Inglaterra.

Observe a primeira página do jornal diariamente durante um mês, faça anotações, pondere, classifique.

Há um assassinato todos os dias.

Uma garota estrangulada.

Uma idosa agredida e roubada de suas parcas economias.

Rapazes e garotos... agredindo ou sendo agredidos.

Edifícios e telefones públicos destruídos e estraçalhados.

Tráfico de drogas.

Assalto ou roubo.

Crianças desaparecidas e corpos de crianças assassinadas encontrados próximos às suas casas.

A Inglaterra é isso? Ela é assim *de fato*? Há quem diga que não, ainda não, *mas poderia ser.*

O medo abre nossos olhos... medo do que pode acontecer. Não pelos acontecimentos reais, mas pelo que ocasiona as possibilidades implícitas a eles. Algumas são conhecidas, outras desconhecidas, mas *sentidas*. E não apenas em nosso país. Há parágrafos menores nas outras páginas com notícias da Europa, da Ásia, das Américas — as chamadas Notícias Internacionais.

Sequestro de aviões.

Sequestro de pessoas.

Violência.

Rebeliões.

Ódio.

Caos — cada vez mais intenso.

Tudo parece nos conduzir à veneração da destruição e ao prazer pela crueldade.

O que isso quer dizer? Uma frase elisabetana ecoa do passado e resume a vida:

(...) é um conto
Contado por um idiota, pleno de som e fúria,
Que não faz sentido.

No entanto, sabemos, por vivência própria, quanta bondade há no mundo: tantas práticas altruístas, a benevolência do coração, os atos de compaixão, a gentileza entre vizinhos, a presteza de meninas e meninos.

Então como explicar essa atmosfera extravagante das notícias diárias... de coisas que acontecem... que são *fatos*?

Para escrever uma história neste ano de 1970 do Nosso Senhor, você precisa chegar a um acordo com seu pano de fundo. Se ele é fantasioso, então a história deve abarcá-lo. Ela também precisa ser uma fantasia, uma extravagância. O cenário precisa incluir os relatos fantásticos do dia a dia.

É possível imaginar uma ocasião extravagante? Uma silenciosa luta pelo poder? Um desejo insano de destruição pode construir um mundo novo? Alguém pode ir mais adiante e propor a salvação por meios fantásticos aparentemente impossíveis?

Nada é impossível, a ciência já provou isso.

Essa história é, em essência, uma fantasia. Ela finge não passar disso.

Entretanto, a maioria das coisas que acontece nela também acontece, ou está prestes a acontecer, no mundo atual. Não é uma história impossível — é só uma história fantástica.

Livro I

Viagem interrompida

Capítulo 1

Passageiro para Frankfurt

— Afivelem os cintos, por favor.

Os diversos passageiros do avião demoraram a acatar o comando. Pairava no ar a impressão de que não podiam já estar chegando a Genebra. Os sonolentos suspiraram e bocejaram. Os adormecidos tiveram que ser acordados gentilmente por uma aeromoça autoritária.

— Os cintos, por favor.

A voz árida saiu pelos alto-falantes em tom imperativo. Em alemão, em francês e em inglês, ela explicava que passariam por uma breve turbulência. Sir Stafford Nye abriu a boca, bocejou e se endireitou no assento. Despertava de um sonho alegre no qual pescava em um rio inglês.

Era um homem de 45 anos, estatura mediana e rosto recém-barbeado de aparência macia, bronzeada. Na vestimenta, preferia esboçar o bizarro. Vindo de excelente família, satisfazia com tranquilidade qualquer tipo de capricho de alfaiataria. Se essa postura por vezes incomodava seus colegas mais convencionais, a reação deles lhe trazia uma fonte de prazer malicioso. Ele parecia um almofadinha do século XVIII. Gostava de chamar atenção.

Ao viajar, sua vaidade preferida era esbanjar uma capa de bandoleiro que comprara na Córsega. De um azul-púrpura muito escuro, tinha um forro escarlate e uma espécie de albornoz pendurado às costas que servia para cobrir-lhe a cabeça quando desejasse se proteger do vento.

Sir Stafford Nye era a decepção das rodas diplomáticas. Reconhecido na juventude por seus talentos para grandes conquistas, falhara em cumprir tal promessa. Um senso de humor peculiar e diabólico costumava afligi-lo nos momentos mais sérios. Nos momentos mais importantes, descobriu que sempre preferia satisfazer sua malícia a se entediar. Era um figurão da vida pública, mesmo sem nunca ter alcançado destaque em coisa alguma. Havia um consenso de que Stafford Nye, apesar de brilhante, não era — e provavelmente nunca seria — confiável. Em tempos emaranhados tanto para a política quanto para as relações internacionais, sobretudo se o objetivo era chegar a um cargo de embaixador, preferia-se confiabilidade a brilhantismo. Sir Stafford Nye ficava sempre no banco de reserva, embora vez ou outra recebesse missões nas quais era necessário dominar a arte da intriga, mas de baixa importância pública. Os jornalistas costumavam se referir a ele como o azarão da diplomacia.

Se Sir Stafford se decepcionava com sua carreira, ninguém jamais soube. Talvez nem o próprio soubesse. Tinha lá suas vaidades, mas adorava ceder às tendências travessas.

Voltava de uma comissão de inquérito na Malásia que achara especialmente desinteressante. Em sua opinião, seus colegas já haviam decidido de antemão quais seriam os resultados. Assistiram e ouviram a tudo com atenção, mas as opiniões preconcebidas deles não foram afetadas. Sir Stafford criara alguns impedimentos, mais para atormentá-los do que por qualquer convicção notória. De toda forma, pensou, deixara as coisas mais animadas. Desejava que houvesse mais oportunidades de tomar atitudes como aquela. Seus colegas haviam sido sensatos, honestos, mas de amofinação indisfarçável. Até a notável Mrs. Nathaniel Edge, única mulher da comissão, conhecida por ser obstinadíssima, não se deixara enganar diante de fatos óbvios. Ela observava, ouvia com atenção e não se arriscava.

Já a encontrara antes, por ocasião de um problema em uma das capitais dos Bálcãs. Foi lá que Sir Stafford Nye não conseguiu discordar de algumas propostas interessantes. O jornal famoso por sua tendência ao escândalo, *Inside News*, insinuara que a presença de Sir Stafford Nye naquela capital dos Bálcãs estava intimamente ligada aos problemas da região, e que sua missão era um segredo bastante delicado. Um conhecido lhe enviara uma cópia da matéria com o trecho em destaque. Sir Stafford não se abalou. Leu o texto com um sorriso satisfeito. Regozijou-se em saber o quão distantes os jornalistas estavam da verdade. Sua presença em Sófia devia-se a um interesse inofensivo pelas flores raras e silvestres e ao chamado urgente de uma amiga já idosa, Lady Lucy Cleghorn, uma incansável caçadora dessas raridades florais esquivas que, a qualquer momento, escalaria um penhasco ou se atiraria em um pântano com alegria caso avistasse uma florzinha de nada, cujo nome em latim era inversamente proporcional ao seu tamanho.

Um grupo pequeno de admiradores já se dedicava a essa expedição botânica nas encostas das montanhas havia dez dias quando Sir Stafford se deu conta de que era uma pena que o parágrafo do jornal não fosse verídico. Ele já estava um pouco — só um pouco — cansado de flores silvestres e, por mais que nutrisse tamanho afeto por sua querida Lucy, a habilidade da mulher de escalar montanhas a toda velocidade, facilmente o ultrapassando a despeito de ser uma sexagenária, por vezes o irritava. Para onde olhasse, dava de cara com os fundilhos em azul-real da calça de Lucy, que embora fosse esquálida, tinha nádegas largas demais para usar uma calça de veludo azul-real. Uma bela intriga internacional agora, pensou, não seria uma má ideia....

No avião, a voz metálica soou de novo pelos alto-falantes. Dizia aos passageiros que, devido ao forte nevoeiro em Genebra, o avião faria um desvio para o aeroporto de Frankfurt e de lá partiria para Londres. Passageiros com destino a Genebra seriam reencaminhados de Frankfurt o mais rápido possível. Não fez diferença para Sir Stafford Nye. Caso houvesse nevoeiro em Londres, pressupôs que redirecionariam o avião para Prestwick. Mas esperava que isso não acontecesse. Já estivera em Prestwick vezes demais. A vida, pensou, e as viagens de avião, eram tão entediantes. Se ao menos... ele não sabia. Se ao menos... *o quê?*

Estava abafado no saguão de Frankfurt para passageiros em trânsito, então Sir Stafford Nye desdobrou sua capa de modo que o forro escarlate se acortinasse espetacularmente sobre seus ombros. Ele tomava um copo de cerveja e ouvia sem atenção os inúmeros anúncios dos alto-falantes.

"Voo 4387 para Moscou. Voo 2381 com destino a Egito e Calcutá."

Viagens ao redor do mundo. Que romântico. Porém, havia algo na atmosfera do saguão de um aeroporto que esfriava o clima. Muita gente, muitos produtos à venda, muitos assentos de cores similares, muito plástico por todos os lados, muitos seres humanos por toda parte, muitas crianças chorando. Ele tentou lembrar quem tinha dito:

Eu gostaria de amar a Raça Humana;
Gostaria de amar suas caras tolas.

Chesterton, talvez? A frase era inegavelmente verdadeira. Aglomere uma determinada quantidade de pessoas e haverá uma similaridade tão dolorosa entre elas que chega a ser quase insuportável. Já um rosto interessante, pensou Sir Stafford, quanta diferença faria. Olhou com depreciação para duas moças esplendidamente bem-arrumadas, vestidas com o uniforme clássico de seu país — presumiu que fosse a Inglaterra — e minissaias curtíssimas, e outra jovem, ainda mais arrumada — bonita, de fato — que usava um terninho com uma calça que ele acreditava se chamar culote. Essa era mais avançada nos ditames da moda.

Ele não tinha muito interesse em moças bonitas que se pareciam com todas as outras moças bonitas. Gostaria de avistar alguém diferente. Uma jovem se sentou ao seu lado no assento plastificado de couro falso. O rosto dela logo chamou sua atenção. Não exatamente por ser diferente; na verdade, Sir Stafford quase parecia reconhecê-lo de algum lugar. Era alguém que já vira antes. Não lembrava onde nem quando, mas tratava-se de um rosto familiar. Tinha 25 ou 26 anos, talvez. Um nariz adunco e delicado, uma cabeleira preta pesando sobre os ombros. Folheava uma revista, mas não a lia. Na verdade, olhava para ele com certo entusiasmo. De repente, disse algo. Tinha uma voz forte de contralto, quase masculina. E com um leve sotaque estrangeiro, perguntou:

— Posso trocar uma palavrinha com o senhor?

Ele analisou a moça antes de responder. Não, não era o que se poderia pensar, não era um flerte. Era outra coisa.

— Não vejo por que não — respondeu. — Parece que estamos matando tempo.

— Neblina — comentou a moça —, neblina em Genebra, neblina em Londres, talvez. Neblina por toda parte. Não sei o que fazer.

— Ah, não precisa se preocupar — falou em um tom tranquilizador —, se depender deles, você chegará ao seu lugar de destino. São muito eficientes. Para onde vai?

— Ia para Genebra.

— Imagino que chegará lá em algum momento.

— Tenho que ir para lá *agora*. Se conseguir chegar, tudo ficará bem. Tem alguém me esperando. Ficarei em segurança.

— Em segurança? — Ele abriu um sorrisinho.

— Segurança é uma palavra que significa muita coisa, mas que não desperta o interesse das pessoas nos dias de hoje. Porém, é uma palavra e tanto. Significa muito para mim, ao menos. Sabe, se eu não conseguir chegar a Genebra, se eu não conseguir entrar neste avião, ou se for encaminhada para Londres sem previsão de chegada ao destino final, serei assassinada — falou, com um olhar aguçado. — Mas imagino que o senhor não acredite nisso.

— Temo que não.

— É a verdade. Isso acontece todo dia.

— Quem quer matar você?

— Que diferença faz?

— Para mim, nenhuma.

— Acredite se quiser. Estou falando a verdade. Preciso de ajuda. Ajuda para chegar em segurança a Londres.

— E por que fui o escolhido para tal missão?

— Porque acho que o senhor sabe algo sobre a morte. Que a conhece, talvez a tenha visto de perto.

Ele a encarou e depois desviou o olhar.

— Mais alguma razão? — perguntou.

— Sim. Isso. — Ela esticou a mão morena para tocar as dobras de sua volumosa capa. — Isso aqui.

Aquilo atiçou seu interesse pela primeira vez.

— O que quer dizer?

— É uma peça... incomum. Não é todo mundo que usa algo do tipo.

— Tem razão. É uma de minhas extravagâncias.

— O tipo de extravagância que poderia ser útil para mim.

— Como assim?

— Vou lhe fazer uma proposta. É possível que a recuse, mas acredito que não, pois suponho que seja um homem que gosta de correr riscos. Assim como sou uma mulher que se arrisca.

— Conte-me seu plano — disse ele, com um sorrisinho.

— Quero sua capa. E seu passaporte. Sua passagem também. Em breve, daqui a uns vinte minutos, começará o embarque para Londres. Preciso de seu passaporte e de sua capa. Assim irei para Londres e chegarei lá em segurança.

— Pretende se passar por mim? Ah, minha cara...

Ela abriu a bolsa e sacou um espelhinho quadrado.

— Aqui — disse ela. — Olhe para mim e em seguida para seu rosto.

Enfim reconheceu no rosto da moça algo que angustiara seus pensamentos minutos antes. Sua irmã, Pamela, morta vinte anos atrás. Sempre foram bastante parecidos, ele e Pamela. Fortes traços familiares. Pamela tinha um rosto um pouco másculo. O dele, decerto na tenra infância, era um pouco efeminado. Ambos tinham narizes aduncos, um formato parecido de sobrancelha, um sorriso enviesado no canto dos lábios. Pamela fora uma mulher alta, mais de um metro e setenta, ele, quase um metro e oitenta. Olhou para a mulher que lhe oferecera o espelho.

— Você se refere a uma semelhança facial entre nós, não? Mas, minha querida, isso não enganaria as pessoas que nos conhecem.

— É claro que não. Não entende? Não é necessário. Já estou de calça. O senhor viajou com o capuz da capa sobre o rosto. Só preciso cortar o cabelo, embrulhá-lo em um jornal e jogar no lixo. Aí basta vestir sua capa e usar sua passagem e seu passaporte. A não ser que tenha algum conhecido neste avião, e imagino que não, ou já teria sido cumprimentado, posso seguramente me passar por você. Apresento seu passaporte quando necessário e mantenho a capa e o capuz de modo a só revelar nariz, olhos e boca. Posso desembarcar tranquilamente quando chegar ao destino porque ninguém saberá que sou eu. Saio do aeroporto em segurança e desapareço na multidão de Londres.

— E como eu fico? — perguntou Sir Stafford, com um sorrisinho.

— Posso fazer uma sugestão, se o senhor tiver coragem...

— Vá em frente. Gosto de ouvir sugestões.

— Levante-se, saia deste saguão e vá comprar uma revista, um jornal ou uma lembrancinha. Deixe sua capa aqui no assento. Quando voltar, sente-se em outro lugar, digamos que na última fileira de assentos, no extremo oposto de onde estamos. Haverá um copo à sua frente, *esse* copo. Nele, um sonífero. Procure um canto sossegado para dormir.

— E o que acontecerá depois?

— Em teoria, o senhor terá sofrido um assalto — explicou ela. — Alguém colocou algumas gotas de sonífero em seu copo e roubou sua carteira. Algo assim. O senhor se apresenta, diz que seu passaporte e o restante de seus pertences foram roubados. Será fácil provar sua identidade.

— Você sabe quem eu sou? Sabe meu nome?

— Ainda não. Ainda não vi seu passaporte. Não faço ideia de quem seja.

— Mas afirma que vai ser fácil provar minha identidade.

— Sou boa nisso, entendo de pessoas. Sei quem é importante e quem não é. O senhor é uma pessoa importante.

— E por que eu aceitaria participar disso?

— Para salvar a vida de um ser humano, talvez.

— Essa história não é fabulosa demais?

— Ah, sim. Quase inacreditável, não acha?

Ele olhou para ela, pensativo.

— Sabe o que você parece? Uma bela espiã de um filme de suspense.

— Pode ser. Mas não sou bonita.

— E espiã?

— Talvez me descrevam assim. Guardo certas informações. Informações que devo preservar. E acredite em mim, são informações valiosas para seu país.

— Não acha que está exagerando no absurdo?

— Sim. Se estivesse lendo sobre isso, acharia absurdo. Mas tantos absurdos são verdadeiros, não são?

Ele olhou para ela novamente. Era muito parecida com Pamela. A voz, apesar do sotaque, era igual à de Pamela. Fizera uma proposta ridícula, desvairada, inacreditável e provavelmente perigosa. Perigosa para ele. É lamentável, porém, que esse tenha sido justamente o motivo que o atraiu. E que desplante aquela sugestão final! Qual seria o desfecho daquela loucura? É certo que seria interessantíssimo descobrir.

— O que ganho com isso? — perguntou ele. — Gostaria de saber.

Pensativa, ela o olhou e respondeu:

— Diversão. Uma animada na rotina? Um antídoto para o tédio, talvez. Não temos muito tempo. A decisão é sua.

— E o que acontece com o *seu* passaporte? Devo comprar uma peruca? Se é que vendem isso por aqui. Preciso me passar por mulher?

— Não. Não precisa se passar por nada. Você foi dopado e assaltado, mas continua sendo você mesmo. Decida-se. O tempo está acabado. Preciso me disfarçar.

— Você venceu — disse ele. — Não se rejeita o extraordinário quando ele nos é oferecido de bandeja.

— Esperava por essa resposta, mas foi um tiro no escuro.

Stafford Nye tirou o passaporte do bolso e guardou-o no bolso externo da capa. Então se levantou, bocejou, olhou ao redor, consultou o relógio e caminhou em direção a um balcão onde várias coisas estavam à venda. Sequer olhou para trás. Comprou um livro de bolso e apalpou alguns animais de pelúcia, um presente adequado a uma criança. Por fim, escolheu um panda. Deu uma olhadela no salão e voltou para o lugar onde estivera sentado. A capa tinha sumido, assim como a moça. O copo de cerveja continuava no lugar. É aqui, pensou, que está o risco. Pegou o copo, deu uma balançadinha e bebeu. Não de uma vez. Bem devagar. O gosto era basicamente o mesmo.

— Vamos ver — disse Sir Stafford —, vamos ver.

Ele atravessou o saguão até o outro extremo. Uma família barulhenta estava esparramada por ali, rindo e tagarelando. Sentou-se próximo a eles, bocejou, apoiou a cabeça no encosto de cabeça. Fizeram a chamada de um voo para Teerã. Um grande número de passageiros se levantou e entrou na fila do portão indicado. Ainda restavam diversas pessoas no saguão. Abriu seu livro de bolso. Bocejou de novo. Sentiu muito sono, sim, o sono começou a dominá-lo... Só precisava escolher o melhor lugar para dormir. Um lugar confortável...

A companhia Trans-European anunciou o embarque de seu avião, voo 309 para Londres.

Uma boa meia dúzia de passageiros se levantou para atender ao chamado. A essa altura, no entanto, mais passageiros já tinham entrado na sala de embarque para aguardar seus voos. Foram feitos novos anúncios de nebulosidade em Genebra e outros contratempos. Um homem magro, de estatura mediana, vestindo uma capa azul-escura com forro escarlate à mostra e um capuz puxado sobre a cabeça de cabelo curto, não muito menos descuidado do que o dos rapazes de hoje em dia, cruzou o salão para entrar na fila de embarque do avião. Apresentando o cartão embarque, cruzou o portão de número 9.

Mais anúncios de voo se seguiram. Swissair para Zurique. BEA para Atenas e Chipre... até que um anúncio diferente saiu dos alto-falantes.

— Miss Daphne Theodofanous, passageira do voo para Genebra, queira por favor comparecer ao balcão de embarque. A aeronave para Genebra está atrasada devido ao nevoeiro. Passageiros seguirão por Atenas. O embarque será encerrado em breve.

Seguiram-se outros anúncios para passageiros a caminho do Japão, do Egito, da África do Sul, linhas áreas que cruzavam o mundo todo. Mr. Sidney Cook, com destino à África do Sul, também foi convidado a comparecer ao balcão de embarque para receber um comunicado. E mais um chamado para Daphne Theodofanous.

— Essa é a última chamada para o voo 309.

Em um canto da sala de embarque, uma garotinha olhava para um homem de terno preto que dormia profundamente, a cabeça recostada na almofada do assento vermelho. Nas mãos, um pequeno panda de pelúcia.

A garotinha esticou a mão na direção do panda. A mãe advertiu:

— Joan, não toque nisso. Deixe o pobre senhor dormir.

— Para onde ele vai?

— Talvez vá para a Austrália também — disse a mãe —, no nosso voo.

— Será que ele tem uma filhinha também?

— Acho que sim — respondeu a mãe.

A menina suspirou e olhou de novo para o panda. Sir Stafford Nye continuou dormindo. Sonhava que tentava matar um leopardo. Um animal perigoso, dizia ao guia do safári que o acompanhava: "Ouvi dizer que é um animal bastante perigoso. Não se pode confiar em um leopardo."

De repente, o sonho se transformou, como é comum acontecer em sonhos, e ele tomava chá com sua tia-avó Matilda, tentando se fazer entender. Estava mais surda do que nunca! Ele não tinha escutado nenhum dos anúncios além da primeira chamada para Miss Daphne Theodofanous. A mãe da garotinha disse:

— Sempre fico me perguntando o que aconteceu com os passageiros que não apareceram para embarcar. É tão comum ouvir esse tipo de chamado em aeroportos. Alguém que não aparece. Alguém que não ouviu o anúncio ou não entrou no avião. Sempre me pergunto que pessoa é essa e *o que* pode ter acontecido para ela não comparecer. Acredito que essa Miss Fulana tenha acabado de perder o avião. O que será que acontece depois?

Ninguém conseguiu responder porque ninguém tinha a informação apropriada.

Capítulo 2

Londres

O apartamento de Sir Stafford Nye era bastante agradável. Tinha vista para o Green Park. Ele ligou a cafeteira e foi dar uma olhada nas entregas do carteiro daquela manhã. Nada parecia interessante. Folheou a pilha de correspondência: uma ou duas contas, um recibo e cartas com carimbos sem graça. Juntou tudo e colocou sobre a mesa onde já havia correspondência acumulada dos dois últimos dias. Em breve teria que resolver aquelas coisas, pensou. Sua secretária chegaria em algum momento da tarde.

Ele voltou à cozinha, serviu-se de café e levou aquela papelada para a mesa. Escolheu uma ou outra carta que abrira na noite anterior, quando chegou em casa. Demorou-se em uma das cartas e deu um sorrisinho ao lê-la.

— Onze e meia — disse. — Um horário plausível. Talvez. É melhor eu pensar um pouco e me preparar para o encontro com Chetwynd.

Houve um barulho na caixa de correio. Ele foi ao corredor e pegou o jornal. Não havia grandes notícias. Uma crise política, um parágrafo sobre notícias internacionais que poderia soar alarmante, mas não lhe parecia ser. Era só um jornalista desabafando e tentando dar mais importância a coisas desimportantes. Eles precisam fornecer matérias às pessoas. Uma garota estrangulada no parque. Garotas eram estranguladas a todo momento. Uma por dia, pensou, com indiferença.

Nenhuma criança sequestrada ou estuprada hoje. Que grata surpresa. Fez uma torrada e tomou o café.

Depois disso, saiu do prédio, desceu a rua e caminhou pelo parque em direção a Whitehall. Sorria para si mesmo. A vida parecia tão boa naquela manhã. Começou a pensar em Chetwynd. Chetwynd era um grande pateta. Boa aparência, com jeito de importante e mente desconfiada. Ele adoraria conversar com Chetwynd.

Chegou sete minutos atrasado a Whitehall. E o motivo era que, comparando-se a Chetwynd, ele era mais importante. Entrou no cômodo. Chetwynd estava sentado à escrivaninha atulhada de papéis com uma secretária ao lado. Parecia alguém de imensa importância, como sempre tentava parecer em qualquer oportunidade.

— Olá, Nye — cumprimentou Chetwynd, com um grande sorriso no belo rosto. — Feliz em estar de volta? Como estava a Malásia?

— Quente — respondeu Stafford Nye.

— Claro. Deve ser assim sempre. Você fala do clima atmosférico, certo? Não do político.

— Ah, sim, apenas do atmosférico — concordou Stafford Nye.

Ele aceitou um cigarro e se sentou.

— Voltou com respostas?

— Ah, que nada. Não o que você chamaria de resposta. Enviei meu relatório. O mesmo blá-blá-blá de sempre. Como vai Lazenby?

— Ah, o mesmo estorvo de sempre. Aquele ali não muda nunca — disse Chetwynd.

— É, seria querer demais. Eu nunca tinha trabalhado com Bascombe antes. Ele é muito divertido quando quer.

— É mesmo? Não o conheço direito. Mas sim, talvez realmente seja.

— Muito bem, muito bem... Mais alguma novidade?

— Não, nada. Nada que seja de seu interesse.

— Você não chegou a mencionar na carta o motivo para me encontrar.

— Ah, só para ver como estavam as coisas, nada mais. Saber se tinha alguma informação confidencial para passar. Algo para o qual devêssemos nos preparar. Questões da Câmara. Coisas assim.

— Ah, sim, claro.

— Voltou de avião, não? Soube que teve alguns contratempos.

Stafford Nye reagiu com a expressão que ensaiara antes. Levemente pesarosa com um toque de aborrecimento.

— Ah, chegou aos seus ouvidos, é? — perguntou. — Besteira.

— Sim, imagino.

— É incrível — disse Stafford Nye — como essas coisas sempre chegam à imprensa. Havia até um parágrafo no jornal hoje de manhã.

— E você preferiria que não tivesse saído nada?

— Bem, me faz parecer um idiota, não acha? — perguntou Stafford Nye. — Não dá para negar. Ainda mais na minha idade!

— O que aconteceu exatamente? Fiquei me perguntando se a matéria havia sido exagerada.

— Olha, acho que eles tiraram proveito da situação, só isso. Você sabe como são essas viagens. Um tédio de lascar. Nevoeiro em Genebra, tiveram que refazer a rota. Esperei duas horas em Frankfurt.

— Aí deu no que deu?

— É. Uma lástima o tempo que se perde em aeroportos. Aviões pousando, aviões decolando. Os alto-falantes a toda. Voo 302 para Hong Kong, voo 109 para a Irlanda. Um anúncio atrás do outro. Pessoas se levantando a qualquer momento, pessoas partindo. E você ali morrendo de sono.

— Mas o que aconteceu exatamente? — perguntou Chetwynd.

— Bem, eu tinha comprado uma bebida, uma cerveja, para ser mais exato, então fui atrás de algo para ler. Já tinha lido tudo que podia, então fui atrás de um livro de bolso. Um romance policial desses, e comprei um animal de pelúcia para minha sobrinha. Depois voltei, terminei a cerveja, abri o livro e caí no sono.

— Entendo. Você adormeceu.

— Muito natural, não acha? Acredito que nesse meio-tempo anunciaram meu voo, mas não ouvi. E acho o motivo compreensível. Afinal, sou capaz de dormir em um aeroporto em qualquer situação, mas também consigo ouvir avisos que me dizem respeito. Dessa vez, não consegui. Quando acordei, ou voltei a mim, dependendo do ponto de vista, estava sendo atendido por um médico. Parece que colocaram um sedativo ou algo parecido em minha cerveja. Deve ter sido enquanto eu comprava o livro.

— Um evento um tanto extraordinário, não acha? — comentou Chetwynd.

— Nunca tinha me acontecido antes — disse Stafford Nye. — E espero que não se repita. Você fica se sentindo um idiota. Sem falar da ressaca. Lembro que tinha um médico e uma enfermeira. Mas enfim, pelo visto não houve consequências graves. Roubaram minha carteira com um pouco de dinheiro e meu passaporte. É complicado. Felizmente não tinha muito dinheiro. Meus cheques de viagem estavam no bolso interno. E sempre tem toda aquela burocracia quando você perde o passaporte. Mas eu tinha umas cartas e outras coisas que facilitaram a identificação. Enfim, consegui resolver tudo e peguei meu voo.

— Mesmo assim, que situação chata — falou Chetwynd. — Digo, para um homem de status como você. — Havia um tom de reprovação na voz dele.

— Pois é. Nem um pouco lisonjeiro. Não me faz parecer tão inteligente quanto um homem de, hum, status deveria ser — disse Stafford Nye, parecendo achar graça do termo.

— Você descobriu se isso acontece com frequência?

— Creio que não é tão comum. Mas poderia ser. Suponho que qualquer batedor de carteira consiga detectar um camarada adormecido e enfiar a mão leve no bolso do alvo. Caso seja um profissional bem-sucedido, descola uma carteira ou um livro de bolso, depois, é contar com a sorte.

— Muito ruim perder o passaporte.

— Pois é, vou ter que tirar um novo. Provavelmente dar um monte de explicações. Como falei, foi uma patacoada. E, sejamos sinceros, Chetwynd, não é nada lisonjeiro para minha imagem, é?

— Ah, meu caro, você não teve culpa. Pode acontecer com qualquer um, qualquer um mesmo.

— Gentileza sua — disse Stafford Nye, sorrindo em concordância. — É bom para eu aprender a lição, não é?

— Você não acha que alguém em especial poderia ter interesse em *seu* passaporte?

— Acho que não. Por que teriam? A não ser que quisessem me aborrecer, mas isso não me parece plausível. Ou alguém que queira usar minha foto como decoração... o que é ainda mais improvável!

— Você encontrou alguém conhecido em... onde estava mesmo... Frankfurt?

— Não, ninguém.

— Conversou com alguém?

— Nada de mais. Troquei umas palavrinhas com uma mulher gorda simpática que tentava entreter um filho pequeno. Iam de Wigan, acho, para a Austrália. Não me lembro de mais ninguém.

— Tem certeza?

— Ah, teve uma mulher que queria saber como agir caso quisesse estudar arqueologia no Egito. Falei que não sabia nada a respeito e que ela deveria procurar o Museu Britânico. E troquei também umas palavras com um homem que julguei ser um antivivisseccionista. Muito apaixonado pelo assunto.

— Mas é de se desconfiar — comentou Chetwynd — que exista algo *por trás* de situações como essa.

— Que situações?

— Ora, como essa que aconteceu com você.

— Não sei o que pode haver por trás disso — falou Sir Stafford. — Ouso dizer que os jornalistas seriam capazes de inventar histórias, eles são muito espertos nesse tipo de coisa. Ainda assim, foi uma tolice. Pelo amor de Deus, vamos esquecer esse assunto. Agora que está na imprensa, todos os meus amigos me farão perguntas. Como vai o velho Leyland? O que ele anda aprontando? Ouvi comentários sobre ele lá fora. Leyland sempre fala um pouco demais.

Os dois homens trocaram amenidades por mais alguns minutos, então Sir Stafford se levantou para ir embora.

— Tenho algumas coisas para fazer esta manhã — explicou. — Comprar uns presentes. O problema de quando se vai para a Malásia é que todos os parentes esperam que você compre presentes exóticos. Acho que vou dar uma volta na Liberty. Eles têm ótimas opções de artigos orientais.

Saiu animadamente da sala, acenando para dois conhecidos no corredor. Quando foi embora, Chetwynd falou com a secretária pelo telefone.

— Pergunte ao Coronel Munro se ele pode vir aqui.

O Coronel Munro chegou acompanhado de outro homem alto de meia-idade.

— Não sei se já foi apresentado a Horsham — falou o coronel —, da Segurança.

— Acho que já nos conhecemos — respondeu Chetwynd.

— Nye acabou de sair, não foi? — perguntou o Coronel Munro. — Alguma novidade sobre aquela história de Frankfurt? Algo digno de importância?

— Parece que não. Ele está um pouco incomodado com tudo. Acha que fez papel de idiota. O que é verdade.

O homem de nome Horsham assentiu.

— É assim que ele enxerga a situação?

— Bem, ele tentou amenizar o acontecido — disse Chetwynd.

— Mesmo assim — disse Horsham —, ele não é realmente um idiota, é?

Chetwynd deu de ombros e respondeu:

— Essas coisas acontecem.

— Eu sei — disse o Coronel Munro —, sim, sim, eu sei. No entanto, sempre achei Nye um sujeito imprevisível. Sempre pensei que, de certa forma, ele pode não ter opiniões muito *sensatas*.

O homem de nome Horsham se pronunciou:

— Nada contra ele. Até onde *nós* sabemos, nada.

— Ah, não quis dizer isso. Não mesmo — disse Chetwynd. — É só que... como posso explicar? Ele não costuma ter uma postura séria.

Mr. Horsham achava útil ter bigode. Ajudava nos momentos em que não conseguia evitar um sorriso.

— Ele não é idiota — afirmou Munro. — É inteligente. Você não acha que... bem, não acha que pode ter alguma peça solta nessa história?

— Na versão dele? Acho que não.

— Já verificou tudo, Horsham?

— Não tive tempo. Pelo que sei, não há nada de errado. Mas o passaporte dele *foi* usado.

— Usado? Como?

— Esteve em Heathrow.

— Quer dizer que alguém se passou por Sir Stafford Nye?

— Não, não — respondeu Horsham —, não exatamente. Aí já seria demais. Foi com outros passaportes. Não houve alarde. Ele ainda nem tinha acordado da droga ou do que quer que seja que lhe deram para tomar àquela hora. Ainda estava em Frankfurt.

— Mas alguém pode ter roubado o passaporte, entrado no avião e desembarcado na Inglaterra?

— Sim — respondeu Munro —, é o que parece. Ou a pessoa pegou a carteira pelo dinheiro e tinha um passaporte, ou queria um passaporte e escolheu Sir Stafford Nye como alvo mais conveniente. Havia uma cerveja em cima da mesa, bastava colocar umas gotinhas ali, esperar o homem dormir, pegar o passaporte e contar com a sorte.

— Mas os funcionários das companhias aéreas verificam os passaportes. Devem ter percebido que não era a pessoa em questão — argumentou Chetwynd.

— Ah, decerto existiam semelhanças — disse Horsham. — Mas não era como se houvesse conhecimento sobre o desaparecimento de Nye ou qualquer coisa que chamasse a atenção para o passaporte dele. Multidões se atropelam no portão de um avião atrasado. Um homem é um pouco parecido com a foto do passaporte. Pronto. Uma olhadela, o documento é devolvido, o passageiro segue em frente. Além do mais, em geral, prestam mais atenção nos *estrangeiros* que chegam, não nos ingleses. Cabelo preto, olhos azul-escuros, barbeado, um metro e oitenta e pronto. Não precisam de mais nada. O homem não estava em uma lista de estrangeiros indesejáveis nem nada parecido.

— Eu sei, eu sei. Mesmo assim, se alguém quisesse apenas afanar uma carteira com dinheiro, não usaria o passaporte. É muito arriscado.

— Claro — concordou Horsham. — Essa é a parte interessante. É claro que estamos investigando, perguntando aqui e ali.

— E o que acha?

— Prefiro não comentar ainda — disse Horsham. — Essas coisas demoram, sabe. Não dá para apressá-las.

— Eles são todos iguais — comentou o Coronel Munro quando Horsham saiu da sala. — Nunca abrem o bico, esses malditos agentes da Segurança. E se acham que têm uma pista, nunca admitem.

— Bem, faz sentido — respondeu Chetwynd. — Eles podem estar enganados.

Uma visão tipicamente política.

— Horsham é um sujeito competente — disse Munro. — Fala-se muito bem dele na repartição. Raramente se equivoca.

Capítulo 3

O homem da lavanderia

Sir Stafford Nye voltou para seu apartamento. Uma mulher gorda saltou da pequena cozinha com palavras de boas-vindas:

— Que bom que o senhor chegou bem. Malditos aviões. Nunca se sabe, né?

— Verdade, Mrs. Worrit — disse Sir Stafford Nye. — Duas horas de atraso.

— Os carros não deixam por menos — respondeu Mrs. Worrit. — Quer dizer, nunca se sabe, né, o que pode dar errado com *eles*. É que dá ainda mais aflição, né, estar lá em cima no ar, não acha? Não dá para encostar no meio-fio, é diferente, né? Pois é. Eu nunca entraria em um, mas nunquinha. — Então continuou: — Pedi umas compras. Espero que esteja de seu agrado. Ovos, manteiga, café, chá... — falou, escoando as palavras com a sagacidade de uma guia do Antigo Oriente ao mostrar o palácio de um faraó. — É isso — concluiu Mrs. Worrit, parando para respirar. — Acho que o senhor tem tudo de que precisa. Pedi a mostarda francesa.

— Não a Dijon, espero. Eles sempre tentam empurrar a Dijon.

— Eu não sei quem *eles* são, mas é uma Esther Dragon, a mostarda que o senhor gosta, né?

— Perfeito — disse Sir Stafford. — Você é incrível.

Mrs. Worrit pareceu satisfeita. Ela voltou para a cozinha enquanto Sir Stafford Nye colocava a mão na maçaneta da porta do quarto e se preparava para entrar.

— Tudo bem pelo senhor eu ter entregado suas roupas para o cavalheiro que veio buscar? O senhor não disse nada nem deixou orientação.

— Que roupas? — perguntou Sir Stafford Nye, parado à porta.

— Dois ternos, o cavalheiro pediu. Em nome da Twiss & Bonyword, acho que foi, a mesma lavanderia da última vez. Tivemos um desentendimento com aquela outra, a White Swan, se bem me lembro.

— Dois ternos? — perguntou Sir Stafford Nye. — Que ternos?

— Bem, o senhor chegou de viagem com um deles. Imaginei que só poderia ser aquele. Não me lembrava direito do outro, mas tinha um de risca azul e o senhor saiu sem deixar nenhuma orientação. Estava mesmo precisando de uma lavagem e de um reparo no punho direito, mas eu não quis consertar por conta própria sem perguntar para o senhor. Não gosto de fazer essas coisas — disse Mrs. Worrit com um ar virtuoso.

— Então quer dizer que o tal sujeito pegou os ternos?

— Espero não ter feito nada de errado, senhor — falou Mrs. Worrit, preocupada.

— O terno de risca azul tudo bem. Não tem problema. Já o terno que eu cheguei de viagem...

— É fresco demais, né, senhor, para essa época do ano, né? É bom para as partes do mundo onde o senhor vai e faz calor. E precisava de uma lavagem. O cavalheiro disse que o senhor ligou e mandou buscar. Foi o que o cavalheiro disse quando veio buscar.

— Por acaso ele entrou no meu quarto para pegar os ternos?

— Entrou sim, senhor, achei melhor deixar.

— Curioso — comentou Sir Stafford —, muito curioso.

Ele entrou no quarto e observou o cômodo. Limpo e arrumado. Era nítido o cuidado de Mrs. Worrit por ali: a cama feita, o barbeador elétrico carregado, as coisas muito bem organizadas no toucador.

Caminhou até o guarda-roupa e olhou lá dentro. Olhou as gavetas da cômoda recostada à parede perto da janela. Tudo no lugar. Na verdade, estava mais arrumado do que deveria. Ele tinha desfeito algumas malas na noite anterior e organizara tudo de maneira apressada. Jogara roupas íntimas e várias quinquilharias em uma gaveta, mas fez tudo com dispersão. Deixara para pôr ordem nas coisas entre hoje ou amanhã. Não esperava que Mrs. Worrit arrumasse nada. Sua função era apenas deixar as coisas nos lugares onde estavam. Assim, quando voltasse do exterior, teria tempo para fazer arrumações e reajustes em função da mudança de clima e outros fatores. Então alguém tinha xeretado tudo ali, revirado gavetas com pressa, mudado as coisas de lugar; mas, em parte por causa da pressa, deixara tudo mais organizado do que ele próprio. Um trabalho ágil e cuidadoso, e o sujeito saiu levando dois ternos, sem deixar maiores explicações. O terno que Sir Stafford usara na viagem e outro de tecido mais fino que provavelmente levara para a viagem e trouxera de volta. Mas por quê?

— Pois — respondeu Sir Stafford, pensativo, para si mesmo — alguém estava à procura de algo. Mas o quê? E quem? Também por quê? Sim, muito curioso.

Ele se sentou em uma cadeira e pensou sobre o assunto. Em seguida, seus olhos encontraram a mesa de cabeceira na qual repousava, com uma pose um tanto atrevida, um panda de pelúcia. Esse objeto iluminou seu raciocínio. Foi ao telefone e discou um número.

— É você, tia Matilda? — perguntou. — Quem fala é Stafford.

— Ah, meu querido, você voltou. Que alegria. Li no jornal que registraram casos de cólera na Malásia ontem, ou acho que era lá. Sempre troco o nome desses lugares. Vai vir me visitar em breve? Não finja que está muito ocupado. Ninguém está ocupado o tempo inteiro. Só dá para aceitar essa desculpa dos magnatas, dos industriais, pessoas que lidam com fusões e aquisições. Nem sei o que isso significa. Antigamente se dizia que era um trabalho honesto, mas hoje tudo tem relação com bombas atômicas e fábricas de concreto — disse tia Matilda, desenfreada. — E aqueles malditos computadores que confundem as pessoas e entendem tudo errado. Francamente, eles dificultaram muito nossa vida. Nem queira saber a bagunça que fizeram na minha conta bancária. E com meu endereço. Acho que já vivi demais.

— Não diga isso! Posso visitá-la na semana que vem?

— Pode vir amanhã, se quiser. O vigário viria para o jantar, mas posso desmarcar com ele.

— Não, imagina, não precisa.

— Ah, precisa, sim. Ele é um homem muito irritante e sei que está querendo um novo órgão para a igreja. Mas eu sei que o que eles têm está em perfeito estado. O problema é o organista, não o órgão. Um músico péssimo. O vigário tem pena dele porque acabou de perder a mãe, de quem era muito próximo. Mas olha, sinceramente, perder a mãe não faz ninguém tocar melhor um instrumento, não acha? As coisas são como são.

— Concordo. Mas só posso ir na semana que vem mesmo... tenho coisas para resolver. Como está Sybil?

— Uma criança adorável! Bagunceira, mas uma gracinha.

— Comprei um ursinho de pelúcia para ela — disse Sir Stafford Nye.

— Muito gentil de sua parte, querido.

— Tomara que ela goste — disse Sir Stafford Nye, trocando olhares com o panda e sentindo certo nervosismo.

— Olha, em todo caso, ela é educada — respondeu tia Matilda. Pareceu uma resposta um tanto dúbia, o que deixou Stafford um pouco ressabiado.

Tia Matilda avisou sobre os horários dos trens na semana seguinte, advertindo que, às vezes, eles não partiam, ou mudavam de rota, e também ordenou que ele trouxesse um camembert e meio stilton para ela.

— Está impossível comprar qualquer coisa por aqui. A mercearia do bairro, que pertencia a um homem muito simpático, atencioso e de bom gosto, de repente virou um supermercado seis vezes maior, reformou tudo, colocou gôndolas e cestas de arame para carregarmos as mercadorias e comprarmos cada vez mais coisas que não queremos, e as mães deram para perder os filhos e aí começam a chorar e ficam histéricas. É muito cansativo. Bem, fico aguardando você, meu queridinho — disse ela e desligou.

O telefone tocou novamente.

— Alô? Stafford? É Eric Pugh. Soube que tinha voltado da Malásia... Quer sair para jantar essa noite?

— Adoraria.

— Ótimo. No Lipits Club às 20h15?

Mrs. Worrit entrou ofegante no quarto assim que Stafford colocou o telefone no gancho.

— Tem um cavalheiro na porta esperando pelo senhor — anunciou ela. — Pelo menos, foi o que eu entendi. De qualquer forma, ele disse que o senhor não se importaria em recebê-lo.

— Qual é o nome dele?

— Horsham, senhor, como aquela cidade no caminho de Brighton.

— Horsham — repetiu Sir Stafford Nye, um pouco surpreso.

Saiu do quarto e desceu o meio-lance de escada que levava à sala de espera. Mrs. Worrit não tinha se equivocado. Era mesmo Horsham, com a mesma aparência de meia hora antes: robusto, fidedigno, covinha no queixo, bochechas coradas, bigodão grisalho e expressão impassível.

— Espero que não se importe — disse ele, agradável, ao se levantar.

— Com o quê? — perguntou Sir Stafford Nye.

— De voltar a me ver tão cedo. Nos encontramos na saída do escritório de Mr. Gordon Chetwynd... lembra?

— Sem problema — disse Sir Stafford Nye.

Ele jogou um maço de cigarros sobre a mesa.

— Sente-se. Alguma novidade, algo que se esqueceu de dizer?

— Um homem muito amigável, Mr. Chetwynd — falou Horsham. — Já conseguimos acalmá-lo, creio eu. Ele e o Coronel Munro. Estão muito preocupados com tudo isso. Com o senhor, na verdade.

— É mesmo?

Sir Stafford Nye se sentou. Sorriu, fumou, olhou pensativo para Henry Horsham e perguntou:

— E o que faremos agora?

— Estava pensando nisso, se não é curiosidade demais perguntar, o que o senhor vai fazer?

— Não me incomodo em responder — disse Sir Stafford Nye. — Vou passar uns dias com uma tia, Lady Matilda Cleckheaton. Posso passar o endereço, se quiser.

— Sei onde fica — respondeu Henry Horsham. — Bem, acho que é uma boa ideia. Ela vai ficar feliz em ver que voltou para casa são e salvo. Essa foi por pouco, não é?

— É o que pensam o Coronel Munro e Mr. Chetwynd?

— O senhor sabe como é — explicou Horsham. — Sabe muito bem. Eles estão sempre em alerta, os cavalheiros daquele departamento. Não sabem se podem ou não confiar no senhor.

— Confiar em mim? — perguntou Stafford Nye, ofendido. — O que está querendo dizer com isso, Mr. Horsham?

O outro não ficou surpreso. Apenas deu um sorrisinho.

— Sabe como é — respondeu —, o senhor é famoso por não levar as coisas a sério.

— Ah, sim. Achei que me viam como um simpatizante ao partido ou um vira-casaca. Algo do tipo.

— Ah, não, senhor, eles só não acham que seja uma pessoa séria. Pensam que gosta de pregar peças nos outros vez ou outra.

— Não se pode passar a vida inteira levando a si mesmo e aos outros a sério — disse Sir Stafford Nye, reprovador.

— Não mesmo. Mas o senhor correu um risco grave, como já pontuei, não?

— Não faço ideia sobre o que está falando.

— Vou explicar. Às vezes, as coisas dão errado, senhor, e nem sempre por causa das pessoas envolvidas. Uns veem como obra do Todo-Poderoso, outros como coisa do outro camarada... o que tem um rabo.

Sir Stafford Nye achou a explicação um tanto divertida.

— Está se referindo ao nevoeiro em Genebra?

— Exatamente, senhor. O nevoeiro em Genebra e os transtornos que causou. Alguém estava em apuros.

— Conte-me tudo — pediu Sir Stafford Nye. — Eu realmente gostaria de saber o que aconteceu.

— Bem, deram falta de uma passageira quando seu avião decolou de Frankfurt ontem. O senhor tomou uma cerveja e estava sentado em um canto do salão de embarque roncando tranquila e confortavelmente. A passageira não apareceu, mesmo depois de ter sido chamada inúmeras vezes. Por fim, é claro, o avião partiu sem ela.

— Certo. E o que aconteceu com ela?

— Também gostaria de saber. De todo modo, seu passaporte chegou ao Heathrow sem o senhor.

— E onde está agora? Já não deveria ter voltado para mim?

— Não. Acho que não. Seria eficiência demais. Foi muito preciso, aquele sedativo. Eu diria até que conveniente. O senhor apagou e não sofreu grandes efeitos colaterais.

— Tive uma ressaca devastadora — comentou Sir Stafford.

— Bem, isso não se pode evitar. Não nesse caso.

— E o que teria acontecido — perguntou Sir Stafford —, já que parece saber tudo sobre todas as coisas, se eu tivesse me recusado a aceitar a oferta que talvez, e insisto no talvez, tenham me feito?

— É possível que fosse o fim para Mary Ann.

— Mary Ann? Quem é Mary Ann?

— Miss Daphne Theodofanous.

— Sinto que já ouvi esse nome antes... quando chamaram a passageira ausente?

— Exato, é o nome que ela usou nessa viagem. Nós a chamamos de Mary Ann.

— Mas quem é ela... a título de curiosidade?

— Na área em que atua, é a mandachuva.

— E qual é a área dela? É nossa ou deles, se é que sabe quem "eles" são? Devo admitir que tenho um pouco de dificuldade de compreender o assunto.

— Não é fácil mesmo, entende? O que se passa com os chineses e os russos e com essa multidão estranhíssima que está por trás das revoltas estudantis, e a Nova Máfia, e aquela turma também bastante esquisita da América do Sul. Sem falar do pequeno valhacouto de financistas que parecem ter uma surpresinha embaixo da manga. É, não é fácil.

— Mary Ann — repetiu Sir Stafford Nye, pensativo. — É curioso a chamarem assim se seu nome verdadeiro é Daphne Theodofanous.

— É que a mãe é grega, o pai era inglês e o avô, austríaco.

— E o que teria acontecido se eu não tivesse feito o... empréstimo vestuário?

— Ela poderia ter sido assassinada.

— Ora. Tem certeza?

— Estamos preocupados com a situação do aeroporto de Heathrow. Coisas estranhas têm acontecido por lá, coisas que carecem de explicação. Se o avião tivesse seguido por Genebra conforme o planejado, tudo bem. Ela receberia total proteção, já estava previsto. Mas pelo trajeto que fez... não haveria tempo para rearranjos e nunca se sabe quem é quem hoje em dia. Todos fazem um jogo duplo, ou triplo, ou quádruplo.

— Está me deixando assustado — comentou Sir Stafford Nye. — Mas ela está bem, então? É isso que está dizendo?

— Espero que sim. Não tivemos notícia contrária.

— Se é que lhe serve de alguma coisa — disse Sir Stafford Nye —, vieram aqui hoje cedo enquanto eu estava fora conversando com meus companheiros no Whitehall. Um camarada fingiu que eu havia solicitado os serviços de uma lavanderia e levou o terno que usei ontem e mais um. É claro que ele pode simplesmente ter se apaixonado pelo outro terno, ou tenha o hábito de colecionar ternos de cavalheiros que acabaram de voltar do exterior. Ou... bem, será que consegue imaginar outro "ou"?

— Ele podia estar à procura de algo.

— Sim, acho que estava. Alguém procurava alguma coisa. Tudo estava arrumado com certo capricho. Diferente de como eu tinha deixado. Muito bem, ele estava procurando alguma coisa. O quê?

— Não tenho certeza — respondeu Horsham devagar. — Gostaria de saber. Algo está acontecendo... em algum lugar. Pontas soltas estão aparecendo, como um embrulho malfeito. É possível espiar daqui, espiar dali. Uma hora parece que as evidências apontam para o Festival de Bayreuth, em seguida chegam sinais de uma zona rural da América do Sul, depois encontramos alguma pista nos Estados Unidos. Há coisas sórdidas acontecendo por toda parte, e se desenvolvendo. Talvez seja um assunto político, talvez não tenha nada a ver com política. Mas provavelmente envolve dinheiro. Conhece Mr. Robinson, não? Ou Mr. Robinson conhece você, acho que foi o que ele me disse.

— Robinson? — perguntou Sir Stafford Nye, reflexivo. — Robinson. Belo nome inglês. — Ele olhou para Horsham. — Um homem alto, pálido? Gordo? Metido no mercado financeiro? Também está do lado dos anjos... é isso que está insinuando?

— Não sei nada sobre anjos — respondeu Henry Horsham. — Mas tirou o país do buraco mais de uma vez. Pessoas como Mr. Chetwynd não vão muito com a cara dele. Acham que é oneroso demais, creio eu. Mr. Chetwynd tende a ser mesquinho. Adoro fazer inimigos no lugar errado.

— É o famoso "pobre, mas honesto" — disse Sir Stafford Nye, pensativo. — Imagino que você usaria termos diferentes. Descreveria Mr. Robinson como rico, mas honesto. Ou ainda: honesto, mas rico. — Suspirou. Então prosseguiu, em tom lamurioso: — Gostaria que me explicasse tudo em detalhes. Vejo que estou envolvido em algo que não faço a menor ideia do que seja.

Ele olhou para Henry Horsham um tanto esperançoso, mas o homem balançou a cabeça.

— Ninguém sabe. Não ao certo — disse Horsham.

— E o que posso ter escondido aqui para que alguém viesse revirar tudo e procurar?

— Honestamente, não tenho a menor ideia, Sir Stafford.

— Que pena, eu também não.

— Até onde o *senhor* sabe, não há nada a ser encontrado. Mas ninguém lhe deu nada para guardar, transportar ou cuidar?

— Nada. Se está se referindo a Mary Ann, ela disse que queria salvar a própria vida, só isso.

— A menos que haja um novo texto nos jornais hoje à tarde, o senhor *salvou* a vida dela.

— Parece um final de capítulo, não parece? Que pena. Estou cada vez mais curioso. Gostaria muito de saber o que acontecerá em seguida. Vocês todos parecem estar deveras pessimistas.

— Para ser sincero, estamos. As coisas vão mal neste país. Já parou para pensar nisso?

— Entendo. Às vezes, também fico pensando...

Capítulo 4

Jantar com Eric

— Posso lhe contar uma coisa, meu caro? — perguntou Eric Pugh.

Sir Stafford Nye olhou para ele. Conhecia Eric Pugh havia muitos anos. Nunca foram amigos íntimos. O velho Eric, pensava Sir Stafford, era um tanto entediante. Por outro lado, era leal. E era o tipo de homem que, mesmo não sendo divertido, tinha o dom da memória. As pessoas lhe contavam coisas e ele se lembrava de tudo, guardava tudo. E, às vezes, trazia à tona uma informação relevante.

— Acabou de voltar daquela conferência na Malásia, não é?

— Sim — respondeu Sir Stafford.

— Alguma novidade?

— O de sempre — disse Sir Stafford.

— Ah, pensei que tinha acontecido... bem, você sabe. Que tinha acontecido algo que criasse uma bagunça.

— Como assim, na conferência? Não, só a chatice usual. Todos disseram o que se esperava que dissessem, mas de maneira desesperadoramente mais lenta do que se poderia imaginar. Não sei por que ainda compareço a esses eventos.

Eric Pugh fez um ou dois comentários tediosos sobre o real objetivo dos chineses.

— Não acho que estejam aprontando algo — retrucou Sir Stafford. — Só os mesmos rumores a que estamos acostumados, sobre as doenças do pobre Mao e quem está tramando contra ele e por quê.

— Mas e a questão árabe-israelense?

— Está se desenrolando conforme o planejado. Planejado por eles, claro. Mas o que isso tem a ver com a Malásia?

— A bem da verdade, não estava me referindo à Malásia.

— Você está parecendo a Tartaruga Falsa — comentou Sir Stafford Nye. — "Sopa da noite, mas que bela sopa!" Por que essa melancolia?

— Ah, fiquei pensando se você... Bem, me perdoe o comentário... Se você fez alguma coisa que manchasse sua reputação? Não, não é? Ou fez?

— Eu? — perguntou Sir Stafford, bastante surpreso.

— Ah, você se conhece bem, Staff. Gosta de dar uma estremecida nas pessoas, não gosta?

— Tenho me comportado de maneira impecável — respondeu Sir Stafford. — O que andam falando sobre mim?

— Ouvi dizer que houve um problema com seu avião durante a volta para casa.

— Ah, é? E quem falou?

— Bem, eu me encontrei com o velho Cartison.

— Um morrinha de marca maior. Sempre inventando coisas.

— É, eu sei. Sei que ele é assim. Mas ele contou que alguém, não sei quem, Winterton, talvez, achava que você andava tramando alguma coisa.

— Tramando coisas? Quem dera — respondeu Sir Stafford Nye.

— Disse que há uma falcatrua envolvendo espionagem e que ficou preocupado com certas pessoas.

— O que acham que eu sou? Um novo Kim Philby ou algo do gênero?

— Você sabe que às vezes pode parecer imprudente com as coisas que diz e piadas que faz por aí.

— Nem sempre é fácil resistir — justificou ele. — Todos esses políticos, diplomatas e apoiadores. Eles são tão cheios de solenidade. Gosto de provocar aqui e ali.

— Seu senso de diversão é muito distorcido, rapaz. Eu me preocupo com você de vez em quando. Eles queriam fazer algumas perguntas sobre o acontecido no voo de volta e parecem achar que você não... bem, que talvez não tenha contado a verdade.

— É isso que pensam? Interessante. Acho que preciso dar um jeito nisso.

— Mas não seja imprudente.

— Preciso ter meus momentos de diversão.

— Veja, meu camarada, não vá deixar seu senso de humor arruinar sua carreira.

— Estou chegando à conclusão de que não há nada mais entediante do que ter uma carreira.

— Eu sei, eu sei. Você sempre opta por esse ponto de vista, mas ainda não chegou tão longe na carreira quanto poderia. Você já concorreu a um posto em Viena. Não jogue tudo no lixo.

— Estou me comportando de maneira sóbria e virtuosa, fique tranquilo — assegurou Sir Stafford Nye. — Anime-se, Eric. Você é um bom amigo, mas, sinceramente, não me sinto culpado por fazer umas brincadeirinhas aqui e ali.

Eric sacudiu a cabeça, contrariado.

Foi uma noite agradável. Sir Stafford voltou para casa pelo Green Park. Quando cruzava a Birdcage Walk, um carro que disparava rua abaixo não lhe acertou por pouco. Sir Stafford era um homem atlético. Com um salto aterrissou em segurança na calçada. O carro sumiu na poeira. Isso o fez pensar. Por um momento, pôde jurar que tentaram atropelá-lo. Um pensamento curioso. Primeiro o apartamento é vasculhado. Talvez fosse um alvo agora. Poderia tratar-se apenas de uma coincidência. Contudo, no decorrer de sua vida, cuja maior parte do tempo passara em bairros e lugares violentos, Sir Stafford Nye já estivera inúmeras vezes em contato com o perigo. Ele conhecia, digamos, o toque, a sensação, o cheiro do perigo. E o sentia agora. Alguém em algum lugar estava armando algo contra ele. Mas por quê? Por qual o motivo? Até onde sabia, não pusera seu pescoço em risco. Pensamentos inundavam sua cabeça.

Entrou em seu apartamento e pegou a correspondência do chão. Nada de mais. Algumas contas e um exemplar da revista *Lifeboat*. Jogou as contas sobre a mesinha e tirou a *Lifeboat* do plástico. Vinha contribuindo com esta causa havia algum tempo. Folheou as páginas distraído, ainda absorto em pensamentos. Então, de repente, parou. Havia algo preso entre as páginas. Colado com fita adesiva. Espiou. Era seu passaporte, devolvido assim, de maneira inesperada. Retirou o documento e o examinou. O último carimbo era o de chegada ao Heathrow no dia anterior. Ela tinha usado o passaporte, chegado em segurança e resolvera devolvê-lo assim. Onde estaria agora? Ele gostaria de saber.

Pensou se um dia a veria novamente. Quem era ela? Onde fora e por quê? Era como esperar o segundo ato de uma peça. Na verdade, sentia como se o primeiro ato ainda não tivesse sido encenado. O que vira, então? Um prelúdio antiquado, talvez. Uma garota que queria se fantasiar e passar por alguém do sexo masculino, e que passara pelo controle de passaportes do Heathrow sem levantar qualquer suspeita e desaparecera Londres afora. Não, ele provavelmente nunca mais a veria. Essa ideia o incomodava. Mas, pensou, por que quero vê-la? Ela não era uma mulher tão atraente, ela não era nada. Não, isso não era verdade. Ela era alguma coisa, alguém, ou não o teria induzido assim, sem nenhum tipo de uma persuasão específica, sem um evidente apelo sexual, nada além de um simples pedido de ajuda, a fazer o que ela queria. O pedido de um ser humano para outro ser humano porque, ou assim insinuara, não em palavras, mas *de fato* insinuara, ela entendia de seres humanos e reconheceu nele um homem que estaria disposto a arriscar-se para ajudar outra pessoa. E ele de fato assumiu o risco, pensou Sir Stafford Nye. Ela poderia ter colocado qualquer coisa dentro daquele copo de cerveja. Poderia ter sido encontrado morto em um canto do salão de embarque, caso fosse a vontade dela. E se ela tivesse, como sem dúvida tinha, um conhecimento aprofundado sobre drogas, a morte dele poderia ter passado como um enfarto em decorrência da altitude, da pressão ou de qualquer coisa do tipo. Enfim, por que ficar pensando nisso? Não havia grandes chances de ele voltar a vê-la, e estava aborrecido.

Estava mesmo aborrecido, e não gostava de se sentir assim. Pensou no assunto por mais alguns minutos. Em seguida, escreveu um anúncio para ser repetido três vezes no jornal. "*Passageiro para Frankfurt. Três de novembro. Favor entrar em contato com o companheiro de viagem para Londres*." Apenas isso. Ou ela responderia, ou não. Se lesse a mensagem, saberia de quem era. Ela usara seu passaporte, sabia seu nome. Poderia procurá-lo. Poderia entrar em contato. Talvez não. Mais provável que não. Nesse caso, o prelúdio continuaria a ser apenas um prelúdio, uma peça boba de abertura que só servia para dar boas-vindas aos atrasados do teatro e entretê-los até que o espetáculo principal começasse. Muito útil no pré-guerra. No entanto, analisando as probabilidades como um todo, ele provavelmente nunca mais teria notícias dela, e o motivo principal talvez fosse que ela já tivesse feito o que viera fazer em Londres e já tivesse saído do país em um voo para Genebra, ou para o Oriente Médio, Rússia, China, América do Sul ou Estados Unidos. Por que será, pensou, que incluí a América do Sul nessa lista? Deve haver uma razão. Ela não mencionou a América do Sul. Ninguém mencionou a América do Sul. Com exceção de Horsham, é claro. E mesmo ele só a mencionara de passagem em meio a tantos lugares.

Na manhã seguinte, depois de entregar seu anúncio, enquanto caminhava lentamente para casa pelo parque St. James, seus olhos notaram, sem absorver, as flores outonais. Os crisântemos pareciam mais rígidos e formosos com seus botões dourados e bronze. O perfume sutil lhe invadia as narinas timidamente, um odor semelhante ao das cabras, como sempre lhe parecera, um cheiro que remetia às montanhas da Grécia. Ele tinha que se lembrar de ficar de olho na coluna social do jornal. Mas era cedo. Demoraria no mínimo dois ou três dias para que seu anúncio fosse publicado, e depois ainda haveria o tempo de espera para que qualquer reposta chegasse. Mas, caso houvesse uma resposta, ele não poderia deixar passar, afinal era muito irritante não saber de nada, não fazer a menor ideia do significado daquela história toda.

Tentou se lembrar não do rosto da garota do aeroporto, mas do de sua irmã Pamela. Fazia muito tempo desde sua morte. Ele se lembrava dela. É claro que lembrava, mas não conseguia visualizar seu rosto. Essa incapacidade também o irritava. Ele parou logo antes de atravessar a rua. Não havia tráfego exceto por um carro que cambaleava com solenidade semelhante à de uma viúva rica e entediada. Um carro antigo, pensou. Uma limusine Dailer antiquada. Deu de ombros. Por que estou parado aqui feito um idiota perdido em pensamentos?

Stafford deu um passo brusco para atravessar a rua e, de repente, com surpreendente vitalidade, a limusine viúva, como a definira na mente, acelerou. Uma velocidade repentina e assombrosa. Partiu para cima dele com tanta agilidade que só lhe deu tempo de saltar para a calçada em frente. O carro desapareceu em um clarão, virando a curva na travessa seguinte.

— Só me resta elucubrar — disse Sir Stafford para si mesmo. — Será que *existe* alguém que não gosta de mim? Alguém que esteja me seguindo, me vigiando a caminho de casa, a espera de uma oportunidade?

O Coronel Pikeaway, com toda a sua corpulência esparramada sobre a cadeira em sua saleta em Bloomsbury, onde se sentava das dez às dezessete com um curto intervalo de almoço, estava, como de costume, cercado por uma espessa fumaça de charuto; de olhos fechados, só demonstrava estar acordado por ocasionais piscadelas. Raramente levantava a cabeça. Uma vez disseram que ele parecia uma mistura de Buda com um sapo azul gigante, finalizado com uma pincelada, como algum adolescente desbocado adicionara, de ascendência macabra em hipopótamos.

O zumbido baixo do ramal o despertou. Piscou três vezes, abriu os olhos e estendeu a mão de aparência um tanto envelhecida para atender.

— Sim?

Era a voz da secretária.

— O ministro está aqui para ver o senhor.

— É mesmo? — perguntou o Coronel Pikeaway. — Que ministro? Da igreja batista aqui da esquina?

— Ah, não, Coronel Pikeaway, é Mr. George Packham.

— Que pena — disse o Coronel Pikeaway, asmático. — Pena mesmo. O reverendo McGill é bem mais divertido. Sinto nele um esplêndido toque do fogo do inferno.

— Posso mandá-lo entrar, Coronel Pikeaway?

— Acho que ele já gostaria de ter entrado. Os subsecretários são mais melindrosos do que os secretários de Estado — disse o coronel, sombrio. — Todos esses ministros insistem em vir aqui resmungar comigo.

Mr. George Packham entrou na sala. Tossiu e ofegou. Era a reação da maioria das pessoas. As janelas da saleta estavam lacradas. O coronel se reclinou na cadeira, totalmente coberta por cinza de charuto. A atmosfera beirava o irrespirável, e a sala era conhecida, nos círculos oficiais, como "casinha do gato".

— Ah, meu camarada — cumprimentou Mr. George de um jeito vivaz e alegre que não combinava em nada com sua aparência triste e ascética —, há quanto tempo!

— Sente-se, sente-se — disse Pikeaway. — Aceita um charuto?

Mr. George chegou a estremecer antes de responder:

— Não, não, muito obrigado.

Ele encarou fixamente as janelas, mas o Coronel Pikeaway não entendeu a indireta. Mr. George pigarreou e tossiu antes de prosseguir:

— Bem... acredito que Horsham tenha procurado você.

— Sim, Horsham veio aqui e falou um monte — contou o Coronel Pikeaway, deixando que seus olhos voltassem a se fechar devagar.

— Penso que tenha sido o correto. Digo, a visita. O mais importante é que as coisas não circulem por aí.

— Ah — disse o Coronel Pikeaway —, mas elas vão, não vão?

— Perdão?

— Elas vão circular — afirmou o Coronel Pikeaway.

— Não sei o quanto... bem... o quanto você sabe sobre essa última questão.

— Somos bastante informados por aqui — disse o Coronel Pikeaway. — É nosso dever.

— Ah, sim, claro, com certeza. Refiro-me a Mr. S.N.... sabe quem é?

— Um recente passageiro de Frankfurt — respondeu o Coronel Pikeaway.

— Um caso excepcional. Verdadeiramente extraordinário. E muito tem se especulado a respeito... não há como saber, sequer é possível imaginar...

O Coronel Pikeaway ouvia com atenção.

— O que devemos pensar? — falou Mr. George. — Você o conhece pessoalmente?

— Já cruzei com ele uma ou duas vezes — respondeu o Coronel Pikeaway.

— É impossível não especular...

O Coronel Pikeaway se esforçou para reprimir um bocejo. Já estava exausto do questionamento, da imaginação e do pensamento de Mr. George. De todo modo, não achava a maneira de raciocinar de Mr. George lá muito boa. Um homem cauteloso, que inspirava confiança pela condução cautelosa de seu departamento. Não se tratava de um homem brilhante. Talvez, pensou o Coronel Pikeaway, fosse melhor assim. Em todo caso, aqueles que pensam e questionam mas que não têm certeza de nada estão razoavelmente seguros no lugar em que Deus e os eleitores os colocaram.

— Não podemos nos esquecer — disse Mr. George —, das decepções que sofremos no passado.

O Coronel Pikeaway abriu um sorriso gentil.

— Charleston, Conway e Courtfold — falou. — Confiança total, consentimento e aprovação geral. Todos os nomes começam com a letra C, todos corrompidos, traidores.

— Às vezes me pergunto se podemos confiar em alguém — comentou Mr. George, com pesar.

— A resposta é fácil: não — respondeu o Coronel Pikeaway.

— Stafford Nye, por exemplo — disse Mr. George. — Um sujeito de boa família, excelente família, conheci o pai, o avô.

— Quase sempre acontece na terceira geração — afirmou o Coronel Pikeaway.

A observação não ajudou Mr. George.

— Não consigo evitar uma dúvida... quer dizer, às vezes ele parece não ser uma pessoa muito séria.

— Certa vez, quando era mais moço, levei minhas duas sobrinhas para conhecer o *châteaux* de Loire — disse o Coronel Pikeaway, de modo inesperado. — Um homem pescava na margem do rio. Eu também estava com a minha vara de pescar. E ele disse para mim: "*Vous n'êtes pas un pêcheur sérieux. Vous avez des femmes avec vous.*"

— Está dizendo que acha que Sir Stafford...?

— Não, não, ele nunca se envolveu muito com mulheres. O problema dele é a ironia. Ele gosta de surpreender as pessoas. Gosta de levar a melhor.

— Ora, isso não é lá muito aceitável, é?

— Por que não? — perguntou o Coronel Pikeaway. — Gostar de uma piada interna é melhor do que ter um pacto com um desertor.

— Se tivéssemos como saber que ele foi ajuizado. O que acha.. qual é sua opinião pessoal?

— Ajuizado como um juiz — disse o Coronel Pikeaway. — Se é que os juízes são ajuizados. Depende da situação, não é? — Ele sorriu. — Se eu fosse você, não me preocuparia.

Stafford Nye pousou a xícara de café. Pegou o jornal, folheou, percorreu as manchetes, e, com calma, foi até a página de anúncios pessoais. Havia sete dias que acompanhava essa coluna. Decepcionou-se, conforme era esperado. Por que cargas d'água esperava encontrar uma resposta? Seus olhos percorreram a miscelânia de peculiaridades que sempre lhe fascinava. Não eram só anúncios pessoais. Mais da metade era composta de anúncios disfarçados ou ofertas de compra e venda. Talvez devessem estar agrupados em outra seção, mas tinham ido parar ali porque desse modo saltariam mais aos olhos dos leitores. Havia um ou dois do tipo esperançoso.

"Rapaz que não gosta de pôr a mão na massa e gostaria de levar a vida na flauta adoraria arranjar um trabalho que lhe convenha."

"Garota quer viajar para o Camboja. Recusa-se a cuidar de crianças."

"Arma de fogo usada em Waterloo. Aceito ofertas."

"Glorioso casaco de pele falsa. Venda imediata. Dona está de partida para o exterior."

"Já ouviu falar de Jenny Capstan? Seus bolos são soberbos. Lizzard Street, 14, S.W.3."

O dedo de Stafford Nye parou. Jenny Capstan. Gostou do nome. Essa Lizzard Street existia? Supôs que sim. Mas nunca tinha ouvido falar. Com um suspiro, voltou a baixar o dedo pela coluna e quase na mesma hora parou outra vez.

"Passageiro de Frankfurt, quinta-feira, 11 de novembro, Hungerford Bridge, 19h20."

Quinta-feira, 11 de novembro. Era... sim, era hoje. Sir Stafford Nye se recostou na cadeira e bebeu mais café. Estava animado, encorajado. Hungerford. Hungerford Bridge. Levantou-se e foi até a cozinha. Mrs. Worrit estava cortando batatas em palitos e jogando tudo em uma bacia com água. Olhou para ele com ligeira surpresa.

— Precisa de alguma coisa, senhor?

— Sim — respondeu Stafford Nye. — Se alguém lhe dissesse o nome Hungerford Bridge, onde iria?

— Onde eu iria? — analisou Mrs. Worrit. — Se eu quisesse ir, é isso?

— Sim, partindo desse princípio.

— Bem, acho que eu iria à Hungerford Bridge, então.

— Quer dizer que iria para a Hungerford em Berkshire?

— Onde fica? — perguntou Mrs. Worrit.

— Oito milhas depois de Newbury.

— Já ouvi falar de Newbury. Meu pai apostou em um cavalo lá no ano passado. Se deu bem.

— Então você iria à Hungerford perto de Newbury?

— Não, claro que não — respondeu Mrs. Worrit. — Ir até lá… para quê? Eu iria para a Hungerford Bridge, é claro.

— Que é...?

— Ah, é perto da Charing Cross. O senhor sabe. A ponte sobre o Tâmisa.

— Sim — disse Sir Stafford Nye. — Sim, sei bem onde fica. Obrigado, Mrs. Worrit.

Ele sentia como se jogasse cara ou coroa. Um anúncio em um jornal matutino de Londres indicava a Hungerford Railway Bridge em Londres. Presumia-se, então, que era isso que o anúncio queria dizer, embora Sir Stafford Nye não tivesse muita certeza por se tratar daquela anunciante em particular. Suas ideias, pelo breve tempo que esteve com ela, eram originais. Não eram as reações comuns que se espera de qualquer pessoa. Mesmo assim, o que mais poderia fazer? Provavelmente existiam muitas Hungerfords, que, por sua vez, também deviam ter suas pontes, em várias partes da Inglaterra. Mas hoje ele tiraria a prova.

Era uma noite fria e cheia de vento com rajadas ocasionais de chuva fina. Sir Stafford Nye levantou a gola da capa de chuva e seguiu em frente. Não era a primeira vez que cruzava a Hungerford Bridge, mas nunca lhe parecera uma caminhada agradável de se fazer. O rio Tâmisa corria sob seus pés, e inúmeras pessoas apressadas como ele cruzavam a ponte. Envoltas por suas capas de chuva, chapéus aterrados na cabeça e, em todos os olhares, o mais sincero desejo de chegar em casa e escapar do vento e da chuva o mais rápido possível. Seria, pensou Sir Stafford Nye, muito difícil reconhecer alguém naquela multidão apressada. Dezenove horas e vinte minutos. Um péssimo momento para marcar qualquer tipo de encontro. Talvez ela se referisse à Hungerford Bridge de Berkshire. Enfim, tudo muito estranho.

Seguiu em frente. Manteve o passo a uma velocidade regular, sem ultrapassar os que estavam à frente, desviando dos que vinham na direção oposta. Andava rápido o suficiente para não ser ultrapassado pelos que estavam atrás, embora não fosse uma coisa impossível de ser feita. É como uma brincadeira, pensou Stafford Nye. Não seu tipo preferido de brincadeira, mas o de outra pessoa.

No entanto... também não lhe parecera o tipo de humor dela. Pessoas apressadas o ultrapassaram, empurrando-o ligeiramente. Uma mulher de capa de chuva vinha na direção dele, pisando com força no chão. Esbarrou em Stafford, escorregou e caiu de joelhos. O homem a ajudou a se levantar.

— Tudo bem?

— Sim, obrigada.

Seguiu apressada, mas, ao passar por ele, sua mão molhada, com a qual ele lhe ajudara a se levantar, depositou alguma coisa na palma da mão de Stafford e fechou-lhe os dedos. Então ela se foi, desaparecendo logo atrás, no meio da multidão. Stafford Nye seguiu em frente, mas não teria como alcançá-la. Ela tampouco queria ser alcançada. Ele avançou com pressa, apertando a coisa que carregava na mão. Enfim, depois do que pareceu um longo tempo, chegou ao outro lado da ponte, próximo a Surrey.

Poucos minutos depois, entrou em uma cafeteria, se sentou e pediu um café. Então olhou para o que tinha nas mãos. Um envelope finíssimo. Dentro dele, outro envelope branco de baixa qualidade. Abriu o segundo envelope. O que encontrou lhe deixou surpreso. Era um ingresso.

Um ingresso para o Festival Hall, na noite seguinte.

Capítulo 5

Motivo condutor wagneriano

Sir Stafford Nye se endireitou na cadeira para ficar mais confortável e ouviu às batidas persistentes de *O anel de Nibelungo*, que abria o programa.

Embora gostasse das óperas de Wagner, sem dúvida *Siegfried* não era sua favorita das quatro óperas que compunham o Anel, mas, sim, *O ouro do Reno* e *O crepúsculo dos deuses*. A música do jovem Siegfried ouvindo o canto dos pássaros, por alguma razão, em vez de lhe satisfazer melodicamente, sempre lhe causara uma estranha irritação. O motivo pode ter sido uma apresentação que vira em Munique na juventude e que contava com um tenor de voz magnífica cujas proporções físicas infelizmente eram ainda mais grandiosas, e, à época, ele ainda era muito moço para saber separar o prazer da música do prazer de ver um jovem Siegfried que parecia não corresponder à idade. Assistir a um tenor gigantesco rolando pelo chão em um acesso de meninice o revoltara. Tampouco era fã de pássaros e de sons da floresta. Não, ele sempre preferiria as Donzelas do Reno, embora na Munique daquela época também as Donzelas do Reno tivessem proporções igualmente avolumadas. Mas isso não importava tanto. Embalado pelo fluxo melódico da água e pelo tema prazenteiro e impessoal da canção, não permitira que as aparências estragassem o momento.

De vez em quando, olhava casualmente ao redor. Ocupara seu assento um tanto cedo. A casa estava cheia, como de costume. Chegou a hora do intervalo. Sir Stafford se levantou e olhou para a plateia. O assento ao lado permanecia vago. Alguém que deveria ter chegado não chegou. Seria essa a explicação, ou seria simplesmente um caso de alguém que não entrou porque chegara atrasado, uma prática ainda em voga nas ocasiões em que se ouvia a música de Wagner?

Ele saiu da sala, deu uma voltinha, tomou um café, fumou um cigarro e voltou ao toque da campainha. Notou que o assento ao lado estava ocupado agora. De imediato, recobrou o ânimo. Aproximou-se e se sentou. Sim, era a mulher da sala de embarque de Frankfurt. Ela não olhou para ele, manteve o olhar na direção do palco. Seu perfil era tão harmonioso e suave quanto ele lembrava. Ela virou de leve a cabeça e seus olhos passaram por Stafford sem reconhecê-lo. A falta de reconhecimento foi tão intencional que valeu como palavra dita. Um encontro não confesso. Não só esse, mas em qualquer ocasião. Baixaram as luzes. A mulher se virou.

— Com licença, poderia dar uma olhada em seu libreto? Deixei o meu cair no chão a caminho do assento.

— Sim, claro.

Ele lhe entregou o programa. Ela abriu e o examinou. As luzes ficaram ainda mais fracas. Começou a segunda metade do espetáculo, com o prelúdio de *Lohengrin*. Ao fim, ela lhe devolveu o libreto e agradeceu:

— Muito obrigada pela gentileza.

Em seguida começou a música de sons da floresta. Ele consultou o libreto que a mulher lhe devolvera. Então percebeu que havia algo escrito de leve à lápis no rodapé da página. Mas não tentou ler. Na verdade, não havia luz suficiente. Apenas fechou o programa e ficou com ele nas mãos. Tinha certeza de que não anotara nada ali. Não em seu programa. Ela tinha trazido, pensou ele, um programa já pronto, talvez dobrado na bolsa e com algum recado anotado. A situação toda parecia marcada por aquela atmosfera de segredo, de perigo. O encontro na Hungerford Bridge e o envelope com o ingresso para esta ópera posto em sua mão. E agora a mulher silenciosa ao seu lado. Olhou para ela algumas vezes, com um olhar rápido e descuidado que dirigimos a estranhos que se sentam ao nosso lado. Ela se recostou no assento; usava um vestido de gola alta feito de crepe acinzentado e tinha um antigo colar de ouro no pescoço. Seus cabelos escuros estavam curtos, modelados rente à cabeça. Ela não relanceou para ele nem retribuiu qualquer olhar. Ele começou a pensar. Será que havia alguém em algum dos assentos do Festival Hall a observando... ou a ele? Tentando ver se eles trocavam olhares ou palavras? Era provável que sim, ou no mínimo era possível. Ela respondera ao anúncio no jornal. Era melhor se contentar com isso. Sua curiosidade continuava intacta, mas agora ao menos sabia que Daphne Theodofanous — codinome Mary Ann — estava em Londres. Havia a possibilidade de descobrir mais detalhes no futuro. Mas o plano de ação tinha que ficar a cargo dela. Ele deveria seguir suas orientações. Assim como a obedecera no aeroporto, a obedeceria agora, pois — era preciso admitir — a vida se tornara bem mais interessante. Melhor que as conferências entediantes de sua vida política. Será que o carro realmente tentara atropelá-lo naquela noite? Achava que sim. Porque não foi uma tentativa, foram duas. É fácil pensar que somos alvo de ataque; as pessoas dirigem com tanta imprudência hoje em dia que imaginamos até requintes de malícia premeditada em situações desprovidas de tal. Ela dobrou o programa e não o olhou mais. A música cessou. A mulher ao seu lado falou. Ela não se virou para ele nem parecia estar falando com ele, mas falou em voz alta, suspirando entre as palavras como se falasse sozinha ou até com a pessoa sentada do outro lado.

— O jovem Siegfried — disse ela, e suspirou.

O espetáculo terminou com a marcha de *Os mestres cantores de Nuremberg*. Depois de aplausos entusiasmados, as pessoas começaram a deixar seus assentos. Ele esperou para ver se ela daria algum sinal, mas nada aconteceu. A mulher juntou seus pertences, saiu da fileira de poltronas e, com um passo um tanto acelerado, seguiu em frente e desapareceu na multidão.

Stafford Nye pegou o carro e foi para casa. Ao chegar, abriu o libreto do Festival Hall sobre a mesa e, depois de colocar o café para fazer, o examinou com cuidado.

Decepcionante, para dizer o mínimo. Não parecia guardar mensagem alguma em seu interior. Apenas em uma das páginas, logo acima do índice, estavam as leves marcas que notara antes. Mas não formavam palavras nem letras ou mesmo números. Pareciam ser meras notações musicais. Como se alguém tivesse rabiscado uma frase musical com um lápis um tanto inadequado. Por um momento, ocorreu a Stafford Nye que talvez houvesse uma mensagem secreta que ele pudesse revelar com qualquer recurso de aquecimento. Com bastante cuidado, e um tanto envergonhado de sua fantasia melodramática, aproximou o programa da lareira elétrica, mas não obteve resultados. Com um suspiro, arremessou o programa em cima da mesa. Estava aborrecido, e com razão. Toda essa lenga-lenga, um encontro em uma noite chuvosa e cheia de vento sobre a ponte com vista para o rio! Em um concerto sentado ao lado de uma mulher a quem queria fazer dezenas de perguntas... para que tudo isso? Para nada! Nenhum avanço. Mesmo assim, ela *tinha* se encontrado com ele. Por quê? Se não queria falar com ele, combinar outras coisas, por que o encontrara?

Seus olhos cruzaram distraidamente a sala e se detiveram na estante destinada a livros de suspense, romances policiais e um volume perdido de ficção científica. Balançou a cabeça em negação. A ficção, pensou, era infinitamente superior à vida real. Cadáveres, telefonemas misteriosos, um sem-número de lindas espiãs estrangeiras! De qualquer forma, aquela dama esquiva em particular talvez ainda não tivesse se cansado dele. Da próxima vez, pensou, ele tomaria suas providências. Duas pessoas poderiam disputar o jogo que ela inventara.

Deixou o programa de lado, tomou outra xícara de café e foi dar uma espiada na janela. Estava novamente com o programa nas mãos. Enquanto contemplava a rua logo abaixo, passou os olhos pelo programa aberto em suas mãos e cantarolou para si mesmo, sem se dar conta. Tinha um ouvido musical e conseguia cantarolar as notas rabiscadas com facilidade. Logo lhe pareceram familiares. Aumentou o tom de voz. O que era aquilo mesmo? Tum, tum, tum ti-tum. Tum. Sim, era familiar.

Começou a abrir a correspondência.

Não tinha nada de interessante. Dois convites, um da embaixada americana e outro de Lady Athelhampton, um evento de caridade com a presença da realeza cuja taxa de entrada sugerida de cinco guinéus o assento não era considerada exorbitante. Pôs os convites de lado. Duvidava muito que desejasse participar de qualquer um daqueles eventos. Decidiu que, em vez de ficar em Londres, partiria de imediato para visitar sua tia Matilda, conforme prometera. Adorava sua tia Matilda, embora a visitasse com pouca frequência. Ela morava em um apartamento reformado de vários quartos em uma das alas de uma mansão georgiana no interior, herdada do avô de Stafford. Tinha uma sala de estar imensa e de belas proporções, uma pequena sala de jantar oval, uma cozinha que um dia fora o quarto da empregada, dois quartos de visitas, uma suíte grande e confortável para si e um aposento adequado para a acompanhante que compartilhava de sua vida diária. A fiel e remanescente equipe doméstica tinha boas provisões e bons aposentos. O restante da casa repousava sob capas para móveis, com limpezas periódicas. Stafford Nye nutria um carinho pelo lugar, onde passara tantas férias de sua infância. Era uma casa alegre naquela época. Seu tio mais velho morara ali com a esposa e os dois filhos. Sim, eram estadias agradáveis. Havia dinheiro e empregados suficientes para administrar a casa. Naquela época, Stafford não dera a devida atenção aos retratos e outras pinturas na parede. Havia inúmeros e gigantescos quadros de arte vitoriana ocupando posições de destaque, superlotando paredes, mas também havia obras de grandes mestres dos tempos antigos. Sim, havia belíssimos retratos na casa. Um Raeburn, dois Lawrence, um Gainsborough, um Lely, dois Van Dyck duvidosos. Até um Turner ou dois. Alguns tiveram de ser vendidos para arrecadar dinheiro para sustentar a família. Mas, em visitas à tia, Stafford ainda gostava de circular pela casa para ver os retratos da família.

Tia Matilda era uma tagarela de marca maior e adorava as visitas do sobrinho. E ele nutria um afeto gratuito por ela, mas não sabia bem por que sentira uma vontade súbita de visitá-la agora. E por que os retratos de família invadiram seus pensamentos? Será que era porque lá havia um retrato de sua irmã, Pamela, feito por um dos artistas mais renomados de vinte anos atrás? Ele queria olhar o retrato de Pamela e contemplá-lo de perto. Ver se havia mesmo uma semelhança considerável entre ela e a estranha que tumultuara sua vida de maneira tão ultrajante.

Pegou o programa do Festival Hall mais uma vez e, com irritação, começou a cantarolar as notas rabiscadas em lápis. Tum, tum, ti-tum... então, de repente, soube do que se tratava. Era o tema de Siegfried. A trompa de Siegfried. O tema do jovem Siegfried. Era o que a mulher tinha dito. Não aparentemente para ele nem para ninguém. Mas fora essa a mensagem, que não significaria nada para ninguém porque parecia se referir à música que acabara de ser tocada. Mas o tema estava rabiscado em seu programa em termos musicais. O jovem Siegfried. Deve ter algum significado. Bem, talvez surjam novas pistas. O jovem Siegfried. Mas que cargas d'água *aquilo* queria dizer? Por quê, como, quando e o quê? Ridículo! Tantos questionamentos...

Pegou o telefone e discou para a tia Matilda.

— Mas é claro, querido Staffy, vou amar recebê-lo. Pegue o trem das 16h30. O horário não mudou, mas agora o trem chega aqui uma hora e meia depois. E sai de Paddington mais tarde, 15h15. É isso que chamam de melhora do sistema ferroviário. Um monte de paradas nas estações mais absurdas pelo caminho. Pois bem. Horace vai pegar você em King's Marston.

— Ele ainda trabalha aí?

— Mas é claro.

— Sim, claro que sim — concluiu Stafford Nye.

Horace, primeiro um estribeiro, depois um cocheiro, sobrevivera como motorista, e aparentemente ainda sobrevivia.

— Ele deve ter no mínimo 80 anos — disse Sir Stafford, sorrindo para si mesmo.

Capítulo 6

Retrato de uma Lady

— Você está tão bonito e bronzeado, querido — disse tia Matilda, observando-o com satisfação. — Deve ter sido a Malásia. Foi à Malásia que você foi, não? Ou foi ao Sião, ou à Tailândia? Eles mudam os nomes desses lugares todos e complicam a vida da gente. Enfim, não era o Vietnã, era? Sabe, não gosto *nada* do som da palavra Vietnã. É uma confusão, Vietnã do Norte, Vietnã do Sul e o vietcongue e viet-sei-lá-o-quê... E todos querem brigar uns com os outros e ninguém quer parar. Não vão a Paris ou a outro lugar para se sentar a uma mesa e conversar de maneira sensata. Você não concorda, querido?... Estive pensando sobre isso e me dei conta de que seria uma ótima solução... não seria nada mal construir muitos campos de futebol para que as pessoas possam ir até lá só para brigar umas com as outras, mas com menos armas. Nada daquela coisa horrorosa de Napalm incendiando tudo. Sabe como é. Eles iam se chutar e se socar até cansar. E iam gostar, todo mundo ia gostar, e talvez poderiam cobrar uma entrada para as pessoas irem vê-los brigando ao vivo. Tenho para mim que ainda não foi compreendido que devemos dar às pessoas aquilo que elas querem.

— Acho uma excelente ideia, tia Matilda — disse Sir Stafford Nye enquanto lhe beijava a bochecha rosada, enrugada e agradavelmente perfumada. — E a senhora, minha querida, como está?

— Bem, estou velha — respondeu Lady Matilda Cleckheaton. — É, estou velha. É claro que você não sabe o que é ser velho. Quando não é uma coisa, é outra. Reumatismo, artrite, um ataque de asma de lascar, garganta inflamada ou um tornozelo torcido. Sempre tem uma *coisinha*. Nada grave. Mas não tem jeito. Qual foi o motivo da sua vinda, querido?

Sir Stafford ficou um pouco desconcertado com a franqueza da pergunta.

— Sempre venho ver a senhora quando volto de uma viagem ao exterior.

— Vai precisar se sentar um pouquinho mais perto de mim — disse a tia Matilda. — Estou um tiquinho mais surda desde nosso último encontro. Estou achando você diferente... Por que estou com essa impressão?

— Estou mais bronzeado. A senhora mesma já comentou.

— Besteira, não me refiro a isso. Não me diga que finalmente encontrou uma garota!

— Uma garota?

— Bem, sempre soube que esse dia chegaria. O problema é que você tem um senso de humor muito excessivo.

— Ora, de onde tirou isso?

— É o que as pessoas pensam de você. Ah, e como pensam. Seu senso de humor também atravanca sua carreira. Sabe como é, você anda com esse pessoal todo. Políticos, diplomatas. Esses tais de estadistas jovens, estadistas velhos, estadistas de meia-idade também. E circula entre um monte de partidos diferentes. Sinceramente, acho uma baboseira existir essa quantidade toda de partidos. A começar por aquelas pessoas terríveis, terríveis, os trabalhistas — disse ela, empinando o nariz conservador. — Se quer saber, quando eu era menina não existia essa coisa de Partido *Trabalhista*. Ninguém nem entenderia se alguém mencionasse. Diriam "bobagem". Pena que tenha deixado de ser bobagem. E depois tem os liberais, claro, mas eles são patéticos. E também os tóris, ou conservadores, como voltaram a ser chamados.

— E qual é o problema deles? — perguntou Stafford Nye, sorrindo de leve.

— Um excesso de mulheres sérias. Faz as coisas perderem a graça.

— Mas olha, nenhum partido político se preocupa muito com a graça hoje em dia.

— Pois então — disse tia Matilda. — Aí que está o problema. Tem que dar uma animada nas coisas. Você quer animar as coisas e aí faz uma piadinha inocente, e é claro que as pessoas não gostam. Elas dizem: "*Ce n'est pas un garçon sérieux*", como aquele homem da pescaria.

Sir Stafford Nye riu. Seus olhos vagaram pela sala.

— O que está olhando? — perguntou tia Matilda.

— Seus quadros.

— Você não quer que eu os venda, quer? Parece que todos andam vendendo seus quadros hoje em dia. O velho Lorde Grampion, por exemplo. Vendeu seus Turners e alguns retratos de seus antepassados. E Geoffrey Gouldman também. Aqueles cavalos adoráveis que tinha! Eram de Stubbs, não? Algo assim. E vendem bem! Mas não quero vender meus quadros. Gosto deles. Grande parte dos que estão nessa sala significa muito para mim porque são antepassados. Eu sei que ninguém mais se interessa por eles hoje em dia, mas sou antiquada. Adoro antepassados. Os meus, é claro. O que está olhando? O retrato de Pamela?

— É, estava pensando nela outro dia.

— É assombrosa a semelhança entre vocês. Quer dizer, não parecem gêmeos, embora digam que gêmeos de sexos diferentes, mesmo sendo gêmeos, não podem ser idênticos... mas você entendeu.

— Então Shakespeare deve ter se enganado um bocado com Viola e Sebastião.

— Bem, irmãos normais podem ser parecidos, não podem? Você e Pamela sempre foram iguais... em termos de aparência, quero dizer.

— Nada mais? Não acham que tínhamos personalidades parecidas?

— Não, nem um pouco. Isso que é engraçado. Mas é claro que os dois têm o que chamo de "a cara da família". Não o rosto dos Nye. O dos Baldwen-White.

Quando a conversa se tratava de genealogia, Sir Stafford Nye nunca conseguia competir com sua tia-avó.

— Sempre achei que você e a Pamela tinham puxado a Alexa — falou.

— Quem era ela?

— Sua ta, tata... acho que tataravó! Húngara. Uma condessa, baronesa ou algo que o valha. Seu tataravô se apaixonou por ela quando estava Viena, na embaixada. É. Ela era húngara. Húngara mesmo. Os húngaros são pessoas muito ativas, sabia? Ela caçava com cães, montava soberbamente.

— Está na galeria de retratos?

— Isso, no primeiro patamar da escada, logo à direita.

— Vou dar uma olhada quando for dormir.

— Por que não vai ver logo e depois volta aqui para conversarmos sobre ela?

— Farei isso, se desejar — falou, sorrindo para ela.

Ele se apressou para fora da sala e subiu a escadaria. Sim, ela era perspicaz, a velha Matilda. Era esse o rosto. O rosto que Stafford vira e do qual se lembrava. Lembrava não pela semelhança com o seu, nem com o rosto de Pamela, mas por uma semelhança ainda mais nítida com o rosto do retrato. Uma menina bonita que aqui fora apresentada à família do embaixador, o ta, tata, tataravô, como sua namorada. Tia Matilda nunca parecia satisfeita com a quantidade de "tas" nesses casos. A menina tinha lá seus 20 anos. Chegou aqui e era muito animada, montava cavalos como ninguém e sabia dançar, e todos os homens ficavam de quatro por ela. Mas tinha sido fiel, costumavam contar, ao tataravô, um homem sensato e respeitável, membro do serviço diplomático. Ela o acompanhara em visitas a embaixadas estrangeiras, e aqui constituíram família e tiveram filhos, achava que dois ou três. E por meio de uma dessas crianças, a herança do rosto, do nariz, da curva do pescoço fora passada para ele e sua irmã, Pamela. Ficou pensando se aquela jovem mulher que o dopara e o forçara a emprestar sua capa ao descrever o risco de vida que corria caso ele se recusasse a atender ao pedido não poderia ser uma parente distante, uma prima de quinto ou sexto grau, uma descendente da mulher do retrato que observava. Talvez. Ou poderiam ter a mesma nacionalidade. De todo modo, os rostos eram um bocado parecidos. E outras coisas: o aprumo com que se sentara na ópera, o perfil harmônico de seu rosto, o nariz fino e aquilino. A atmosfera que pairava sobre ela.

— Achou? — perguntou tia Matilda quando o sobrinho retornou à sala branca, como sua sala de visitas era normalmente chamada. — Um rosto interessante, não?

— Sim, e muito bonito também.

— É melhor ser interessante do que bonito. Mas você nunca foi à Hungria ou à Áustria, não é? Não encontraria alguém parecido com ela na Malásia? Ela não estaria sentada a uma mesa fazendo anotações ou remendando discursos oficiais. Era uma criatura selvagem, pelo que todos relatavam. Boas maneiras e tudo mais. Mas selvagem. Selvagem como um ave. Desconhecia o perigo.

— Como sabe tanto sobre ela?

— Ah, é verdade que não fomos contemporâneas. Nasci anos e anos depois de sua morte. Mesmo assim, sempre tive muito interesse por ela. Era do tipo aventureira. Muito aventureira. Contavam muitas histórias estranhas sobre ela, sobre coisas com as quais ela se envolvia...

— E como meu tataravô reagia a isso?

— Imagino que morresse de preocupação — respondeu Lady Matilda. — Mas diziam que ele era completamente louco por ela. Por sinal, Staffy, você já leu *O prisioneiro de Zenda*?

— *O prisioneiro de Zenda*? Esse título me é familiar.

— Claro que é familiar, é um livro.

— Sim, sim, entendi que é um livro.

— Acho que você nunca deve ter ouvido falar. Não é do seu tempo. Mas quando eu era criança, era o primeiro romance que a gente ganhava. Nada de cantores pop ou Beatles. Apenas um livro com final feliz. Não podíamos ler romances quando eu era jovem. Pelo menos não de manhã. Somente à tarde.

— Que regras excepcionais — comentou Sir Stafford. — Por que é errado ler romances de manhã e não à tarde?

— Bem, porque de manhã, veja bem, esperava-se que as meninas estivessem fazendo alguma coisa útil. Sabe, jardinagem ou limpando as molduras de prata dos porta-retratos. Coisas de menina. Estudar um pouco sob orientação da governanta, essas coisas. À tarde, podíamos sentar e ler um livro, e *O prisioneiro de Zenda* geralmente era um dos primeiros a chegar às nossas mãos.

— Uma história agradável e respeitável, não? Lembro por alto. Talvez tenha lido. Tudo muito inocente. Nada apimentado, não?

— De forma alguma. Não tínhamos livros apimentados. Líamos histórias românticas. *O prisioneiro de Zenda* era um livro romântico. Todas as mocinhas se apaixonavam, em geral, pelo herói, Rudolf Rassendyll.

— Acho que me lembro desse nome também. Um pouco floreado, não acha?

— Ah, ainda acho que era um nome um tanto romântico. Eu devia ter uns 12 anos. Sabe, me lembrei desse livro enquanto você ia lá olhar o retrato. Princesa Flavia — disse Lady Matilda.

Stafford Nye sorria para ela.

— A senhora está parecendo uma jovenzinha sentimental de bochechas coradas — disse ele.

— Mas é assim que me sinto. As garotas de hoje em dia não sabem mais como é se sentir dessa maneira. Ou estão desmaiando de amor ou desfalecem quando alguém toca violão ou canta em um tom de voz berrante, mas não são sentimentais. Só que não me apaixonei por Rudolf Rassendyll. Eu era apaixonado pelo outro, o sósia.

— Ele tinha um sósia?

— Ah, sim, um rei. O rei da Ruritânia.

— Ah, claro, agora lembrei. É daí que vem a palavra Ruritânia: estão sempre a mencionando por aí. Sim, acho que li esse livro. Havia o rei da Ruritânia, e Rudolf Rassendyll se passou pelo rei e se apaixonou pela Princesa Flavia, de quem o rei estava noivo.

Lady Matilda suspirou profundamente mais algumas vezes.

— Isso mesmo. Rudolf Rassendyll herdara o cabelo ruivo de uma antepassada, e, em determinada passagem do livro, ele faz uma reverência ao retrato dela e diz alguma coisa sobre a... não consigo lembrar agora... Condessa Amelia, ou algo assim, de quem herdara seus traços mais característicos. Quando olhei para você, imaginei que fosse Rudolf Rassendyll indo lá dar uma espiada no retrato de alguém que pode ter sido uma antepassada sua e vendo se ela o lembrava de alguém. Então suponho que esteja enroscado em um romance, não?

— De onde a senhora tirou isso?

— Ah, querido, não existem muitos padrões diferentes na vida. Reconhecemos eles à medida que surgem. É como um livro sobre tricô. Aproximadamente uns 75 tipos diferentes de pontos sofisticados. Mas você logo reconhece um ponto específico quando bate o olho nele. Eu diria que seu ponto, nesse momento, é o ponto da aventura romântica. — Ela suspirou. — Mas, pelo visto, você não vai me contar.

— Não tenho nada para contar — afirmou Sir Stafford.

— Você sempre foi um mentiroso de talento. Bem, deixa para lá. Traga a moça aqui dia desses para eu conhecê-la. É tudo que desejo, antes que os médicos consigam me matar com um novo tipo de antibiótico que acabaram de descobrir.

Se você soubesse a quantidade de comprimidos de várias cores que tenho que tomar! Nem ia acreditar.

— Eu não sei por que fica dizendo "ela"...

— Não sabe? Ah, mas eu sei reconhecer quando uma "ela" cruza meu caminho. Há uma "ela" se esquivando em sua vida. O que me intriga é saber como a encontrou. Foi na conferência da Malásia? Filha de algum embaixador ou ministro? Uma bela secretária da embaixada? Não, nada disso é de seu feitio. No navio de volta para casa? Não, ninguém mais viaja de navio. No avião, então.

— Está chegando mais perto — disse Sir Stafford Nye, sem conseguir se conter.

— Ah! — Ela saltou na cadeira. — Aeromoça?

Ele fez que não com a cabeça.

— Tudo bem. Guarde seu segredo. Mas eu vou descobrir. Sempre tive faro para coisas que acontecem com você. Para coisas em geral também. É claro que estou por fora de tudo atualmente, mas, de vez em quando, encontro meus camaradas dos velhos tempos e é muito fácil, fique sabendo, conseguir uma ou outra pista. As pessoas andam preocupadas. Por toda parte há pessoas preocupadas.

— A senhora acha que existe um descontentamento geral?

— Não, nada disso. Quis dizer que as pessoas dos altos escalões estão preocupadas. Nossos péssimos governantes estão preocupados. O estimado e dorminhoco ministério das relações exteriores está preocupado. Coisas estão acontecendo, coisas que não deveriam acontecer. Protestos, por exemplo.

— Protestos estudantis?

— Ah, os protestos estudantis são só uma flor dessa árvore. E ela está desabrochando por toda parte e em todos os países, ao que parece. Tenho uma mocinha muito gentil que vem aqui todas as manhãs ler os jornais para mim, sabe. Não consigo mais ler sozinha. Ela tem uma bela voz. Escreve minhas cartas e lê as notícias, é uma menina de ouro. Ela lê as coisas que quero saber, não o que ela acha que eu devo saber. Mas sim, todos estão preocupados, é o que noto, e ouvi isso de um velho camarada meu.

— Um de seus camaradas militares?

— Ele é major-general, se quer saber, aposentado há muito tempo, mas ainda por dentro de tudo. A juventude é o que se pode chamar de "ponta de lança" dessa situação. Mas não é isso que é mais preocupante. Eles, sejam lá quem sejam *eles*, agem por meio da juventude. Da juventude de todas as nações. A juventude em polvorosa. A juventude que entoa palavras de ordem, palavras de ordem que soam estimulantes, mas que nem sempre sabem o que elas querem dizer. É muito fácil começar uma revolução. Isso é natural para a juventude. Os jovens sempre se rebelaram. Eles se rebelam, botam tudo abaixo, querem que o mundo seja diferente do que é. Mas são cegos também. Há vendas nos olhos da juventude. Eles não percebem para onde estão sendo levados. O que acontece depois? O que veem à frente? E quem está por trás deles, instigando? É assustador, se você pensar. Sempre tem alguém segurando a cenoura na cara do burro para fazê-lo andar para a frente, também tem alguém atrás o incitando com uma vara.

— A senhora tem uma imaginação extraordinária.

— Não se trata só de imaginação, meu garoto. Era isso que as pessoas diziam sobre Hitler. Hitler e a Juventude Hitlerista. Mas ali houve uma preparação cuidadosa. Uma guerra planejada nos mínimos detalhes. Era como se uma Quinta-coluna estivesse sendo implantada em diferentes países para esperar os super-homens. Os super-homens deveriam ser a flor da nação alemã. Eles acreditavam nisso com fervor. Talvez alguém ainda acredite em algo parecido agora. É um credo que estão dispostos a aceitar... se lhes for oferecido com inteligência o bastante.

— De quem está falando? Dos chineses ou dos russos? O que está querendo dizer?

— Eu não sei. Não faço a menor ideia. Mas algo está acontecendo em algum lugar, e segue pelo mesmo caminho. Padrões, como eu disse. Padrões! Os russos? Atolados no comunismo, penso que são considerados antiquados. Os chineses? Perderam a mão. Um excesso de Mao, talvez. Não sei quem são essas pessoas e quem está por trás do planejamento. Como afirmei, é por quê, onde, quando e *quem*.

— Muito interessante.

— É tão assustador, a mesma ideia que sempre retorna. A história se repetindo. O jovem herói, o super-homem iluminado que todos precisam seguir. — Ela fez uma pausa, então concluiu: — Sempre a mesma ideia, sabe. O jovem Siegfried.

Capítulo 7

Conselhos da tia-avó Matilda

Tia-avó Matilda olhou para ele. Ela tinha um olhar cortante e astuto. Stafford Nye já reparara nele antes. Mas agora estava especial.

— Então você já tinha ouvido esse termo antes — comentou ela. — Entendi.

— O que significa?

— Não sabe? — Ela ergueu as sobrancelhas.

— Juro de pés juntos que não — disse Sir Stafford em linguagem infantil.

— É, costumávamos dizer isso, não é? — perguntou Lady Matilda. — Você está falando sério?

— Não sei de coisa alguma a respeito.

— Mas já ouviu o termo.

— Sim, uma pessoa me disse.

— Uma pessoa importante?

— Talvez. Acho que sim. O que quer dizer com "uma pessoa importante"?

— Bem, você tem participado de várias missões oficiais do governo nos últimos tempos, não é? Representando esse país pobre e miserável da melhor maneira possível, o que suponho que não seja muito mais efetivo do que outros poderiam fazer no seu lugar, assim sentados em volta de uma mesa conversando. Não sei se coisa alguma sai desse tipo de evento.

— É provável que não — respondeu Stafford Nye. — Afinal, ninguém que participa dessas coisas é muito otimista.

— As pessoas fazem o melhor que podem — disse Lady Matilda, em tom de retificação.

— É um princípio cristão. Hoje em dia, parece que quem faz o pior que pode se sai melhor. O que tudo isso significa, tia Matilda?

— Acho que *eu* não sei dizer — respondeu ela.

— Mas a senhora com frequência sabe das coisas.

— Nem tanto. Eu pesco uma coisinha aqui, outra ali.

— É?

— Sabe, ainda me restaram alguns velhos amigos. Amigos que estão a par da situação. É claro que a maioria ou está surda como pedra, ou meio cega, ou gagá, ou incapaz de andar direito. Mas alguma coisa ainda funciona. Alguma coisa, digamos, aqui em cima. — Ela deu um tapinha no topo de sua cabeça branca impecavelmente penteada. — Sim, as pessoas andam bem alarmadas e desanimadas. Mais do que de costume. Essa é uma das coisas que pesquei por aí.

— Mas não foi sempre assim?

— Sim, sim, mas está um pouco pior. Ativo em vez de passivo, podemos colocar assim. Há muito tempo, tenho notado por minha visão de fora, assim como você sem dúvida notou com sua visão de dentro, nós todos estamos sentindo que as coisas estão muito bagunçadas. Uma bagunça bem ruim. Mas agora chegamos a um ponto em que sentimos que talvez algo possa ter sido feito em relação a essa bagunça. Há algo de perigoso nisso. Alguma coisa está acontecendo, algo está fermentando. Não em uma única nação. Em inúmeros países. Eles recrutaram um exército próprio, e o perigo disso é que se trata de um exército de jovens. E o tipo de pessoa que vai a qualquer lugar e faz qualquer coisa infelizmente acredita em tudo, e contanto que lhes seja prometido um pouco de destruição, desmonte, de sabotagem, já é o suficiente para acharem que deve ser uma boa causa e que o mundo será um lugar melhor. Eles não são criativos, o problema é esse, são destrutivos. Os jovens criativos escrevem poemas, livros, compõem músicas e pintam quadros, como sempre fizeram. Estes vão ficar bem... Mas uma vez que as pessoas aprendem a amar a destruição pela destruição, há uma brecha para a atuação de lideranças malignas.

— A senhora diz "eles", mas a quem se refere?

— Adoraria saber — disse Lady Matilda. — Sim, quem me dera. Queria muito. Se eu conseguir pescar uma resposta útil, conto para você. Aí você vê o que pode fazer.

— Infelizmente, *eu* não tenho a quem contar, passar isso adiante.

— Ah, não conte para qualquer um. Não se pode confiar nas pessoas. Não repasse para nenhum desses idiotas do governo, ou que tenham ligação com o governo, ou ainda que desejem participar do governo depois que acabarem os atuais mandatos. Os políticos não têm tempo de olhar para o mundo em que vivem. Eles enxergam sua nação como uma vasta plataforma eleitoral. Isso lhes basta. Fazem coisas que acreditam honestamente que vá melhorar a situação, e depois ficam surpresos quando não conseguem melhorar a situação porque não fizeram as mudanças que as pessoas queriam. E é impossível não chegar à conclusão de que os políticos acham que têm um direto divino de mentir por uma boa causa. Não faz tanto tempo que Mr. Baldwin fez o famoso comentário: "Se eu tivesse falado a verdade, teria perdido a eleição." Os primeiros-ministros ainda pensam assim. De vez em quando aparece um bom sujeito, graças a Deus. Mas é raríssimo.

— O que a senhora sugere, então?

— Quer um conselho? Um conselho meu? Sabe quantos anos eu tenho?

— Por volta dos 90 — deduziu o sobrinho.

— Também não sou tão velha assim — disse Lady Matilda, um pouco ofendida. — Já pareço ter 90, garoto?

— Não, minha querida. Está ótima, daria no máximo 66.

— Melhorou — disse Lady Matilda. — Bem longe da verdade, mas melhor. Se eu conseguir uma pista de um dos meus velhos amigos almirantes, ou de um antigo general, ou quem sabe de um marechal da força aérea... Eles ouvem muita coisa por aí, ainda têm contato com os velhos camaradas e se encontram para conversar. Assim a informação circula. Fofoca sempre existiu e continua a existir, não importa a idade avançada das pessoas. O jovem Siegfried. Precisamos de uma pista sobre o que isso significa... Eu não sei se é uma pessoa, uma senha, o nome de um clube, um novo Messias ou um cantor de música pop. Mas esse termo guarda *algum* significado. Também o tema musical. Quase não me lembro mais de meus tempos wagnerianos. — Sua voz envelhecida crocitou uma melodia levemente familiar. — O toque da trompa de Siegfried, não é? Você não consegue uma flauta? Uma flauta doce? Sabe, aquelas coisas que as crianças tocam? Fazem aula e tudo. Outro dia fui assistir a uma fala do vigário. Muito interessante. Era sobre a história da flauta doce e mostrava todos os tipos de flauta que existem desde a era elisabetana até hoje. Algumas grandes, outras pequenas, as notas e os sons diferentes. Muito interessante mesmo. Interessante de duas maneiras. Primeiro por causa das flautas. Algumas até produzem ruídos agradáveis. Segundo por causa da história. É. Bem, o que eu estava falando mesmo?

— Pelo que entendi, a senhora pediu para eu conseguir algum desses instrumentos.

— Isso. Arranje um flauta e aprenda a tocar o toque da trompa de Siegfried. Você tem ouvido musical, sempre teve. Consegue fazer isso?

— Olha, penso que seja um papel muito pequeno para encenar na salvação do mundo, mas acho que consigo.

— Então se prepare. Porque, veja bem — disse ela, batendo o estojo dos óculos sobre a mesa —, você pode querer impressionar as pessoas erradas. Poderia ser útil. Eles o receberiam de braços abertos, e aí você poderia descobrir alguma coisa.

— A senhora é cheia de ideias — disse Stafford, admirado.

— O que mais tenho para fazer na minha idade? — perguntou a tia-avó. — Não posso sair de casa. Mal consigo encontrar pessoas ou fazer jardinagem. Tudo que *posso* fazer é ficar sentada aqui tendo ideias. Lembre-se disso daqui a quarenta anos.

— Uma das observações que fez me chamou a atenção.

— Só uma? — perguntou Lady Matilda. — É uma ninharia considerando o tanto que falei. E o que foi?

— Disse que eu poderia acabar impressionando as pessoas erradas com a flauta... quis dizer isso mesmo?

— Olha, é um caminho, não acha? As pessoas certas não importam. Mas as erradas... bem, precisamos descobrir as coisas. Você precisa se infiltrar. Agir como um cupim — comentou ela, pensativa.

— Então devo estragar os móveis das pessoas?

— Digamos que sim. Tivemos uma infestação de cupins na ala leste da casa uma vez. Foi caríssimo de tratar. E ouso dizer que será igualmente caro dar um jeito no mundo.

— Vai ser bem mais caro, na verdade — disse Stafford Nye.

— Não importa — retrucou Lady Matilda. — Ninguém se importa se você gasta muito dinheiro. Isso impressiona as pessoas. Só quando você quer fazer as coisas de maneira econômica é que elas se recusam a participar. As pessoas não mudam. Nesse país, quero dizer. Somos as mesmas pessoas de sempre.

— Como assim?

— Somos capazes de coisas grandiosas. Já fomos bons em cuidar de um império. Mas não em *manter* esse império funcionando, apesar de que não precisávamos mais de império algum. Reconhecemos isso. É difícil conservá-lo. Robbie me convenceu disso.

— Robbie?

Um nome ligeiramente familiar.

— Robbie Shoreham. Robert Shoreham. Um grande amigo de longa data. Teve paralisia no lado esquerdo do corpo. Mas ainda consegue falar e tem uma audição razoável.

— Além de ser um dos físicos mais famosos do mundo — comentou Stafford Nye. — Ele também é um de seus velhos camaradas?

— Eu o conheci quando ele era um garoto — contou Lady Matilda. — Fica surpreso por sermos bons amigos, termos muito em comum e adorarmos nos encontrar para conversar?

— Bem, é que nunca imaginei...

— Que tivéssemos assunto? É verdade que nunca fui boa em matemática. Felizmente não exigiam isso de nós, garotas. Mas Robbie teve facilidade em matemática desde os 4 anos, acho. Hoje em dia dizem que isso é natural. Mas ele é um homem cheio de assuntos. Sempre gostou de mim porque eu era gaiata e ele morria de rir comigo. Também sou boa ouvinte. Mas realmente, ele diz umas coisas bem interessantes.

— Imagino — disse Stafford Nye, cortante.

— Ah, não seja esnobe. Molière se casou com a empregada, não se casou, e foi muito feliz assim... se é que *foi* mesmo Molière, não lembro. Se um homem tem muitas células cinzentas, não vai querer bater papo com uma mulher do mesmo nível. Seria exaustivo demais. Vai preferir uma linda boboca que o faça rir. E eu não era de se jogar fora quando jovem — disse Lady Matilda, complacente. — Sei que não tenho formação acadêmica. E que não sou intelectual. Mas Robert sempre diz que tenho bom senso e inteligência.

— A senhora é encantadora — elogiou Sir Stafford Nye. — Eu adoro vir visitá-la, e volto para casa pensando nas coisas que diz. Sei que poderia me contar muito mais; no entanto, imagino que não contará.

— Quando chegar o momento, você saberá — disse Lady Matilda —, mas sempre zelo por seus interesses. Mantenha-me informada de seus passos. Vai jantar na embaixada americana semana que vem, não é?

— Como a senhora sabe? De fato, fui convidado.

— E, pelo que sei, aceitou o convite.

— Ah, são deveres que preciso cumprir — respondeu, olhando com curiosidade para ela. — Como consegue ser tão bem-informada?

— Foi Milly quem me contou.

— Milly?

— Milly Jean Cortman. A esposa do embaixador americano. Mulher belíssima. Pequena e perfeita.

— Ah, sim, Mildred Cortman.

— Seu nome de batismo é Mildred, mas ela prefere ser chamada de Milly Jean. Estávamos conversando por telefone sobre um ou outro evento de caridade... Ela é o tipo de mulher que antigamente se chamava de Vênus de bolso.

— Um termo deveras atraente — falou Stafford Nye.

Capítulo 8

Um jantar na embaixada

Quando Mrs. Cortman veio recebê-lo com a mão estendida, Stafford Nye se lembrou do termo que sua tia-avó usara para descrevê-la. Milly Jean Cortman era uma mulher entre os 35 e 40 anos. Tinha feições delicadas, olhões azul-acinzentados, uma cabeça de formato perfeito com cabelos também azul-acinzentados, tingidos em um tom particularmente interessante que combinava de maneira harmônica com o penteado. Era muito conhecida em Londres. O marido, Sam Cortman, era um homem alto, gordo e um pouco chato. Tinha imenso orgulho da esposa. Mas era um desses homens que falavam com lentidão e ênfase. As pessoas acabavam se distraindo quando ele tomava mais tempo do que o necessário em uma elucidação.

— Acabou de voltar da Malásia, não foi, Sir Stafford? A viagem deve ter sido interessantíssima, embora eu admita que não escolheria essa época do ano. Mas tenho certeza de que todos estão contentes com seu retorno. Vejamos. Já conhece Lady Aldborough e Sir John, e *Herr* Von Roken, *Frau* Von Roken. Mr. e Mrs. Staggenham.

Todos eram conhecidos de Stafford Nye, em maior ou menor grau. O holandês e a esposa ele ainda não conhecera, pois haviam acabado de ser nomeados. Os Staggenham eram o ministro da segurança e a esposa. Um casal desinteressante, na opinião de Nye.

— E essa é a Condessa Renata Zerkowski. Acho que ela comentou ter conhecido o senhor.

— Penso que foi há cerca de um ano. A última vez em que estive na Inglaterra — explicou a condessa.

Lá estava ela, a passageira de Frankfurt mais uma vez. Segura de si, à vontade, belamente vestida de um claro azul-acinzentado com toque de chinchila. Os cabelos em um penteado alto (uma peruca?) e uma cruz de rubi, peça de antiguidade, em volta do pescoço.

— Esse é o *signor* Gasparo, o Conde Reitner e Mr. e Mrs. Arbuthnot.

Os convivas somavam por volta de 26. Na hora do jantar, Stafford Nye sentou-se entre a enfadonha Mrs. Staggenham e a *signora* Gasparo. Renata Zerkowski ocupou o lugar exatamente à sua frente.

Um jantar de embaixada. O tipo de jantar a que Stafford já estava habituado, sempre com os mesmos tipos. Diversos membros da diplomacia, jovens ministros, um ou dois industriais, meia dúzia de socialites que sempre eram convidadas por serem pessoas agradáveis, companhias leves e boas de papo, embora, pensou Stafford, houvesse uma ou outra exceção. Mesmo enquanto se distraía conversando com a *signora* Gasparo, uma pessoa encantadora, tagarela e sutilmente paqueradora, a mente de Stafford vagava tanto quanto seus olhos, embora estes fossem mais discretos. Enquanto seu olhar percorria a mesa de jantar, era difícil imaginar que sua mente, ao mesmo tempo, tirava suas conclusões. Tinha sido convidado para este jantar. Por quê? Havia um motivo ou nenhum motivo específico. Ou seu nome aparecera automaticamente na lista que os secretários, de tempos em tempos, redigiam com marcas ao lado para indicar quem seriam os convidados do evento seguinte, ou era uma pessoa adicional, convidada para equilibrar a mesa. Nessas ocasiões, ele sempre era convidado.

"Ah, claro", diria a anfitriã diplomática, "Stafford Nye é perfeito para essa situação. Coloque-o próximo da Madame Fulana ou da Lady Beltrana."

Talvez tivesse sido convidado para nada além de encher a mesa. Mesmo assim, ele se perguntava. Por experiência, sabia que certamente havia outras razões para tal. E assim, seu olhar, munido de ligeira amabilidade social e um ar de não estar prestando atenção em nada em particular, se ocupava.

Entre os convidados havia alguém que, por alguma razão ou importância, deveria estar ali. Alguém que fora convidado... não para encher mesa, pelo contrário... alguém que havia inclusive merecido uma seleção de outros convidados em torno dele... ou dela. Alguém importante. Pensou, especulou quem poderia ser.

Cortman, é claro, sabia quem era. Milly Jean, talvez. Com esposas de medalhões, nunca se sabe. Algumas eram melhores diplomatas que os maridos. Outras só tinham charme a oferecer, ou um senso de adaptabilidade, prontidão em agradar e falta de curiosidade. Havia também as que, lamentou consigo mesmo, no tocante aos interesses de seus maridos, eram um desastre. Anfitriãs que, embora tenham conseguido prestígio e dinheiro com um casamento diplomático, eram capazes de dizer ou fazer a coisa errada a qualquer momento, causando uma situação desagradável. Para evitar momentos assim, eram necessários não só um, mas dois ou até três convidados que poderiam ser chamados "especialistas em colocar panos quentes".

Será que o jantar desta noite não significou nada além de um evento social? Seu olhar astuto e observador já tinha dado uma volta em torno da mesa e captado uma ou duas pessoas que até então não registrara de todo. Um homem de negócios americano. Agradável, mas que não se destacava socialmente. Um professor universitário do centro-oeste. Um casal, o marido alemão, a esposa predominante e quase agressivamente americana. Uma mulher belíssima, aliás. Sensual, atraente, pensou Sir Stafford. Será que alguma dessas pessoas era importante? Iniciais flutuavam em sua mente. FBI. CIA. O homem de negócios talvez fosse um agente da CIA, tinha motivo para estar ali. As coisas estavam assim nos últimos tempos. Não como costumavam ser. Como a fórmula se perdeu? O Grande Irmão está observando você. Sim, mas a coisa extrapolou. O Primo Transatlântico está observando você. As Altas Finanças da Europa Central estão vigiando você. Um impasse diplomático se instalou aqui para que *você* o observe. É isso. Sempre havia dezenas de coisas por trás de tudo hoje em dia. Seria a nova fórmula, mais uma moda? Poderia ser algo mais profundo, real, vital? Como se falava dos acontecimentos na Europa atualmente? O mercado comum europeu. Bem, bastante razoável, no tocante às relações com o comércio, a economia e as inter-relações entre os países.

O cenário era esse. Mas atrás do palco havia os bastidores. Só esperando a deixa. Pronto para soprar o discurso, caso necessário. O que estava acontecendo? O que estava acontecendo no resto do mundo e nos bastidores do resto do mundo? Stafford se colocou a pensar.

Algumas coisas ele sabia, outras tentava adivinhar, mas havia algumas que ele de nada sabia e que ninguém queria que descobrisse.

Seus olhos fizeram uma breve pausa no rosto de sua *vis-à-vis*, o queixo erguido, a boca delicadamente curvada em um sorriso educado, e seus olhares se encontraram. Os olhos dela não lhe disseram coisa alguma, tampouco o sorriso. O que fazia ali? Estava à vontade, se encaixava naquela situação, conhecia aquele mundo. Sim, estava em casa. Ele poderia descobrir sem muita dificuldade, pensou, quem ela era no mundo diplomático, mas será que isso revelaria a Stafford qual papel desempenhava de fato?

A jovem de calça comprida que o abordara em Frankfurt tinha um rosto ávido e inteligente. Será que aquela era a verdadeira mulher, ou seria essa conhecida da vida social a verdadeira mulher? Uma dessas personalidades era um personagem? Se sim, qual? Poderia haver mais de duas personalidades. Pôs-se a pensar, queria descobrir as respostas.

Ou será que o fato de ter sido convidado para conhecê-la foi pura coincidência? Milly Jean estava se levantando. As outras senhoras fizeram o mesmo. Então, de repente, um clamor inesperado. Um clamor do lado de fora. Gritos. Brados. O barulho de vidro se quebrando em uma das janelas. Berros. Estampidos... com certeza tiros de pistola. *Signora* Gasparo apertou o braço de Stafford Nye.

— De novo! — exclamou ela. — *Dio mio!* De novo esses estudantes terríveis. No nosso país é a mesma coisa. Por que atacam as embaixadas? Eles lutam, enfrentam a polícia, marcham, gritam coisas estúpidas, deitam nas ruas. *Si, si.* Acontece em Roma, em Milão. Proliferam como a peste na Europa. Por que esses jovens nunca estão satisfeitos? O que querem?

Stafford Nye deu um gole no conhaque e ouviu o sotaque carregado de Mr. Charles Staggenham, que dava um sermão demorado. A comoção dera uma trégua. Parecia que a polícia tinha posto os esquentadinhos para correr. Situações como essa no passado seriam consideradas extraordinárias e até preocupantes, mas agora tinham se tornado acontecimentos comuns.

— Uma força policial muito maior. É disso que precisamos. Uma força policial maior. A situação é grave demais para esses camaradas conseguirem lidar com ela. Dizem que tem acontecido por toda parte. Outro dia estava conversando com *Herr* Lurwitz. Eles passam por cada situação... E os franceses também. O que essas pessoas todas querem... só confusão? Olha, se eu pudesse resolver as coisas de meu jeito...

Stafford Nye levou seu pensamento para outro assunto enquanto fingia acompanhar de maneira falsamente lisonjeira a explicação de Charles Staggenham sobre como seria o jeito dele de resolver as coisas, o que de todo modo era fácil de prever.

— Ficam esbravejando sobre o Vietnã. O que eles sabem sobre o Vietnã? Nenhum deles já esteve lá, ou esteve?

— É improvável — disse Sir Stafford Nye.

— Um sujeito me contava hoje mais cedo que também tiveram muitos problemas na Califórnia... Se tivéssemos uma polícia sensata...

Nesse momento, os homens se juntaram às mulheres na sala de estar. Stafford Nye, caminhando com uma graça vagarosa, com um ar de completa falta de propósito que lhe parecia tão útil, sentou-se ao lado de uma mulher faladeira de cabelos louros que já era uma conhecida sua e que raramente dizia algo que valesse atenção em relação a ideias ou perspicácia de raciocínio, mas era profunda conhecedora da vida de todas as criaturas que habitavam seu círculo de amizades. Stafford Nye não fez nenhuma pergunta objetiva, mas, sem que a senhora percebesse o rumo que ele dera à conversa, já estava ouvindo comentários sobre a Condessa Renata Zerkowski.

— Ela continua belíssima, não acha? Não tem aparecido tanto hoje em dia. Passa a maior parte do tempo em Nova York, ou naquela ilha maravilhosa. Você sabe, aquela. Não é Minorca. Outra ilha do Mediterrâneo. A irmã dela é casada com aquele rei do sabão, acho que é isso, um rei do sabão. Não é grego. É sueco, acho. Nada em dinheiro. Além disso, passa muito tempo também em um tal castelo nas Dolomitas... ou perto de Munique... Gosta muito de música, sempre gostou. Ela disse que vocês já se conheciam, não é?

— É. Há cerca de dois anos, acho.

— Ah, sim, acho que na última ocasião em que esteve na Inglaterra. Dizem que estava envolvida com a questão da Tchecoslováquia. Ou terá sido com o problema da Polônia? Nossa, é muito difícil saber, não é? Digo, todos esses nomes. Eles têm tantos "ches" e "ques". Tão peculiares e difíceis de pronunciar. Ela é muito ligada à literatura. Faz petições e angaria assinaturas para dar asilo político a escritores aqui ou algo do tipo. Não que alguém dê muita atenção a isso. Quer dizer, no que mais as pessoas pensam hoje em dia a não ser em como vão pagar seus impostos? As ajudas de custo para viagens facilitam, mas é pouco. Enfim, é preciso ter o dinheiro antes de poder levá-lo para o exterior. Não sei como alguém consegue ter dinheiro hoje em dia, mas tem muito dinheiro circulando por aí. Ah, se tem!

Olhou com satisfação para a mão esquerda, onde exibia dois anéis solitários, um de diamante e outro de esmeralda, que pareciam comprovar que uma considerável quantia em dinheiro havia sido investida nela mesma.

A noite ia chegando ao fim. Ele sabia um bocadinho mais a respeito de sua passageira de Frankfurt do que soubera até então. Sabia que ela era protegida por uma fachada, uma fachada que, a seu ver, tinha muitas facetas, se é que se pode juntar essas duas aliterações. Demonstrava interesse em música. Ora, haviam se encontrado no Festival Hall, certo? Gostava de esportes ao ar livre. Tinha parentes ricos que eram proprietários de ilhas no Mediterrâneo. Fazia caridades para escritores. Alguém que tinha bons contatos, sabia estabelecer relações, tinha abertura no campo social. Não parecia ser muito politizada; no entanto, talvez fosse discretamente afiliada a algum grupo. Alguém que conseguia transitar de um lugar para outro, de país para país, com facilidade. Que circulava entre os ricos, os talentosos, no meio literário.

Por um breve momento, pensou que se tratava de espionagem. Parecia a resposta mais plausível. Ainda assim, não o deixava totalmente satisfeito.

A noite seguiu. Enfim chegou sua vez de ser acolhido pela anfitriã do evento. Milly Jean era muito boa nessa função.

— Estou querendo conversar com você há horas. Queria saber da Malásia. Sou tão ignorante quando o assunto é a Ásia, misturo os nomes de todos os lugares. Mas me conte, como foi a viagem? Algum evento interessante ou aquela chatice de sempre?

— Tenho certeza de que consegue adivinhar a resposta.

— Bem, arriscaria dizer que foi deveras entediante. Mas talvez não tenha permissão para dizer isso.

— Posso pensar e dizê-lo também. Não foi bem meu tipo de programa.

— Então por que foi?

— Ah, adoro viajar, conhecer lugares novos.

— Você é uma pessoa intrigante. Mas sim, claro, a vida diplomática pode ser bem chata, não é? *Eu* não deveria dizer isso. Digo só para você.

Olhos tão azuis. Azuis como as campânulas em um bosque. Ela arregalou um pouco mais as pálpebras, baixando as sobrancelhas escuras e deixando o canto interior dos olhos ligeiramente inclinado para cima. A expressão fez seu rosto parecer o de um belo gato persa. Stafford queria saber quem era Milly Jean de fato. A voz suave tinha um sotaque do sul. A cabeça pequena e com belas formas, de perfil perfeito como uma moeda... quem era aquela mulher? Não uma tola, pensou. Alguém que sabia usar suas armas sociais quando necessário, que sabia usar seu charme quando desejava ou que sabia retirar-se de maneira enigmática. Caso quisesse alguma coisa de alguém, tinha as habilidades necessárias. Ele notou a intensidade do olhar que Milly lhe dirigia. Será que queria alguma coisa dele? Ele não sabia. Achava improvável. Então ela perguntou:

— Esteve com Mr. Staggenham?

— Sim, conversamos na mesa de jantar. Não o conhecia.

— Dizem que é uma pessoa importantíssima — falou Milly Jean. — É o presidente da PBF, como bem sabe.

— Temos que conhecer todas essas siglas — respondeu Sir Stafford Nye. — PBF, DCV, LYH. É um vasto universo de iniciais.

— Detestável — disse Milly Jean. — Acho detestável. Tantas iniciais, nenhuma pessoalidade, as *pessoas* não existem mais. Apenas iniciais. Que mundo odioso! Eu sempre penso nisso. Que mundo odioso. Queria que fosse diferente, bem diferente...

Será que estava sendo sincera? Pensou por um momento que talvez sim. Interessante...

A Grosvenor Square era pura quietude. Ainda havia restos de cacos de vidros nas calçadas. Havia ovos também, tomates esmagados e fragmentos reluzentes de metal. Mas as estrelas sobranceavam em paz no céu. Carros se enfileiravam na porta da embaixada para levar os convidados para suas casas. A polícia estava no local, nos cantos da praça, vigiando de maneira discreta. Tudo estava sob controle. Um dos políticos que estava de saída dirigiu-se a um dos policiais. Ele se aproximou e murmurou:

— Poucas prisões. Oito, no total. Estarão na Bow Street pela manhã. Acho que o mesmo bando de sempre. Petronella esteve aqui, claro, Stephen e seu bando também. Pois é. Era de se esperar que um dia se cansariam dessa baderna.

— Não mora muito longe daqui, não é? — sussurrou alguém no ouvido de Sir Stafford Nye. Uma voz grave, de contralto. — Posso lhe dar uma carona.

— Não, não. Posso ir caminhando. São só dez minutos.

— Não será incômodo algum para mim, garanto — insistiu a Condessa Zerkowski. — Estou hospedada no St. James's Tower.

O St. James's Tower era um dos mais novos hotéis da região.

— É muita gentileza.

Um luxuoso e espaçoso carro alugado estava à espera. O chofer abriu a porta, a Condessa Renata entrou e Sir Stafford Nye a seguiu. Foi a condessa quem deu as indicações para o endereço de Sir Stafford Nye. O carro partiu.

— Então sabe onde moro? — perguntou ele.

— Por que não?

Ele tentou entender o significado daquela resposta. "Por que não?"

— Sim, por que não? — disse ele. — Sabe de tantas coisas, não é mesmo? — Então acrescentou: — Foi muito gentil em devolver meu passaporte.

— Achei que evitaria certas inconveniências. O mais simples seria que você o queimasse. Presumo que já tenha recebido um novo...

— Sim.

— Você vai encontrar sua capa de bandoleiro na gaveta de baixo de sua cômoda. Foi deixado lá hoje à noite. Achei que talvez não fosse ficar satisfeito em comprar uma nova, e na verdade poderia ser impossível encontrar uma parecida.

— Terá mais valor para mim agora, depois de ter passado por tantas... aventuras — respondeu Stafford Nye. — Serviu a seu propósito.

O carro rugia noite adentro.

A Condessa Zerkowski disse:

— Sim, a capa serviu a seu propósito, e é por isso que estou aqui... viva.

Sir Stafford Nye não respondeu. Supunha, corretamente ou não, que ela queria que ele lhe fizesse perguntas, que a pressionasse para saber detalhes sobre o que estivera fazendo por aí, de que destino escapara. Ela queria que ele demonstrasse curiosidade, mas Sir Stafford Nye não demonstraria curiosidade alguma. Inclusive, o divertia se negar a fazer isso. Ela soltou um riso baixo. No entanto, ele achou, com certa surpresa, que se tratava de um riso de contentamento, de satisfação, não um riso de quem vivia um impasse.

— Gostou do jantar? — perguntou ela.

— Foi uma boa recepção, mas Milly Jean sempre organiza boas recepções.

— É uma velha conhecida, então?

— Eu a conheci quando ainda era garota, em Nova York, antes de se casar. Uma Vênus de bolso.

A condessa olhou para ele com certa surpresa.

— É o termo que usa para defini-la?

— Na verdade, não. Ouvi de uma parente minha, uma senhora já idosa.

— Ah, sim, não é o tipo de descrição que se faz de uma mulher hoje em dia. Mas cai bem a Milly Jean. Porém...

— Porém?

— Vênus é sedutora, certo? E também ambiciosa, não?

— Acha que Milly Jean é ambiciosa?

— Ah, sim. Acima de tudo.

— E acha que ser a esposa do embaixador em St. James não sacia a ambição dela?

— Não — afirmou a condessa. — Esse é só o começo.

Ele não respondeu. Observava a paisagem pela janela. Começou a falar, mas se conteve. Percebeu o olhar rápido que ela lhe dirigira, embora permanecesse calada. Foi só quando começaram a cruzar uma ponte sobre o Tâmisa que ele disse:

— Então você não está me dando uma carona nem vai voltar para o St. James Tower. Estamos cruzando o Tâmisa. Já nos encontramos assim uma vez, cruzando uma ponte. Para onde está me levando?

— Faz diferença para você?

— Acho que sim.

— É, posso perceber.

— Bem, é claro que está seguindo a moda. Sequestro está na moda, não? Você me sequestrou. Por quê?

— Porque, assim como antes, preciso de você. Outras pessoas precisam.

— De fato.

— E isso não lhe agrada.

— Ser consultado me agradaria mais.

— Se eu tivesse feito isso, entraria no carro?

— Talvez sim, talvez não.

— Sinto muito.

— Duvido.

Seguiram em silêncio pela noite. Não era um trajeto por um território isolado, estavam em uma estrada principal. Vez ou outra faróis aclaravam um nome ou uma placa de sinalização, e Stafford Nye conseguia enxergar o caminho. Atravessaram o condado de Surrey e as primeiras instâncias residências de Sussex. Às vezes, parecia que pegavam um desvio ou uma estradinha que alongava o caminho, mas nem disso Stafford tinha certeza. Quase perguntou à sua acompanhante se era porque havia a possibilidade de estarem sendo seguidos desde Londres. Mas permaneceu fiel à sua política de silêncio. Era ela quem tinha que falar, dar informações. Ele a achava, mesmo com todos os detalhes que acabara de obter, uma figura enigmática.

Estavam avançando de carro país adentro depois de um jantar em Londres. E o veículo em que estava, ele tinha absoluta certeza, era dos tipos mais caros de carros alugados. É certo que fora previamente planejado. Justo, nenhuma dúvida ou surpresa. Em breve, imaginou ele, descobriria para onde estavam indo. A menos que, também podia ser, estivessem rumando para o litoral. Era uma possibilidade, pensou. Haslemere, leu em uma placa. Estavam contornando Godalming. Tudo muito direto e claro. A rica paisagem campestre dos subúrbios endinheirados. Bosques agradáveis, belas casas. O carro deu mais algumas voltas até enfim começar a diminuir a marcha; pareciam estar chegando ao destino. Portões. Uma guarita branca e pequena. Um caminhozinho ladeado de rododendros bem-cuidados. Fizeram uma curva e se aproximaram da entrada de uma casa.

— Estilo Stockbroker Tudor — murmurou Stafford para si mesmo. Sua acompanhante se virou para ele, curiosa. — Só pensei alto — disse Stafford Nye. — Não ligue. Pelo que entendi, chegamos ao seu destino de escolha, certo?

— E você não ficou admirado com o lugar.

— O terreno parece estar em boas condições — comentou Sir Stafford Nye, acompanhando o feixe dos faróis enquanto o carro fazia outra curva. — É preciso muito dinheiro para manter um lugar desses em ordem. Diria que é uma casa confortável para se morar.

— Confortável, mas não bonita. O morador prefere o conforto à beleza.

— Talvez seja uma escolha sábia — disse Sir Stafford. — No entanto, de certo modo, ele sabe apreciar a beleza, alguns tipos de beleza.

O carro estacionou em frente a uma varanda bem-iluminada. Stafford desceu do carro e estendeu a mão para ajudar sua companheira. O chofer já havia subido a escadinha para tocar a campainha. Lançou um olhar questionador para a mulher enquanto ela subia as escadas.

— A senhora ainda precisa de mim esta noite?

— Não. Por enquanto, não. Amanhã cedo telefono para você.

— Boa noite. Boa noite, senhor.

Ouviram-se passos do lado de dentro, e a porta foi aberta. Sir Stafford esperava um mordomo, mas em seu lugar apareceu uma copeira da altura de um granadeiro. Cabelos grisalhos, lábios cerrados, notavelmente leal e competente, pensou. Um bem inestimável e difícil de encontrar nos dias de hoje. Digna de confiança e capaz de ser feroz.

— Temo estarmos um pouco atrasados — disse Renata.

— O patrão está na biblioteca. Pediu que a senhora e o cavalheiro fossem direto para lá quando chegassem.

Capítulo 9

A casa perto de Godalming

Ela guiou os dois pela ampla escadaria. Sim, pensou Stafford Nye, é uma casa muito confortável. Papel de parede estilo jacobino, uma escadaria horrorosa esculpida em carvalho, mas com degraus agradavelmente baixos. Quadros bem-selecionados, sem nenhum interesse estético em particular. A casa de um homem rico, pensou. Um hômem não de mau gosto, mas de gostos convencionais. Um bom carpete felpudo em tons de ameixa.

No primeiro andar, a copeira com pinta de granadeiro caminhou em direção à primeira porta. Abriu a porta e deu passagem para que entrassem, mas não anunciou o nome dos visitantes. A condessa entrou, seguida de Stafford Nye. Ele ouviu o barulho suave da porta se fechando às costas.

Havia quatro pessoas na sala. Sentado atrás de uma grande mesa toda coberta de papéis, documentos, um ou dois mapas abertos e, presume-se, inúmeros outros registros sobre os quais a discussão em curso se debruçava, estava um homem gordo de rosto amarelado. Um rosto que Sir Stafford Nye já vira antes, embora não conseguisse ligar o nome à pessoa. Um homem que encontrara de um jeito informal, embora em uma ocasião importante. Ele deveria saber quem era, com certeza deveria. Mas por quê? Por que o nome dele não lhe vinha à cabeça?

Com certo esforço, a figura se levantou. Ele tomou a mão estendida da Condessa Renata.

— Cá está você — disse ele. — Esplêndida.

— Sim. Permita-me apresentá-lo, embora ache que já o conheça, Sir Stafford Nye.

Mas é claro. Um clique como o de uma máquina fotográfica ressoou na cabeça de Sir Stafford Nye. A informação se encaixava também com outro nome. Pikeaway. Tampouco poderia dizer que sabia tudo sobre Mr. Robinson. Tudo que sabia sobre Mr. Robinson era o que este permitia que soubesse. Seu nome, até onde todos sabiam, *era* Robinson, embora pudesse ser um nome qualquer, de origem estrangeira. Mas ninguém até então havia insinuado algo assim. O reconhecimento também veio de sua aparência. Testa alta, olhos escuros e melancólicos, uma boca generosa e os admiráveis dentes brancos — postiços, ao que parecia, mas sobre os quais se poderia dizer, como na história de Chapeuzinho Vermelho: "São para comer você melhor!"

Ele também sabia o que Mr. Robinson representava para a sociedade. Uma simples palavra bastava para descrevê-lo. Mr. Robinson representava o Dinheiro, com D maiúsculo. Dinheiro em todas as suas esferas. Dinheiro internacional, dinheiro mundial, financiamento privado, negociações bancárias, o dinheiro visto com a amplidão com a qual uma pessoa normal não seria capaz de enxergar. Ninguém diria que ele era um homem muito rico. Sem dúvida era riquíssimo, mas esse não era o detalhe mais importante sobre ele. Mr. Robinson era um dos administradores do Dinheiro, vinha de um grande clã de banqueiros. Seus gostos pessoais até poderiam ser simples, mas Sir Stafford Nye duvidava que fossem. Um padrão razoável de conforto, até de luxo, seria seu modo de vida de Mr. Robinson. Mas nada além disso. Assim, por trás de tantos negócios misteriosos, o poder do dinheiro operava.

— Ouvi falar do senhor outro dia — disse Mr. Robinson enquanto os dois trocavam um aperto de mãos. — Através de Pikeaway, nosso amigo em comum.

Faz sentido, pensou Stafford Nye, porque lembrou que, na única ocasião anterior em que encontrara Mr. Robinson, o Coronel Pikeaway estivera presente. Horsham, lembrou-se, havia mencionado Mr. Robinson. Então agora havia Mary Ann (ou Condessa Zerkowski?) e o Coronel Pikeaway sentado em sua própria sala esfumaçada com os olhos semicerrados que oscilavam entre o cair no sono profundo e o acabando de acordar, e havia Mr. Robinson com seu grande rosto amarelado, e portanto havia dinheiro em jogo em algum lugar. Stafford Nye observou as três outras pessoas presentes na sala para ver se sabia quem eram e o que representavam, ou se seria capaz de adivinhar.

Em dois dos casos, nem precisou adivinhar. O homem sentado na poltrona imponente ao lado da lareira, um sujeito idoso emoldurado pela poltrona, era um rosto que já fora bastante conhecido em toda a Inglaterra. Na verdade, ainda *era* bastante conhecido, embora fosse raro vê-lo por aí nos dias de hoje. Um homem doente, um inválido que fazia poucas e breves aparições públicas e que, quando fazia, era a custo de dores físicas e dificuldades motoras. Lorde Altamount. Um rosto fino e emaciado, nariz saliente, cabelos grisalhos que raleavam na testa mas depois se armavam em uma juba grisalha espessa; orelhas avantajadas que serviram com fartura aos cartunistas da época e um olhar penetrante e aguçado que analisava mais do que observava. Analisava intensamente o que olhava. Precisamente naquele momento, olhava para Sir Stafford Nye. Estendeu a mão quando Stafford Nye se aproximou.

— Não posso me levantar — disse Lorde Altamount com a voz fraca, a voz de um velho, uma voz do além. — Minhas costas não permitem. Acabou de chegar da Malásia, não é, Stafford Nye?

— Sim.

— Valeu a pena ir até lá? Suponho que, para você, não. E provavelmente tem razão. Ainda assim, precisamos passar por essas excrecências na vida, essas aparas ornamentais que enfeitam as mentiras diplomáticas mais valiosas. Contudo, fico feliz que pôde vir aqui ou foi trazido para cá esta noite. Coisa de Mary Ann, não?

Então é assim que ele a chama e a enxerga, pensou Stafford Nye. Do mesmo modo que Horsham. Ela estava com eles, não restava dúvida. Quanto a Altamount, ele representava... o que representava hoje em dia? Stafford Nye refletiu. Representa a Inglaterra. Vai defender a Inglaterra até ser enterrado na Abadia de Westminster, ou em um mausoléu campestre, ou seja lá onde escolher. Ele *foi* a Inglaterra, ele conhece a Inglaterra, e sabe muito bem o valor de cada político e de cada funcionário do governo inglês, mesmo que nunca tenha trocado uma palavra com eles.

Lorde Altamount falou:

— Esse é um colega nosso, Sir James Kleek.

Stafford Nye não conhecia Kleek. Achava que nunca tinha ouvido falar dele. Um sujeito irrequieto e agitado. Olhares cortantes e desconfiados que nunca se detinham por muito tempo em um só objeto. Ele tinha o ímpeto contido de um cão de caça que aguardava a palavra de ordem. Pronto para desembestar ao mais sutil sinal de seu dono.

Mas quem era o dono dele? Altamount ou Robinson?

Os olhos de Stafford deram a volta para encontrar o quarto homem. Ele se levantara da cadeira perto da porta. Bigodão, sobrancelhas erguidas, observador, retraído, um tipo que parecia familiar e ao mesmo tempo irreconhecível.

— Então é você — disse Sir Stafford Nye. — Como vai, Horsham?

— Muito satisfeito em encontrá-lo aqui, Sir Stafford.

Uma reunião deveras representativa, pensou Stafford Nye, relanceando ao redor.

Uma cadeira para Renata estava posta ao lado da lareira e de Lorde Altamount. Ela estendeu a mão — a mão esquerda, Stafford percebeu —, e Lorde Altamount a tomou entre as próprias mãos, segurando-a por um momento antes de soltá-la.

— Você se arriscou, mocinha, você se arrisca demais.

Olhando para ele, Renata respondeu:

— Foi o senhor que me ensinou a ser assim, e esse é o único jeito de se viver.

Lorde Altamount virou a cabeça na direção de Sir Stafford Nye.

— Não ensinei você a escolher seu homem. Tem um talento natural para isso. — E emendou, olhando para Stafford Nye: — Conheço sua tia-avó, ou sua tia-bisavó, não?

— Minha tia-avó, Matilda — respondeu Stafford Nye de pronto.

— Isso. Ela mesma. Uma das *tours-de-force* vitorianas dos anos 1890. Ela mesma já deve estar beirando os 90.

Lorde Altamount prosseguiu:

— Não a vejo com muita frequência. Uma ou duas vezes ao ano, talvez. Mas sempre fico impressionado... emana pura vitalidade, que transcende a força corporal. Eles têm um segredo, esse vitorianos indomáveis, e também alguns eduardianos.

Sir James Kleek disse:

— Bebe alguma coisa, Nye? O que deseja?

— Um gim-tônica, se possível.

A condessa recusou a oferta com um leve aceno de cabeça.

James Kleek serviu o drinque de Nye e colocou-o sobre a mesa, próximo a Mr. Robinson. Stafford Nye não seria o primeiro a falar. Por um momento, os olhos escuros atrás da mesa perderam qualquer traço de melancolia. Pelo contrário, esbanjavam um brilho súbito.

— Alguma pergunta? — disse.

— Muitas — respondeu Sir Stafford Nye. — Não seria melhor primeiro as explicações, depois as perguntas?

— É o que prefere?

— Pode simplificar as coisas.

— Bem, começaremos então com a apresentação de alguns fatos. Pode ser que tenha sido convidado ou não para estar aqui hoje. Se não foi, imagino que talvez esteja contrariado.

— Ele sempre prefere ser convidado — comentou a condessa. — Foi o que falou.

— Naturalmente — disse Mr. Robinson.

— Fui sequestrado — afirmou Stafford Nye. — Está na moda, eu sei. Uma das táticas mais modernas.

Ele manteve um sutil tom de diversão.

— O que lhe desperta, certamente, uma pergunta — disse Mr. Robinson.

— Uma indagação de seis letras. Por quê?

— De fato. Por quê? Admiro sua economia de palavras. Este é um comitê privado... um comitê de investigação. Uma investigação de importância mundial.

— Parece interessante — comentou Sir Stafford Nye.

— É mais que interessante. É pungente, crítico. Quatro diferentes modos de viver estão representados hoje nesta sala — discorreu Lorde Altamount. — Somos representantes de ramos diferentes. Já me aposentei da ativa participação que tinha nos negócios deste país, mas ainda sou autoridade como consultor. Fui consultado e convidado a presidir a presente investigação sobre o que ocorre no mundo neste específico ano do Senhor, porque alguma coisa *está* acontecendo. James tem uma tarefa especial a desempenhar. Ele é meu braço direito. E também nosso porta-voz. Jamie, explique a situação como um todo para Sir Stafford Nye.

Stafford Nye teve a impressão de que o cão de caça se ouriçara. "Finalmente! Finalmente", seu ímpeto parecia dizer. "Finalmente posso falar e receber atenção!" Ele se inclinou para a frente em sua cadeira.

— Quando certas coisas acontecem no mundo, é preciso descobrir o que as causou. Sinais externos são os mais fáceis de serem observados, mas não são, conforme acredita o presidente... — disse, fazendo uma reverência a Lorde Altamount — e também Mr. Robinson e Mr. Horsham, importantes. Sempre foi assim. Tomemos como exemplo uma força da natureza, uma grande queda d'água que fornecerá a potência de uma turbina. Ou a descoberta do urânio, a partir da uranita, que fornecerá, no tempo devido, uma potência nuclear com a qual nunca sonháramos ou sequer sabíamos existir. Quando descobrimos o carvão e certos minerais, obtivemos transporte, força e energia. Sempre há forças em ação que põe outras em funcionamento. Mas por trás de cada uma delas existe *alguém no controle*. Você só precisa encontrar quem está no controle dessas forças que vêm lentamente ascendendo em quase todos os países da Europa, e até em partes da Ásia. Com menos frequência, talvez, na África, mas por toda a América do Norte e do Sul. É necessário ficar por dentro dos acontecimentos e descobrir a força motriz que os promove. E o que mais promove acontecimentos é o *dinheiro*.

Ele acenou para Mr. Robinson com a cabeça.

— Mr. Robinson, aqui presente, entende mais de dinheiro do que qualquer pessoa no mundo, suponho.

— É muito simples — disse Mr. Robinson. — Há grandes coisas em andamento. Tem que haver dinheiro por trás delas. Precisamos descobrir a origem desse dinheiro. Quem está operando? De onde sai? Para onde é enviado? Por quê? É bem verdade a afirmação de James: eu entendo muito de dinheiro! Mais do que qualquer outro homem vivo sobre a terra. Também existe o que se costuma chamar de tendências. Uma palavra que está na moda! Tendências e inclinações... são tantas palavras na moda. Elas não têm o mesmo significado, mas guardam relação entre si. Uma inclinação, digamos, à rebelião vem sendo notada. Olhe para a história. É um fenômeno que vai e vem, previsível como a tabela periódica, repetindo um padrão. Um desejo de se rebelar, os meios de se rebelar, a forma como se desenrola uma rebelião. Não é exclusivo a nação alguma. Se a tendência surge em um país, surgirá nos outros em maior ou menor grau. É isso que o senhor quis dizer, não é? — concluiu ele, virando-se para Lorde Altamount.
— Foi mais ou menos assim que me pareceu expor a questão.

— Exato, você se expressou muito bem.

— É um padrão, um padrão que surge e torna-se inevitável. É fácil reconhecê-lo em qualquer lugar. Houve uma época em que a ânsia pelas Cruzadas dominou países. Em toda a Europa, as pessoas entravam em navios e partiam para libertar a Terra Santa. Tudo bem claro, um padrão de comportamento totalmente identificável. Mas *por que* essas pessoas partiam nessas missões? Isso é o que mais interessa à história. Entender o porquê do surgimento dessas ânsias e desses padrões. Nem sempre a resposta é materialista. Todo tipo de coisa pode causar uma rebelião, um desejo por liberdade, a liberdade de expressão, a liberdade de seguir uma religião, mais uma vez inúmeros padrões que se relacionam entre si. Isso levou pessoas a emigrarem para outros países, a formarem novas religiões que, com muita frequência, eram tão repletas de tiranias quanto as que haviam abandonado. Mas a verdade é que, olhando com bastante atenção, se investigar profundamente, conseguirá identificar o que causou o início desse e de muitos outros... usarei a mesma palavra... padrões. De certa forma, é como uma doença. O vírus pode ser transportado mundo afora, através de mares, montanhas. Ele avança e contamina. E parece nunca ter sido posto em movimento. Mas ninguém pode assegurar, nem mesmo hoje em dia, que isso é verdade. Pode ter havido causas. Causas que fizeram as coisas acontecerem. Mais do que isso. Há *pessoas*. Uma pessoa... dez pessoas... algumas centenas de pessoas que são capazes de pôr uma causa em movimento e representá-la. Assim, não é no *processo final* que devemos nos deter. Primeiro temos que olhar para as pessoas que puseram a causa em movimento. Existem os guerreiros cristãos, os Cruzados, os entusiastas religiosos, os desejosos por liberdade e todos esses padrões, mas ainda é preciso dar mais um passo para trás. Para o interior. Visões, sonhos. O profeta Joel sabia disso quando escreveu: "Os velhos sonharão, os jovens terão visões." E entre essas duas opções, qual é a mais poderosa? Os sonhos não são destrutivos. Mas as visões podem abrir novos mundos... e também destruir aqueles que já existem...

James Kleek virou-se de repente para Lorde Altamount.

— Eu não sei se pode ter alguma relação — disse ele —, mas uma vez o senhor me contou uma história sobre alguém da embaixada de Berlim. Uma mulher.

— Ah, aquela história? Sim, achei-a interessante na época. Sim, tem relação com o que estamos conversando agora. Uma das esposas da embaixada, uma mulher esperta, inteligente, bem-educada. Estava muito ansiosa para ouvir um discurso do Führer pessoalmente. É claro que estou falando da época que precedeu a guerra de 1939. Ela tinha muita curiosidade de descobrir os poderes da oratória. Por que todos ficavam tão impressionados? Então foi até lá. Quando voltou, disse: "É extraordinário. Se me contassem, eu não acreditaria. É verdade que não entendo muito bem o alemão, mas fui completamente tomada pelo discurso. Agora entendo por que as pessoas ficam tão impressionadas. Quer dizer, as ideias dele eram fantásticas... inflamavam a mente. As coisas que ele disse. Provocaram uma sensação de que *não* havia outra maneira de pensar, que um novo mundo se abriria se as pessoas seguissem sua cartilha. Ah, eu mal consigo explicar. Vou tentar pôr no papel o máximo que lembrar e trarei para o senhor ler, acho que conseguirei me fazer entender melhor do que só tentar descrever o efeito do discurso."

"Eu disse a ela que era uma boa ideia. No dia seguinte ela chegou pra mim e falou: 'Eu não sei se você vai acreditar. Comecei a escrever as coisas que ouvi, as coisas que Hitler tinha dito. O que *significavam*... mas... foi tão assustador... *eu não tinha absolutamente nada para escrever, não parecia capaz de me lembrar nem mesmo de uma frase encorajadora ou empolgante*. Eu tinha algumas palavras, mas elas não pareciam significar as mesmas coisas de quando eu as escrevi. Elas são... ah, tão *sem sentido*. Não entendo.'

"Isso mostra um dos grandes perigos dos quais raramente conseguimos nos lembrar, *mas que existe*. Há pessoas com habilidade de se comunicar com um entusiasmo tremendo, um tipo de visão da vida e dos acontecimentos. E conseguem essa proeza não pelo que *dizem*, não pelas *palavras que ouvimos* ou pela ideia exposta. É outra coisa. É uma força magnética possuída por pouquíssimos e usada para iniciar algo, exibir e criar uma visão. Graças a um magnetismo pessoal, um tom de voz, quem sabe uma emanação vinda direto da *carne*. Eu não sei, *mas existe*.

"Tais pessoas têm poder. Os grandes líderes religiosos tinham esse poder, assim como os espíritos malignos também o têm. Uma crença se cria a partir de um movimento, de coisas a serem feitas, coisas que darão vida a um novo céu e a uma nova terra, e as pessoas vão acreditar nisso e trabalhar por isso e lutar por isso e até morrer por isso."

Ele baixou o tom de voz e concluiu:

— Jan Smuts tem uma frase sobre isso. Disse que a liderança, apesar de ser uma força criativa poderosa, pode ser *diabólica*.

Stafford Nye se remexeu na cadeira.

— Entendo o que quer dizer. É interessante. Creio que talvez seja verdade.

— Mas é claro que acha um exagero.

— Não sei bem — disse Stafford Nye. — Coisas que parecem exageradas quase sempre não são. São apenas coisas de que nunca se ouviu falar ou pensou. Pois nos chegam parecendo tão pouco familiares que não há o que fazer senão aceitá-las. A propósito, posso fazer uma pergunta simples? O que se *pode* fazer sobre isso?

— Se suspeitar de que esse tipo de coisa está acontecendo, precisa investigar — respondeu Lorde Altamount. — Fazer como o mangusto de Kipling: ir atrás. Descobrir de onde vem o dinheiro e de quem são as ideias, e de onde vem, se é que posso dizer assim, o *maquinário*. Quem opera esse maquinário? Existe um chefe, assim como um comandante-chefe. É isso o que estamos tentando fazer. E gostaríamos de sua ajuda.

Essa foi uma das raras ocasiões, em toda vida, que Sir Stafford Nye foi pego de surpresa. Por mais que tenha se sentido assim em momentos anteriores, até então conseguira ocultar este fato. Mas dessa vez foi diferente. Ele olhou para cada homem sentado na sala. Para Mr. Robinson, de cara amarelada e impassível, ostentando uma boca cheia de dentes; para Sir James Kleek, um falastrão atrevido, na opinião de Sir Stafford Nye, mas que sem sombra de dúvidas tinha sua utilidade; o cachorrinho do chefe, era como mentalmente o chamava. Olhou para Lorde Altamount, com a cabeça emoldurada pela capota da poltrona alta. A luz da sala era fraca.

Dava-lhe a aparência de um santo no altar de alguma catedral. Um asceta. Século XIV. Um grande homem. Sim, Altamount fora um dos grandes homens do passado, Stafford Nye não duvidava disso. Mas agora era muito velho. Por isso, supôs, a utilidade de James Kleek, e a confiança de Lorde Altamount nele. Olhou para a criatura enigmática e indiferente que o levara até ali, a Condessa Renata Zerkowski, pseudônimo Mary Ann, pseudônimo Daphne Theodofanous. Sua expressão não lhe dizia nada. Ela sequer olhava para ele. Por fim, virou-se para Mr. Henry Horsham, da Segurança.

Com vaga surpresa, notou que Henry Horsham sorria para ele.

— Ora, vamos — Stafford Nye, dispensando a linguagem formal e assumindo o tom do estudante de 18 anos que fora um dia —, onde eu entro nessa história? O que *eu* posso oferecer? Francamente, não me destaco em nada dentro de minha profissão, sabe? Ninguém me leva a sério no Ministério das Relações Exteriores. E nunca foi diferente.

— Sabemos disso — disse Lorde Altamount.

Então foi a vez de Sir James Kleek dar um sorrisinho e comentar:

— Talvez seja melhor assim. — Então completou, em tom de desculpas, quando Lorde Altamount o olhou feio. — Desculpe, senhor.

— Este é um comitê de investigação — explicou Mr. Robinson. — Pouco importa o que fez no passado ou o que as pessoas pensam a seu respeito. O que estamos fazendo é recrutar um comitê para investigar. Por enquanto, somos poucos membros. E o convidamos a participar porque achamos que tem certas qualidades que podem ajudar em uma investigação.

Stafford Nye virou-se para o homem da Segurança:

— O que acha, Horsham? — perguntou. — É sério que concordou com isso?

— Por que não? — respondeu Henry Horsham.

— Mesmo? Que "qualidades" são essas que tenho, segundo vocês? Nem eu consigo acreditar nelas.

— Você não é um fanático — explicou Horsham. — Eis a resposta. É o tipo de sujeito que consegue identificar um impostor. Não leva em conta uma pessoa com base na avaliação dela mesma ou do mundo. Só leva em consideração seu ponto de vista.

Ce n'est pas un garçon sérieux. Essas palavras flutuaram na mente de Sir Stafford Nye. Era uma razão curiosa para ser escolhido para um trabalho difícil e minucioso.

— Só preciso avisá-los — disse ele — de que meu principal defeito, um que costuma ser notado e que já me custou inúmeros cargos bons, é, acho, bastante conhecido por todos. Digamos que eu não seja uma pessoa suficientemente séria para um trabalho tão importante.

— Acredite ou não — disse Mr. Horsham —, essa é uma das razões pelas quais escolhemos você. Não é verdade, mestre? — E olhou para Lorde Altamount.

— Serviço público! — exclamou o idoso. — Permita-me dizer uma coisa: com frequência, uma das mais sérias desvantagens da vida pública é que as pessoas que ocupam cargos públicos se encaram com muita seriedade. Achamos que, com senhor, será diferente. Ou, pelo menos — falou —, é o que Mary Ann pensa.

Sir Stafford Nye olhou para ela. E lá estava, não mais uma condessa. Virara Mary Ann novamente.

— Não quero ser indelicado, mas — disse ele —, quem é você? Quer dizer, é mesmo uma condessa?

— Com toda a certeza. *Geboren*, como dizem os alemães. Meu pai era de boa estirpe, um esportista, atirador esplêndido, e possuía um castelo muito romântico, mas, em certa medida dilapidado, na Baviera. Ainda existe, o castelo. Neste tocante, mantenho relações com grande parte do povo europeu, todos ainda incrivelmente esnobes quando o assunto é ascendência. Uma condessa pobre e maltrapilha ainda se senta nos melhores lugares de uma mesa, enquanto uma americana rica, dona de uma fortuna fabulosa, fica na fila de espera.

— Mas e Daphne Theodofanous? Onde entra nessa história?

— É um nome útil para passaporte. Minha mãe era grega.

— E Mary Ann?

Talvez tenha sido um dos primeiros sorrisos que Stafford Nye testemunhava no rosto da mulher. Os olhos dela se voltaram para Lorde Altamount e, em seguida, para Mr. Robinson.

— Talvez — explicou ela — porque eu seja uma espécie de faz-tudo, vou de um lugar a outro, vasculho, transporto coisas de um país para outro, abafo informações, faço qualquer negócio, vou a qualquer lugar e resolvo qualquer pepino. — Ela olhou mais uma vez para Lorde Altamount. — Não é, tio Ned?

— Está certíssima, minha querida. Você é e sempre será nossa Mary Ann.

— Você estava transportando alguma coisa naquele avião? Digo, levava algo importante de um país para outro?

— Sim. E sabiam que eu estava fazendo isso. Se não tivesse me socorrido, se não tivesse aceitado beber aquela cerveja possivelmente envenenada e me cedido sua extravagante capa de bandoleiro como disfarce, bem... acidentes acontecem às vezes. Eu não estaria aqui hoje.

— E o que você levava... se é que posso perguntar? Existem coisas que eu nunca vou saber?

— Existem inúmeras coisas que você nunca vai saber. E outras tantas que nem tem permissão para perguntar. Acho que essa pergunta eu posso responder. Darei uma resposta bem simples. Se tiver permissão para tal, é claro.

Mais uma vez, olhou para Lorde Altamount.

— Confio em seu julgamento — respondeu Lorde Altamount. — Vá em frente.

— Passe a informação sigilosa para ele — disse James Kleek, irreverente.

Já Mr. Horsham opinou:

— Acho que você precisa saber. *Eu* não contaria, mas trabalho na Segurança. Conte, Mary Ann.

— Vou dizer apenas uma frase. *Eu levava uma certidão de nascimento*. Não contarei mais nada e não vai adiantar você fazer outras perguntas.

Stafford Nye olhou para todos os presentes.

— Certo. Contem comigo. O convite muito me honra. Qual é o próximo passo?

— Amanhã — disse Renata —, eu e você partiremos. Vamos para o Continente. Deve ter lido ou ouvido falar que há um Festival de Música na Baviera. É um evento muito recente e que só aconteceu nos dois últimos anos. Tem um nome alemão bastante formidável que significa "Companhia dos Cantores Jovens" e é financiado por governos de diversos países. É bastante diferente dos festivais tradicionais e outras produções que acontecem em Bayreuth. A música que se toca lá, em grande maioria, é moderna... novos e jovens compositores ganham espaço para mostrar seus trabalhos. Embora seja tido em alta conta por algumas pessoas, o evento é repudiado e desprezado por outras.

— Sim — disse Sir Stafford —, já li a respeito. Vamos comparecer?

— Temos reservas para duas apresentações.

— Esse festival tem alguma relevância na investigação?

— Não — respondeu Renata. — Digamos que funciona como uma conveniente porta de entrada e saída. Há uma razão verdadeira e implícita para estarmos lá, e de lá daremos o próximo passo, quando chegar a hora.

Stafford olhou ao redor.

— Instruções? Vou receber orientações? Instruções?

— Não da maneira que espera. É uma viagem de investigação. Vai descobrir coisas pelo caminho. Viajará em seu nome, só com as informações que tem por ora. Vai como amante da música, um diplomata desiludido que aguardava um novo posto em seu país de origem, um cargo que não foi concedido. Fora isso, não terá outras informações. É mais seguro.

— Então é nessa região que as atividades se concentram por agora? Alemanha, Baviera, Áustria, Tirol... esse lado do mundo?

— É um dos centros de interesse.

— Não é o único?

— Na verdade, nem o principal deles. Existem outros pontos do globo que variam entre importância e interesse. A importância de cada um deles é o que precisamos descobrir.

— E eu não devo saber ou ser informado sobre esses outros centros?

— Apenas superficialmente. Um deles, talvez o mais importante, está na América do Sul, há outros dois quartéis-generais nos Estados Unidos, um na Califórnia, o outro em Baltimore. Um na Suécia e outro na Itália. As coisas andam muito movimentadas por lá de uns seis meses para cá. Portugal e Espanha também têm centros menores. Paris, é claro. E há outros pontos interessantes que estão "entrando em produção", por assim dizer. Mas ainda não estão plenamente desenvolvidos.

— Fala da Malásia ou do Vietnã?

— Não. Não, esses já ficaram no passado. Tiveram boas manifestações, um grito de incitação à violência, indignação estudantil e outras coisas.

"O que está acontecendo agora em toda parte, você precisa compreender, é uma crescente mobilização da juventude contra os modos de governo; contra os costumes dos pais, muitas vezes contra as religiões nas quais foram criados. Existe hoje o culto insidioso à permissividade e um crescente culto à violência. Não a violência como um meio de ganhar dinheiro, mas a violência por amor à violência. Essa particularidade está acentuada, e as razões que explicam isso, de acordo com interessados nos assuntos, é uma das coisas mais importantes e de extremo significado."

— A permissividade é importante?

— É um jeito de vida, nada mais. Acarreta certas agressões, mas não de maneira indevida.

— E as drogas?

— O culto às drogas tem avançado e sido fomentado de maneira deliberada. Tremendas quantias de dinheiro vêm sendo geradas assim, mas não acreditamos que o motivo esteja totalmente ligado ao aspecto financeiro.

Todos olharam para Mr. Robinson, que balançou devagar a cabeça.

— Não — disse ele —, isso é o que *parece*. Pessoas estão sendo presas e levadas aos tribunais. Traficantes de drogas serão investigados. Mas tem mais coisa por trás dessa sanha das drogas. Este mercado é uma maneira fácil, e maligna, de fazer dinheiro. Mas tem muito mais coisa por trás.

— Mas quem... — falou Stafford Nye.

— Quem, o quê, onde, por quê? São as quatro perguntas mágicas. Essa é sua missão, Sir Stafford — respondeu Mr. Robinson. — É isso que precisa descobrir. Você e Mary Ann. Não será fácil, e lembre-se de que uma das coisas mais difíceis do mundo é guardar segredo.

Stafford Nye olhou com interesse para a cara gorda e amarelada de Mr. Robinson. Talvez fosse justamente esse o segredo que explicasse o domínio que o homem exercia no mundo financeiro. O segredo dele era guardar o próprio segredo. A bocarra de Mr. Robinson se abriu em mais um sorriso. Seus dentões brilharam.

— Quando você sabe uma coisa — disse ele —, é sempre muito tentador mostrar que sabe; em outras palavras, discorrer sobre o assunto. Não é que queira passar informação, nem que tenham lhe oferecido dinheiro para tal. É que você quer mostrar sua importância. É, não é nada além disso. Na verdade — Mr. Robinson estreitou os olhos —, tudo neste mundo é muito, *muito* simples. É isso que as pessoas não entendem.

A condessa se levantou, e Stafford Nye fez o mesmo.

— Espero que tenham uma boa e confortável noite de sono — disse Mr. Robinson. — Acho que essa casa é razoavelmente confortável.

Stafford Nye murmurou que tinha toda certeza de que sim, opinião que pôde confirmar logo em seguida. Pois assim que deitou a cabeça no travesseiro, caiu no sono.

Livro II

Viagem à procura de Siegfried

Capítulo 10

A mulher no *Schloss*

Eles saíram do festival de artes da juventude e caíram no frescor da noite. Logo abaixo, na extensão do terreno, havia um restaurante iluminado. Na encosta da colina havia outro, menorzinho. Os restaurantes variavam ligeiramente em preço, mas nenhum era barato. Renata trajava um vestido de gala em veludo preto, e Sir Stafford Nye a acompanhava com um traje social completo, de gravata branca.

— Uma plateia deveras distinta — murmurou Stafford Nye para sua acompanhante. — Dinheiro de sobra por aqui. Mas composta, sobretudo, por jovens. Não imaginaria que pudessem pagar.

— Ah, mas isso pode ser resolvido... *é* resolvido.

— Um subsídio para a juventude da elite? Algo do tipo?

— Sim.

Caminharam para o restaurante no topo da colina.

— Teremos uma hora para comer. É isso mesmo?

— Na teoria, uma hora. Na prática, uma hora e quinze.

— Tive a sensação de que aquela plateia — comentou Sir Stafford Nye — em sua maioria, ou toda, era formada de verdadeiros amantes da música.

— A maioria, sim. É importante.

— Importante?

— Que o entusiasmo seja genuíno. Nos dois lados da balança.

— O que quer dizer com isso?

— Aqueles que praticam e organizam a violência precisam amar a violência, desejá-la, ansiar por ela. A marca do êxtase em cada movimento, de cortar, ferir, destruir. O mesmo se aplica à música. Os ouvidos precisam apreciar cada segundo de cada harmonia e beleza. Não pode haver fingimento.

— É possível duplicar os papéis... quer dizer que se pode combinar violência *e* amor pela música ou o amor pela arte?

— Acho que nem sempre é fácil, mas sim. Muitos conseguem. Na verdade, é mais seguro quando não é preciso combinar os papéis.

— É melhor ir pelo caminho mais simples, como diria nosso rechonchudo amigo Mr. Robinson? Que os amantes da música se devotem à música, que os praticantes da violência se devotem à violência. Entendi certo?

— Acho que sim.

— Estou adorando estar aqui. Os dois últimos dias de estadia, as duas últimas noites de música de que pudemos desfrutar. Não gostei de tudo que ouvi, porque talvez não tenha um gosto tão moderno. Mas estou achando as roupas bem interessantes.

— Está falando dos figurinos?

— Não, não, me refiro à plateia. Eu e você somos os caretas, os antiquados. Você, condessa, de vestido de gala, eu de gravata branca e fraque. Não é, nem nunca foi, um traje confortável. Já os outros com suas sedas e veludos, homens de camisas bufantes, rendas... eu reparei em vários momentos... e a pompa, os cabelos e o luxo da *avant-garde*, o luxo do século XVIII ou poderia até dizer o luxo da era elisabetana ou dos quadros de Van Dyck.

— É isso mesmo.

— No entanto, sinto que nem encosto no *significado* de tudo. Não *aprendi* nada. Não descobri nada.

— Você precisa ter paciência. É um evento de ricos, apoiado, requisitado, talvez exigido pela juventude e financiado por...

— Quem?

— Ainda não sabemos. Vamos descobrir.

— A sua certeza me tranquiliza.

Entraram no restaurante e se sentaram. A comida era boa, mas não suntuosa ou refinada. Ambos foram abordados uma ou duas vezes por conhecidos ou amigos. As duas pessoas que reconheceram Sir Stafford Nye demonstraram surpresa e alegria ao vê-lo. Renata tinha um círculo maior de conhecidos, pois se relacionava com mais estrangeiros... mulheres bem-vestidas, alguns homens, sobretudo alemães ou austríacos, pensou Stafford Nye, alguns americanos. Trocavam palavras fortuitas. De onde chegaram, para onde iam, uma crítica ou elogio sobre as apresentações musicais. Ninguém se estendeu muito, porque o intervalo para refeições não era tão longo.

Voltaram aos assentos para as duas últimas apresentações. Um poema sinfônico chamado "Desmembramento da alegria", de um jovem compositor, Solukonov, e depois a grandiosidade solene da marcha de *Os mestres cantores de Nuremberg*.

Saíram novamente para a noite fresca. O carro que estava à disposição deles todos os dias já aguardava para levá-los ao pequeno mas exclusivo hotel na rua do vilarejo. Stafford Nye desejou boa noite a Renata. Ela avisou em um tom de voz baixo:

— Quatro da manhã. Esteja pronto.

Então caminhou em direção ao quarto e fechou a porta. Stafford fez o mesmo.

Precisamente às 3h57, um leve arranhar de dedos em sua porta. Ele a abriu, já pronto.

— O carro está esperando — disse ela. — Vamos.

Almoçaram em uma pequena pousada nas montanhas. O tempo estava bom e as montanhas, lindas. Às vezes, Stafford Nye se perguntava que cargas d'água estava fazendo ali. Cada vez entendia menos sua companheira de viagem. Ela falava pouco. Ele se flagrou encarando o perfil de Renata. Para onde o estava levando? Qual era seu verdadeiro motivo? Enfim, quando sol estava prestes a se pôr, ele perguntou:

— Para onde estamos indo? Posso saber?

— Sempre pode perguntar.

— Mas você não vai responder?

— Eu poderia. Poderia explicar algumas coisas, mas fariam sentido? Acho que, se chegar ao local ao qual vamos sem que eu lhe forneça explicações, que podem, pela natureza das coisas, não fazer sentido, suas primeiras impressões vão ser mais intensas e significativas.

Ele olhou para Renata novamente, pensativo. Ela usava um casaco de *tweed* e pele, roupas elegantes de viagem, de marca e corte estrangeiros.

— Mary Ann — disse ele.

A frase continha uma pergunta implícita.

— Não — afirmou ela —, agora não.

— Ah, sim. Você ainda é a Condessa Zerkowski.

— Neste momento, permaneço como Condessa Zerkowski.

— Estamos na região em que você nasceu?

— Mais ou menos. Passei a infância aqui. Durante boa parte do ano, vínhamos passar o outono em um *Schloss* perto daqui.

Ele sorriu e disse, reflexivo:

— Que palavra bonita. *Schloss*. Um som tão sólido.

— Os *Schlösser* não são tão sólidos hoje em dia. A maioria está em ruínas.

— Esta é a região de Hitler, não é? Estamos longe de Berchtesgaden?

— Fica a nordeste.

— Sua família, seus amigos... eles gostavam de Hitler, acreditavam nele? Talvez eu não devesse perguntar coisas assim.

— Eles não gostavam de Hitler nem de nada que ele representava. Mas diziam "*Heil* Hitler". Eram coniventes com o que acontecia no país. O que mais poderiam fazer? O que qualquer pessoa poderia fazer naquela época?

— Estamos indo para as Dolomitas, certo?

— Que diferença faz onde estamos e para onde vamos?

— Bem, é uma viagem de investigação, não?

— Sim, mas não se trata de uma investigação geográfica. Vamos visitar uma personalidade.

— Eu me sinto como se fôssemos visitar o famoso Velho da Montanha — disse Stafford Nye, olhando as montanhas que preenchiam a paisagem até quase tocar o céu.

— Você quer dizer o Mestre dos Assassinos, que drogava seus fiéis para que morressem de boa vontade por ele, para que matassem por ele, mesmo sabendo que também seriam assassinados, acreditando que isso permitiria sua entrada no Paraíso: mulheres lindas, haxixe, sonhos eróticos... a perfeita e eterna felicidade.

Ela fez uma pausa e emendou:

— Charlatões! Acho que sempre estiveram pelo mundo ao longo das eras. Pessoas capazes de fazer outras acreditarem nelas a ponto de entregarem sua vida. Não são só os Assassinos. Os cristãos também morriam.

— Os mártires sacros? Lorde Altamount?

— Por que Lorde Altamount lhe veio à mente?

— Eu o vi assim naquela noite, de repente. Esculpido em pedra... em uma catedral do século XIII, talvez.

— Um de nós talvez tenha que morrer. Ou mais.

Ela se deteve.

— Tem outra coisa em que penso às vezes. Um versículo do Novo Testamento... Lucas, acho. Cristo, na Última Ceia, disse aos seus seguidores: "Vocês são meus companheiros e meus amigos, *mas um de vocês é um demônio.*" Assim, de acordo com a probabilidade, um de *nós* é um demônio.

— Acha possível?

— Tenho quase certeza. Alguém que conhecemos e em quem confiamos, mas que, à noite, na hora de dormir, não sonha com o martírio, e sim com trinta moedas de prata, e acorda com a sensação de que as tem na mão.

— Amor pelo dinheiro?

— Ambição é uma palavra melhor. Como se reconhece um demônio? Como *saberíamos*? Um demônio se destacaria na multidão, seria uma figura empolgante, faria propaganda de si, teria uma postura de liderança.

Ela se calou brevemente, então prosseguiu em um tom de voz pensativo:

— Eu tinha amiga diplomata que me contou de uma vez em que disse para uma alemã o quanto tinha se emocionado com uma encenação de *A paixão de Cristo* em Oberammergau. Mas a alemã respondeu, com desdém: "Vocês não entendem. *Nós*, alemães, não precisamos de Cristo! Temos Adolf Hitler. Ele é maior que qualquer Jesus." Ela era uma mulher normal e amigável. Mas se sentia assim. Muitas pessoas concordavam. Hitler era um orador cativante. Ele abria a boca e todos prestavam atenção... aceitavam o sadismo, as câmaras de gás, as torturas da Gestapo.

Ela deu de ombros e concluiu em seu tom de voz usual:

— Mesmo assim, é estranho que tenha dito isso agora.

— O quê?

— Sobre o Velho da Montanha. O Mestre dos Assassinos.

— Está me dizendo que *existe* um Velho da Montanha aqui?

— Não. Não um Velho da Montanha, mas talvez uma Velha da Montanha.

— Uma Velha da Montanha. E como ela é?

— Você a verá hoje à noite.

— O que faremos hoje à noite?

— Vamos circular na sociedade — disse Renata.

— Parece que faz tempo que você não é Mary Ann.

— Terá que esperar até pegarmos um avião outra vez.

— Acho que deve ser bem ruim para o moral de alguém — comentou Stafford Nye —, viver no topo do mundo.

— Do ponto de vista social, você diz?

— Não. Do ponto de vista geográfico. Se você vive em um castelo no alto de uma montanha com vista para o mundo inteiro aos seus pés, provavelmente sente um certo desprezo pelo resto das pessoas, não? Você está no topo, é a grandiosidade. Era o que Hitler sentia em Berchtesgaden, talvez seja isso que sentem muitos escaladores quando olham seus semelhantes no fundo de vales.

— Tome cuidado esta noite — avisou Renata. — Será uma ocasião delicada.

— Instruções?

— Você é um homem insatisfeito. Opõe-se ao sistema e ao mundo convencional. É um rebelde, mas em segredo. Acha que consegue?

— Posso tentar.

A paisagem foi ficando mais selvagem. O carro grande ziguezagueava montanha acima, cortando vilarejos, às vezes revelando o panorama desconcertante abaixo, onde luzes longínquas iluminavam um rio ou os campanários das igrejas despontavam ao longe.

— Para onde estamos indo, Mary Ann?

— Para o ninho da águia.

Chegaram à curva final da estrada, que serpenteou para dentro de uma floresta. Stafford Nye pensou ter vislumbres ocasionais de cervos ou outros animais. Às vezes, também de homens de jaqueta de couro armados. Seguranças, pensou. Enfim, avistaram um gigantesco *Schloss* sobre um penhasco. Parte dele, pensou, estava arruinado, mas a parte maior e restante estava restaurada. Era uma construção maciça, magnífica, mas não inspirava nenhuma sensação nova, tampouco na mensagem que transmitia. Representava um poder do passado, um poder exercido em tempos idos.

— Este era originalmente o grão-ducado de Liechtenstolz. O *Schloss* foi construído pelo grão-duque Ludwig em 1790 — informou Renata.

— E quem mora aqui hoje? O atual grão-duque?

— Não. Todos já se foram. Dizimados.

— Então quem?

— Alguém com o poder do presente — disse Renata.

— Dinheiro?

— Sim. Muito.

— Será então que encontraremos Mr. Robinson? Ele veio de avião antes para nos receber?

— Acredite em mim, a última pessoa que encontrará aqui é Mr. Robinson.

— Que pena — disse Stafford Nye. — Eu gosto de Mr. Robinson. Uma figura, não acha? Quem é ele, afinal... qual é sua nacionalidade?

— Acho que ninguém nunca soube. Cada um conta uma versão diferente. Alguns dizem que ele é turco, outros que é armênio, há quem diga que é holandês e há aqueles que garantem que não passa de um inglês. Alguns afirmam que sua mãe era uma escrava circassiana, uma grã-duquesa russa, uma princesa indiana, por aí vai. Ninguém sabe. Uma pessoa certa vez me disse que a mãe dele era uma tal de Miss McLellan, da Escócia. Acho que tudo é possível.

Haviam estacionado embaixo de um grande pórtico. Dois criados de libré desceram a escada. Fizeram reverências extravagantes para saudar seus hóspedes. Recolheram a bagagem, que era abundante. Stafford Nye havia se perguntado por que lhe disseram para levar tanta coisa, mas agora já começava a entender que, ocasionalmente, havia necessidade. Como naquela noite, pensou. Depois de algumas perguntas, sua acompanhante lhe confirmou a suposição.

Encontraram-se antes do jantar, intimados pelo som de um gongo retumbante. Stafford parou no saguão e esperou que Renata descesse as escadas. Ela usava um traje de gala elaborado: vestido de veludo vermelho-escuro, um colar e uma tiara de rubi. Um criado se apresentou e os conduziu pelo salão. Ao abrir a porta, anunciou:

— *Gräfin* Zerkowski, Sir Stafford Nye.

"Lá vamos nós, espero que sejamos convincentes", pensou Stafford Nye.

Ele baixou os olhos com satisfação para os botões de safira e diamante de sua camisa. No momento seguinte, arfou com surpresa. Nunca imaginara encontrar o que estava diante de seus olhos. Um salão enorme, no estilo rococó, com cadeiras, sofás e cortinas feitos com os mais refinados brocados e veludos. Não conseguiu identificar a autoria de todos os quadros nas paredes de uma vez, mas, entre eles notou imediatamente, porque gostava de pintura, sem dúvida um Cézanne, um Matisse, e possivelmente um Renoir. Quadros de valor inestimável.

Em uma cadeira ampla, que aludia a um trono, sentava-se uma mulher imensa. Uma baleia, pensou Stafford Nye. De fato, não havia outra palavra para descrevê-la. Uma mulher grande, rotunda, de aparência cafona, espojando-se em gordura. Um queixo duplo, triplo, quádruplo. Usava um vestido laranja de cetim armado. Sobre a cabeça, uma tiara chamativa de pedras preciosas fazia as vezes de coroa. As mãos, sobre os brocados que cobriam os braços da cadeira, também eram gigantescas. Mãos grandes, volumosas e gordas com dedos grandes, volumosos, gordos e disformes. Em cada dedo, notou, havia um anel. E, em cada anel, uma pedra legítima. Um rubi, uma esmeralda, uma safira, um diamante, uma pedra verde-clara que não soube identificar, um crisoprásio, talvez, e uma pedra amarela que, se não fosse topázio, era um diamante amarelo. Uma mulher horrorosa, na opinião dele. Chafurdando na própria gordura. Seu rosto era uma massa imensa, branca, enrugada e babada de gordura. E, enfiados nessa massa, como duas groselhas em um gigantesco pão de groselha, seu pequeninos olhos pretos. Olhos sagazes que observavam o mundo, avaliando tudo, avaliando Stafford, mas alheios a Renata, pensou ele. Ela já conhecia Renata. Renata estava ali atendendo a uma ordem, um compromisso. Defina como quiser. Renata fora orientada a levar *Stafford* até lá. Ele se perguntou por quê. Não sabia a razão, mas tinha bastante certeza de que era o caso. A mulher o observava. *Ele* estava sendo observado, *ele* estava sendo medido. Era ele que ela queria? Era ele, para ser mais exato, que o cliente requisitara?

"Vou ter que me certificar de descobrir o que ela quer", pensou. Preciso fazer meu melhor, do contrário... Do contrário, ele imaginava que ela poderia levantar um de seus dedos gordos e cheios de anéis e ordenar a um dos lacaios altos e musculosos: "Levem-no e joguem-no das ameias." "Que ridículo", considerou Stafford Nye. "Hoje em dia essas coisas não acontecem mais. Onde estou? De que espécie de baile de máscaras, cortejo ou espetáculo teatral estou participando?"

— Você foi muito pontual, minha criança.

Era uma voz rouca e asmática que já tivera um toque de força, talvez até de beleza. Nada disso existia mais. Renata se aproximou e fez uma reverência discreta. Tomou sua mão gorda e deu-lhe um beijo cortês.

— Deixe-me apresentá-la a Sir Stafford Nye. Esta é a *Gräfin* Charlotte von Waldsausen.

A mulher estendeu a mão gorda para ele, que se curvou sobre ela como manda a etiqueta estrangeira. Então ela disse uma coisa que o deixou surpreso:

— Conheço sua tia-avó.

Stafford Nye ficou atônito e percebeu na mesma hora que ela se divertiu com sua reação. Também percebeu, no entanto, que a mulher já esperava sua surpresa. Ela riu de um jeito bem estranho e estridente, nada atraente.

— Digamos que eu a conhecia. Faz anos e anos que não nos vemos. Conhecemo-nos na Suíça, em Lausanne, quando éramos garotas. Matilda. Lady Matilda Baldwen-White.

— Mas que novidade maravilhosa levarei desta viagem — comentou Stafford Nye.

— Ela é mais velha que eu. Está bem de saúde?

— Para a idade, está ótima. Vive no interior, um lugar tranquilo. Tem artrite e reumatismo.

— Ah, claro, os males da velhice. Deveria tomar injeção de procaína. É o que os médicos recomendam para quem vive a esta altitude. Muito satisfatório. Ela sabe que veio me visitar?

— Acredito que não — disse Sir Stafford Nye. — Soube apenas que eu viria a este festival de música moderna.

— Imagino que tenha adorado, certo?

— Ah, imensamente. O Festival Opera Hall é ótimo para esse tipo de coisa, não acha?

— Um dos melhores. Nem me fale! Faz o velho Bayreuth Festival Hall parecer um teatro de escola! Consegue imaginar quanto custou a construção do Opera House?

Ela mencionou uma soma de milhões de marcos. A quantia fez Stafford Nye perder o fôlego, mas não houve necessidade de esconder a reação. Ela se deleitou com o efeito da declaração.

— Se a pessoa tem conhecimento, habilidade e discernimento, o que o dinheiro não pode fazer? — disse ela. — Ele pode dar tudo do bom e do melhor.

Ela articulou as duas últimas palavras com um prazer indisfarçável, um estalar de lábios que Stafford achou ao mesmo tempo desagradável e quase sinistro.

— Claramente — comentou ele, observando as paredes.

— Gosta de arte? Claro, nota-se. Ali, naquela parede, está o Cézanne mais valioso do mundo. Dizem que... esqueci o nome agora, o quadro que está no Metropolitan, em Nova York... é ainda mais caro. Mas não é verdade. O melhor Matisse, o melhor Cézanne, o que há de melhor dessa fabulosa escola de arte está aqui. Em meu ninho de águias sobre a montanha.

— Admirável — respondeu Sir Stafford. — De fato, admirável.

As bebidas foram servidas. A Velha da Montanha, conforme constatou Sir Stafford Nye, não bebeu um gole sequer. Com aquele peso massivo, era possível que temesse, pensou, qualquer risco à pressão arterial.

— E onde conheceu essa jovem? — perguntou o Dragão da Montanha.

Seria uma armadilha? Ele não sabia, mas tomou uma decisão.

— Na embaixada americana, em Londres.

— Ah, sim, foi o que soube. E como anda nossa... esqueci o nome dela... sim, claro, Milly Jean, nossa herdeira sulista? Bonita, não acha?

— Um encanto. Faz muito sucesso em Londres.

— E o chato do Sam Cortman, o embaixador dos Estados Unidos?

— Decerto um homem muito sensato — respondeu Stafford Nye com educação.

Ela deu uma risadinha.

— Ah, mas o senhor é cheio de tato. Pois bem, ele faz um trabalho razoável. Faz o que mandam, como um bom político. E é muito agradável ser embaixador em Londres. Ela poderia fazer isso por ele, a Milly Jean. Ah, poderia colocá-lo em qualquer embaixada do mundo, com aquele cofre cheio. O pai dela é dono de metade do petróleo do Texas, tem terras, minas de ouro, tudo. Um tipo grosseiro e particularmente feio... Já ela... Uma delicada aristocratazinha. Ninguém diz, nem parece rica. Deveras esperta, não acha?

— Às vezes evita transtornos — disse Sir Stafford Nye.

— E você? Não é rico?

— Quem me dera.

— O Ministério das Relações Exteriores hoje em dia não é, digamos, generoso?

— Bem, eu não diria isso... Afinal, viajamos muito, conhecemos pessoas interessantes, vemos o mundo, ficamos sabendo de parte do que está acontecendo por aí.

— De parte, sim. Mas não de tudo.

— Isso seria quase impossível.

— Por acaso já teve vontade de ver... como posso dizer... o que acontece nos bastidores da vida?

— Ocasionalmente, é possível ter uma ideia — respondeu ele, em um tom de voz indiferente.

— Já ouvi dizer que o senhor é assim, que às vezes tem ideias. Mas ideias pouco convencionais, talvez?

— Houve uma época em que eu me sentia a ovelha negra da família — comentou Stafford Nye com uma risada.

A velha Charlotte deu outro risinho.

— O senhor não se incomoda em ser sincero de vez em quando, não é mesmo?

— Ora, por que fingir? As pessoas sempre notam as coisas não ditas.

Ela olhou para ele.

— O que quer da vida, meu jovem?

Ele deu de ombros. Novamente, precisou improvisar.

— Nada — respondeu.

— Ah, não. Quer que eu acredite nisso?

— Sim, pode acreditar. Não sou ambicioso. Pareço ambicioso?

— Admito que não.

— Quero só ter uma vida divertida, confortável, comer e beber com moderação, ter bons amigos.

A velha se inclinou para a frente. Arregalou os olhos e piscou quatro vezes seguidas. Em seguida, falou com uma voz diferente. Parecia um assobio:

— Sente ódio? É capaz de odiar?

— Ódio é uma perda de tempo.

— Entendo, entendo. Não vejo traços de descontentamento em seu rosto. Isso é verdade. Mesmo assim, acho que está pronto para tomar um certo caminho que o levará a um certo lugar, e percorrerá esse caminho sorrindo, como se não se importasse, mas, no final, se encontrar bons conselheiros, as pessoas certas para ajudá-lo, vai conseguir o que deseja, se for capaz de desejar.

— Quanto a isso — disse Stafford Nye — quem não é? — Ele balançou a cabeça devagar. — A senhora vê longe. Longe demais.

Os lacaios abriram uma porta.

— O jantar está servido.

Os procedimentos do jantar foram devidamente formais. Tinham, inclusive, quase um toque de realeza. Os portais do outro lado da sala foram abertos e revelaram uma sala de jantar cerimonial iluminada, com teto pintado e três enormes candelabros. Duas mulheres de meia-idade se aproximaram da *Gräfin*, uma de cada lado. Usavam vestidos de gala, os cabelos grisalhos com bons penteados no alto da cabeça, cada uma com um broche de diamante. Mesmo assim, para Sir Stafford Nye, elas tinham um leve ar de carcereiras. Eram, pensou, não tanto agentes da segurança, mas enfermeiras de alta classe responsáveis por cuidar da saúde, da higiene e de outros detalhes íntimos da existência da *Gräfin* Charlotte. Depois dos devidos rapapés, cada uma delas passou um braço entre o ombro e o cotovelo da mulher sentada. Com a facilidade dos que têm grande experiência, e ajudadas pelo esforço que, obviamente, era o máximo que a patroa podia fazer, as duas a colocaram de pé de modo digno.

— Vamos jantar — anunciou Charlotte.

Com a ajuda das duas servas, Charlotte abriu caminho. De pé, parecia ainda mais uma massa de gelatina trêmula, mas, ainda assim, era formidável. Não era possível pensar nela apenas como uma velha gorda. Ela era alguém importante, e sabia disso, pois agia de acordo. Logo atrás das três, Renata e Stafford as acompanharam.

Ao cruzarem os portais da sala de jantar, Stafford teve a sensação de estar mais em uma sala de banquete do que de em uma sala de jantar. Homens da guarda estavam presentes. Jovens altos, louros, bonitos. Vestiam uniforme. Quando Charlotte cruzou os portais, ouviu-se o barulho de todas as espadas sendo desembainhadas ao mesmo tempo. Cruzaram-nas no alto para formar uma passagem, e Charlotte, firmando o passo, atravessou o caminho aberto sem a ajuda das servas e chegou sozinha a uma imensa cadeira esculpida em ouro e acolchoada com brocado dourado na cabeceira de uma longa mesa. Parecia um cortejo de casamento, pensou Stafford Nye. Um cortejo de casamento militar ou naval. Naquele caso, certamente havia algo de militar, estritamente militar... mas faltava um noivo.

Todos os homens eram jovens e tinham um porte físico atlético. Nenhum deles, pensou, passava dos 30 anos. Boa aparência, de saúde evidente. Não sorriam, eram sérios, eram — Stafford pensou em uma palavra — dedicados. Talvez menos um cortejo militar e mais uma procissão religiosa. Os criados apareceram, serviçais à moda antiga, pensou, herança do *Schloss*, de antes da Segunda Guerra Mundial. Parecia a superprodução de uma peça histórica. E reinando sobre tudo isso, sentada na cadeira, ou no trono, ou seja lá o que era aquilo, à cabeceira da mesa, não se sentava uma rainha ou uma imperatriz, mas uma mulher velha, que chamava a atenção por seu peso *avardupois* e sua feiura intensa e extraordinária. Quem era ela? O que estava fazendo ali? Por quê?

Por que todo esse baile de máscaras, por que tantos guarda-costas, talvez uma guarda pessoal? Os demais comensais se aproximaram da mesa. Reverenciaram a monstruosidade que presidia o trono e tomaram seus lugares. Usavam trajes de gala medíocres. Não houve apresentações.

Stafford Nye, depois de passar a vida avaliando as pessoas, observou os presentes. Vasto leque de tipos diferentes. Advogados, com certeza. Muitos. Talvez alguns contadores ou financistas; uns dois oficiais do exército à paisana. Moravam naquela casa, Stafford pensou, mas encarnavam a expressão antiquada e feudal utilizada para se referir às pessoas que ocupavam os piores lugares de uma mesa: sentavam-se "longe do sal".

A comida chegou. Uma imensa cabeça de javali conservada em gelatina, carne de veado, um *sorbet* refrescante de limão, uma magnífica torre de confeitaria... um belíssimo mil-folhas que parecia de inacreditável fineza.

A mulher vultuosa comeu com voracidade, gula, prazer. Ouviu-se um barulho do lado de fora. O barulho do supermotor de um carro esportivo. Ele passou pelas janelas em um clarão branco. Do lado de dentro, a guarda bradou. Um grito farto de: "*Heil! Heil! Heil* Franz!"

Os jovens da guarda se moveram com a facilidade de uma manobra militar muito praticada. Todos ficaram de pé. Só a velha permaneceu sentada, sem se mexer, a cabeça erguida no trono. Havia, pensou Stafford Nye, uma nova empolgação permeando a sala.

Os outros convidados, ou os outros membros da casa, fossem o que fossem, desapareceram de forma tão ágil que lembrou Stafford de lagartos se escondendo em fendas em uma parede. Os rapazes de cabelo dourado formaram um novo diagrama, as espadas erguidas para o alto, e saudaram sua patrona. Ela curvou a cabeça em consentimento, eles embainharam suas espadas e deram meia-volta, agora com autorização para saírem marchando pela porta do salão. Charlotte os acompanhou com o olhar, depois observou Renata e em seguida para Stafford Nye.

— O que achou? — perguntou ela. — Meus garotos, minha jovem guarda, minhas crianças. Sim, minhas crianças. Tem alguma palavra para descrevê-los?

— Acho que sim — disse Stafford Nye. — Magníficos. — Usava o tom de quem se dirige à realeza. — Magníficos, minha senhora.

— Ah! — exclamou a velha, curvando a cabeça. Ela sorriu, fazendo suas rugas se multiplicarem por todo o rosto. Ficou com a aparência de um crocodilo.

Mas que mulher horrível, terrível, inacreditável, dramática. Aquilo tudo estava acontecendo mesmo? Ele não conseguia acreditar. Que mais poderia ser exceto outro espetáculo de festival?

As portas voltaram a se abrir. O jovem regimento de super-homens louros marchou pelo salão. Não mais brandiam espadas; agora, cantavam. Cantavam com uma beleza incomum de tom e voz.

Depois de tantos anos de música pop, Stafford Nye sentiu um prazer inenarrável. Vozes treinadas, a deles. Não berros roucos. Vozes preparadas por mestres da arte do canto. Sem permissão para forçar as cordas vocais, para sair do tom. Poderiam ser os novos Heróis de Um Novo Mundo, mas o que cantavam não era um tipo novo de música. Stafford já ouvira aquela música. Um arranjo de "Preislied". Devia haver uma orquestra oculta em algum lugar, pensou ele, em uma galeria sobre o salão. Era um arranjo ou uma adaptação de vários temas wagnerianos. Passaram de "Preislied" para os ecos distantes da música do Reno.

A guarda criou novamente um corredor por onde alguém deveria passar. Mas não era mais para a velha imperatriz. Ela aguardava em seu trono a chegada de outro indivíduo.

E enfim ele chegou. A música mudou com sua chegada. Era o tema que a esta altura Stafford Nye já sabia de cor. A melodia do jovem Siegfried. A trompa de Siegfried, que brandia sua juventude e seu triunfo, seu domínio sobre um novo mundo que chegava para conquistar.

Pela porta, marchando pelo meio da fileira dupla daqueles que evidentemente eram seus seguidores, entrou um dos jovens mais bonitos que Stafford já vira. Cabelos dourados, olhos azuis, perfeitamente proporcional. Foi como se tivesse sido evocado por uma varinha de condão, como se tivesse vindo de um mundo mítico. Mitologia, heróis, ressurreição, renascimento, tudo estava presente. Sua beleza, sua força, sua incrível convicção e arrogância.

Ele marchou a passos largos pela passagem aberta pela guarda e parou diante da montanha pavorosa de feminilidade sentada em seu trono; ajoelhou-se, tomou a mão dela e levou-a aos lábios. Depois se levantou, estendeu um braço em saudação e soltou o grito que Stafford Nye ouvira anteriormente: "*Heil!*" O alemão falado não foi muito claro, mas Stafford Nye pensou ter distinguido as sílabas: "*Heil* à grande mãe!"

Então o belo e jovem herói olhou de um lado a outro do salão. Houve um ligeiro reconhecimento, embora desinteressado, de Renata, mas quando seu olhar pousou em Stafford Nye, houve uma clara manifestação de interesse e apreciação. Cuidado, pensou Stafford Nye. Cuidado! Ele devia interpretar seu papel naquele momento. Interpretar o papel esperado. Mas... que droga de papel era esse? O que estava fazendo ali? Por que ele ou a garota estavam ali? Por que compareceram?

O herói se manifestou.

— Vejam só — disse ele —, temos convidados! — E completou, sorrindo com a arrogância de um jovem que sabe que é amplamente superior a qualquer outra pessoa do mundo. — Sejam bem-vindos, convidados, sejam bem-vindos.

Em algum lugar nas profundezas do *Schloss* ouviu-se as badaladas de um grande sino. Não pareciam badaladas fúnebres, mas transmitiam certo ar de disciplina. A sensação de um mosteiro sendo convocado para um ofício sagrado.

— Devemos dormir agora — disse Charlotte. — Dormir. Amanhã nos reencontraremos às onze horas.

Ela olhou para Renata e Sir Stafford Nye.

— Vocês serão conduzidos aos seus quartos. Espero que durmam bem.

Era a dispensa real.

Stafford Nye viu Renata erguer o braço na saudação fascista, mas não para Charlotte, e sim para o rapaz de cabelos louros. Pensou ter ouvido Renata dizer: "*Heil* Franz Joseph." Ele imitou o gesto de Renata e repetiu: "*Heil!*"

Charlotte perguntou:

— Gostariam de começar o dia amanhã com uma cavalgada pela floresta?

— Nada me agradaria mais — respondeu Stafford Nye.

— E você, criança?

— Adoraria.

— Perfeito. Será providenciado. Boa noite para vocês. Estou feliz em recebê-los. Franz Joseph... me dê o braço. Vamos até o *boudoir* chinês. Temos muito o que conversar, e você não pode se atrasar amanhã de manhã.

Os criados conduziram Renata e Stafford Nye aos seus aposentos. No umbral da porta, Nye hesitou. Será que poderiam trocar umas palavrinhas agora? Achou melhor não. Enquanto estivessem rodeados pelas paredes do castelo, todo cuidado era pouco. Nunca se sabe... os quartos podiam estar grampeados.

Cedo ou tarde, pensou, *teria* que fazer perguntas. Algumas coisas despertavam uma apreensão nova e sinistra em sua mente. Ele estava sendo persuadido, induzido a alguma coisa. Mas o quê? E quem tentava persuadi-lo?

Os quartos eram garbosos, mas opressivos. Os acortinados suntuosos de cetim e veludo, alguns deles antigos, exalavam um leve perfume da decadência salpicada de especiarias. Ele se perguntou quantas vezes Renata já se hospedara naquele castelo.

Capítulo 11

Os jovens e os belos

No dia seguinte, depois de tomar o café da manhã em uma saleta no andar de baixo, encontrou Renata o esperando. Os cavalos estavam a postos do lado de fora.

Ambos tinham levado roupa de montaria para a viagem. Tudo que poderiam vir a precisar já tinha sido antecipado com engenhosidade.

Subiram nos cavalos e seguiram pela estrada do castelo. Renata conversou brevemente com o estribeiro.

— Ele perguntou se gostaríamos que ele nos acompanhasse, mas falei que não. Conheço bem as trilhas por perto.

— Entendo. Já esteve aqui antes?

— Nos últimos anos, muito pouco. Mas, quando era mais nova, conhecia tudo por aqui.

Stafford dirigiu-lhe um olhar incisivo, que ela não retribuiu. Enquanto cavalgavam, observou-a de perfil... o nariz fino, adunco, a cabeça erguida com orgulho sobre o pescoço elegante. Notou que cavalgava muito bem.

Ainda assim, ele sentia um desconforto mental naquela manhã. Não sabia bem por quê...

Voltou a pensar no saguão do aeroporto. A mulher que se aproximara dele. O copo de cerveja sobre a mesa...Nada que não deveria estar ali; nem na hora, nem depois. Ele aceitara o risco. Então por que, depois de tanto tempo, sentia-se desconfortável?

Seguiram a meio galope por uma trilha entre as árvores. Uma bela propriedade, com belos bosques. À distância, avistou animais com chifres. Um paraíso para um caçador, um paraíso para os velhos tempos, uma paraíso que abrigava... o quê? Uma serpente? Como no começo de tudo... a serpente do Paraíso. Ele puxou as rédeas, e os cavalos diminuíram o passo. Ele e Renata estavam a sós... sem microfones, sem paredes com ouvidos. Chegara a hora de expor suas questões.

— Quem é ela? — disse com urgência. — O que ela é?

— Isso é fácil de responder. Tão fácil que chega a ser quase inacreditável.

— Então?

— Ela é petróleo. Cobre. Minas de ouro na África do Sul. Armamentos na Suécia. Depósitos de urânio no norte. Armas nucleares, vastas extensões de cobalto. Ela é tudo isso.

— Mesmo assim, nunca ouvi falar dela, nunca soube seu nome, nunca...

— Ela não quis que as pessoas soubessem.

— É possível manter tantas informações em segredo?

— Quando a pessoa tem muito cobre, petróleo, depósitos nucleares e armamentos, é muito fácil. O dinheiro ajuda na divulgação tanto quanto no sigilo, é capaz de abafar qualquer coisa.

— Mas quem é ela *de verdade*?

— O avô dela era americano. Era mais das ferrovias, acho. Possivelmente, daquelas motos enormes de Chicago. Revendo fatos da história é possível descobrir os detalhes. Ele se casou com uma alemã. Você já deve ter ouvido falar dela. O apelido dela era Grande Belinda. Armamentos, navios, toda a riqueza industrial da Europa. Era a única herdeira do pai.

— Juntando os dois, uma fortuna inacreditável — comentou Sir Stafford Nye. — E, portanto... poder. É isso que está querendo dizer?

— É. Mas ela não é só herdeira. Também fez muito dinheiro. Herdou a perspicácia do pai, sempre foi uma grande financista. Tudo que tocava se multiplicava. Virava uma quantidade absurda de dinheiro, e ela investia tudo. Seguia conselhos, pesava a opinião dos outros, mas sempre seguia o próprio tino. E sempre prosperava. Multiplicou tanto sua fortuna que a tornou fabulosa, inacreditável. Dinheiro faz dinheiro.

— Sim, entendo. A riqueza *sempre* aumenta quando em abundância. Mas... o que *ela* queria? E o que *ela* conseguiu?

— Você acabou de responder. Poder.

— E ela vive aqui? Ou ela...?

— Sempre visita os Estados Unidos e a Suécia. Ah, sim, ela viaja, mas não muito. Prefere ficar aqui, no centro de uma rede, como uma aranha gigante orquestrando todos os fios de sua teia. Os fios das finanças. E outros fios também.

— Outros fios como...

— As artes. Música, pintura, escritores. Seres humanos... jovens, principalmente.

— Claro. Presume-se que sim. Aqueles quadros todos, uma coleção maravilhosa.

— Há galerias cheias no andar de cima do Schloss. Rembrandt, Giotto, Rafael, caixas de joias... com as joias mais maravilhosas do mundo.

— E tudo na conta de uma velha gorda e asquerosa. Ela está satisfeita?

— Ainda não, mas quase.

— Onde ela quer chegar, o que almeja?

— Ela ama a juventude. É o seu jeito favorito de poder. Controlar a juventude. O mundo está cheio de jovens rebeldes atualmente. Isso tem sido estimulado. A filosofia e o pensamento modernos, os escritores e outros intelectuais que ela controla e financia.

— Mas como ela...? — perguntou Stafford, e se interrompeu.

— Não posso dizer, porque não sei. É uma teia enorme. E ela está por trás de tudo de certo modo, apoia causas beneficentes um tanto curiosas, idealistas e filantropos diligentes, fornece subsídios para estudantes, artistas e escritores.

— No entanto, você diz que isso não é...

— Não, não é tudo. Uma grande revolta vem sendo planejada. Há quem creia nisso, no novo céu e na nova terra. É o que vem sendo prometido por líderes há milhares de anos. Prometido pelas religiões, por aqueles que apoiam Messias, prometido por aqueles que voltam para pregar a lei, como Buda. Prometido por políticos. O céu rudimentar de fácil acesso no qual os Assassinos acreditavam, que o Mestre dos Assassinos prometia a seus seguidores e, do ponto de vista deles, lhes entregava.

— Ela está por trás das drogas também?

— Sim. Sem convicção, é claro, mas está. É só outro modo de fazer as pessoas se curvarem à vontade dela. Também é um modo de destruí-las. As mais fracas. Aqueles que não têm utilidade para ela, embora um dia tenham tido. Mas ela mesma nunca usa drogas... ela é forte. Mas as drogas destroem as pessoas fracas do jeito mais fácil e natural possível.

— E a força militar? Também vai atuar? Não se pode fazer tudo só com propaganda.

— Não, claro que não. A propaganda é a primeira etapa, e por trás dela existem montanhas e montanhas de armamento. Armas que vão para países desprivilegiados e de lá são distribuídas para outros lugares. Tanques, canhões e armas nucleares que vão para a África, o Pacífico Sul e a América do Sul. Na América do Sul há muita coisa encaminhada. Há grupos de jovens homens e mulheres que se dedicam ao condicionamento físico e treinamentos de guerra. Também há muitos depósitos de armas... usadas para guerra química.

— É um pesadelo! Como sabe de tudo isso, Renata?

— Em parte porque recebi essas informações; em parte porque fui usada para provar algumas dessas informações.

— Mas logo *você*. Você e *ela*?

— Sempre tem alguma tolice por trás de todo grande projeto — disse ela, caindo na risada de repente. — Ela foi apaixonada por meu avô. Uma história boba. Ele morava por aqui. Tinha um castelo a poucas milhas de distância.

— Ele era um homem genial?

— Nem um pouco. Era só um bom esportista. Bonito, libertino e atraente. Então, só por causa disso, ela virou minha protetora. E sou uma de suas serviçais ou convertidas! Trabalho para ela. Encontro pessoas. E executo suas ordens em diferentes partes do mundo.

— É mesmo?

— Como assim?

— Estava pensando — disse Sir Stafford Nye.

E pôs-se a pensar de fato. Olhou para Renata e voltou a lembrar do aeroporto. Ele estava trabalhando *para* Renata, estava trabalhando *com* Renata. Ela o trouxera a esse *Schloss*. Quem lhe dera essa ordem? A gorda e nojenta Charlotte, dentro de sua teia? Stafford tinha uma reputação em certas rodas diplomáticas, a reputação de ser um sujeito insensato. Podia ser útil para essas pessoas, mas útil de um jeito pífio e humilhante. Ele pensou de repente, de dentro de uma nuvem de pontos de interrogação: Renata? Eu me arrisquei por ela no aeroporto de Frankfurt. Mas fiz bem. Deu tudo certo. Nada aconteceu comigo. No entanto, pensou, quem é ela? O que *representa*? Eu não sei. Não consigo ter *certeza*. No mundo de hoje, não temos certeza sobre *ninguém*. Ninguém mesmo. Talvez tenham ordenado que ela me enredasse. Que me segurasse em suas rédeas, então o que aconteceu em Frankfurt poderia ter sido planejado com muito cuidado. Afinal, encaixava-se com meu apreço por correr riscos e me faria ter certeza sobre ela. Faria com que eu confiasse nela.

— Vamos voltar a meio galope — disse ela. — Chega desse trote lento.

— Eu não perguntei o que *você* representa nisso tudo.

— Eu cumpro ordens.

— De quem?

— Há uma oposição. Sempre há. Algumas pessoas suspeitam do que está acontecendo, sobre o que precisa ser feito para o mundo mudar, ou o quanto será preciso de dinheiro, riquezas, armamentos, idealismo e palavras poderosas de levante para acontecer o que se espera. E há pessoas que dizem que isso *não* deve acontecer.

— E você está do lado dessas pessoas?

— Eu digo que sim.

— Como assim, Renata?

— *Eu digo que sim* — repetiu ela.

— Aquele jovem ontem à noite...

— Franz Joseph?

— É esse o nome?

— É como é conhecido.

— Mas ele tem outro nome, não tem?

— Você acha?

— Ele é o jovem Siegfried, não é?

— Tirou essa conclusão? Acha que é isso que ele representa?

— Acho que sim. Juventude. Juventude heroica. Juventude ariana, é o que se espera aqui nesse lado do mundo. É um ponto de vista que permanece. Uma super-raça, os super-homens. Eles precisam ter ascendência ariana.

— Ah, claro, isso perdura desde os tempos de Hitler. Nem sempre é dito abertamente, e tem menos força em outros lugares do mundo. Mas digo a você que a América do Sul é um forte reduto desse pensamento, sobretudo no Peru. A África do Sul também.

— O que o jovem Siegfried faz? O que faz além de ser bonito e beijar a mão de sua protetora?

— Ah, ele é um exímio orador. Basta que abra a boca e seus seguidores iriam até a morte por ele.

— É verdade?

— Ele acredita nisso.

— E você?

— Acho que talvez também acredite. A oratória é uma coisa assustadora. O que uma voz é capaz de fazer, o que as palavras podem fazer, e nem precisam ser palavras convincentes. Importa mais a *forma* de dizê-las. E a voz dele soa como um guizo, as mulheres choram, berram e desmaiam quando ele dirige a palavra a elas... você vai ver.

"Você viu a Guarda de Charlotte vestida a rigor ontem à noite... as pessoas adoram se arrumar hoje em dia. Elas estão pelo mundo todo, pessoas diferentes em lugares diferentes, rapazes com o cabelo e a barba grandes, moças com camisolas brancas esvoaçantes, falando sobre a paz e a beleza, e do mundo maravilhoso que é o mundo onde os jovens tomam o poder quando conseguirem destruir o velho mundo. O País dos Jovens ficava a oeste do mar da Irlanda, não? Um lugar muito simples, um País dos Jovens bem diferente do que esse que planejamos agora... areias prateadas, luz do sol, o canto das ondas do mar...

"Mas agora queremos a Anarquia, queremos quebrar e destruir tudo. Só a Anarquia pode beneficiar quem marcha por ela. É assustador, mas também maravilhoso... por causa da violência, porque só é alcançada com dor e sofrimento..."

— Então é assim que enxerga o mundo hoje?

— Às vezes.

— E o que *eu* devo fazer agora?

— Acompanhe sua guia. Eu sou sua guia. Como Virgílio com Dante, vou levar você às profundezas do inferno, vou lhe mostrar os filmes sádicos parcialmente copiados da antiga SS, vou mostrar devoção à crueldade e à dor e à violência. E também mostrarei os grandes sonhos do paraíso na paz e na beleza. Você não vai saber qual é qual e o que é o quê. Mas terá que se decidir.

— Posso confiar em você, Renata?

— A escolha é sua. Pode fugir de mim se quiser, ou escolher ficar comigo e conhecer o mundo novo. O mundo novo que está em desenvolvimento.

— Mas que papelão — disse Sir Stafford Nye com raiva.

Renata olhou para ele, intrigada.

— É como em Alice no País das Maravilhas. As cartas, as cartas de papelão voando pelos ares. Sobrevoando. Reis, Rainhas e Valetes. Todo tipo de coisa.

— Você quer dizer... o que quer dizer?

— Que nada é real. É um faz de conta. Essa droga toda é um grande faz de conta.

— Em certo sentido, sim.

— Todos fantasiados e interpretando papéis, fazendo um espetáculo. Estou me aproximando, não estou, do verdadeiro significado das coisas?

— Digamos que sim e não...

— Mas tem uma coisa que eu gostaria de perguntar, pois me deixa muito intrigado. Grande Charlotte ordenou que você me trouxesse até aqui... por quê? O que sabia sobre mim? Como achou que eu poderia lhe ser útil?

— Eu não sei... talvez uma espécie de eminência parda... trabalhar por trás de uma fachada. Isso lhe cairia muito bem.

— Mas ela não sabe nada sobre mim!

— Ah, mas *claro*! — Renata caiu na gargalhada. — Sinceramente, é tão ridículo... as mesmas tolices de sempre.

— Não entendi, Renata.

— Não... porque é simples demais. Mr. Robinson entenderia.

— Poderia fazer a gentileza de me explicar?

— É a mesma coisa de sempre... "Não importa quem você é. Mas quem você conhece." Sua tia-avó Matilda e Charlotte estudaram juntas na escola...

— Então está dizendo que...

— Imagine as duas juntas.

Ele encarou Renata. Então jogou a cabeça para trás e caiu na gargalhada também.

Capítulo 12

Bobo da corte

Saíram do *Schloss* ao meio-dia, dando adeus à anfitriã. Desceram de carro pela estradinha sinuosa, de onde se avistava o *Schloss* bem acima, e chegaram, enfim, depois de longas horas dentro do carro, a uma fortaleza nas Dolomitas — um anfiteatro nas montanhas onde aconteciam encontros, concertos e reuniões de vários grupos da juventude.

Renata, sua guia, o conduzira até lá, e, de seu assento no rochedo exposto, ele assistira e ouvira tudo com atenção. Entendeu melhor o que ela lhe dissera naquela mesma manhã. Essa grande aglomeração, entusiasmada como todas as aglomerações humanas podem ser, não importa se foram invocadas por um líder religioso na Madison Square, em Nova York, ou à sombra de uma igreja galesa, ou em uma torcida de um jogo de futebol, ou ainda nos protestos que marchavam para atacar as embaixadas, a polícia, as universidades e todo o resto.

Ela o conduzira até ali para lhe mostrar o significado daquela frase: "O jovem Siegfried."

Franz Joseph, se este era mesmo seu verdadeiro nome, acabara de discursar para a multidão. Sua voz, que subia e descia de tom, dotada de uma qualidade curiosa e estimulante, de apelo emocional, predominara sobre a multidão plangente e quase lamuriosa de homens e mulheres jovens. Cada palavra que pronunciara parecia repleta de sentido e surtia um efeito espantoso. A multidão respondia como uma orquestra. E a voz de Franz era a batuta do maestro. No entanto, o que dissera aquele rapaz? Qual tinha sido a mensagem do jovem Siegfried? Quando o discurso chegou ao fim, ele sequer se lembrava de uma palavra, mas sabia que se sentira comovido, entusiasmado e esperançoso. E agora tudo tinha se acabado. A multidão se amontoara em torno do palco rochoso, gritando e bradando. Algumas garotas berravam de emoção. Algumas delas haviam desmaiado. "Que mundo louco em que vivemos", pensou Stafford. Tudo era o tempo inteiro usado para provocar emoção. Disciplina? Moderação? Nada disso importava mais. Só o que importava era *sentir.*

"Que tipo de mundo", pensou Stafford Nye, "poderia surgir a partir disso?"

Sua guia tocara em seu braço, e os dois se afastaram da multidão. Encontraram o carro e foram levados pelo motorista por estradas com as quais tinha evidente familiaridade até chegarem a uma cidadezinha e uma pousada na encosta da montanha, onde já havia quartos reservados à espera deles.

Em seguida, os dois saíram a pé da pousada e subiram a encosta da montanha por uma trilha bem demarcada até um lugar onde conseguiram se sentar. Ficaram ali durante algum tempo, em silêncio. Então Stafford Nye disse novamente:

— Que papelão.

Eles permaneceram sentados contemplando o vale por mais cinco minutos, até que Renata perguntou:

— E então?

— O que quer saber?

— O que acha de tudo que lhe mostrei até agora?

— Não estou convencido — respondeu Stafford Nye.

Ela deu um suspiro profundo e inesperado.

— Era a resposta que eu esperava.

— Nada daquilo é verdade, certo? É um grande espetáculo. Um espetáculo montado por um produtor... ou por um grupo de produtores, talvez.

— Aquela mulher monstruosa contrata e paga o produtor. Nós não vimos produtor algum. O que vimos hoje foi a estrela do espetáculo. O que achou dele?

— Tampouco é real — declarou Stafford Nye. — É apenas um ator. Um ator de primeira categoria, majestosamente bem-dirigido.

Um barulho o surpreendeu. Era a risada de Renata. Ela se levantou. Parecia subitamente animada e feliz, e, ao mesmo tempo, esbanjava certa ironia.

— Eu sabia — disse ela. — Eu sabia que você perceberia. Sabia que manteria os pés no chão. Você sempre enxergou a verdade, não é, em tudo com que já se deparou na vida? Sempre soube identificar um impostor, sempre soube como as coisas e as pessoas são.

"Não precisamos ir a Stratford e assistir às peças de Shakespeare para saber qual é o seu papel nessa história... Os reis e os grandes homens precisam de um bobo... o bobo da corte que diz a verdade ao rei e tem bom senso e faz piada de todas as coisas que enganam outras pessoas."

— Então é isso o que eu sou? Um bobo da corte?

— Não percebe? É isso que queremos, é disso que precisamos. "Que papelão", você disse. "Papelão." Um grandioso, bem-produzido, esplêndido *espetáculo*! E você tem razão. Mas as pessoas são ludibriadas. Elas acham que as coisas ou são maravilhosas, ou diabólicas, ou de extrema importância. É claro que não é assim... mas... mas é preciso descobrir como *mostrar* a elas... que a coisa toda é uma grande *tolice*. Uma maldita *tolice*. E é isso que nós dois vamos fazer.

— Sua ideia é, no fim, desmascararmos toda essa farsa?

— Concordo que parece totalmente improvável. Mas você sabe como, uma vez que as pessoas descobrem que alguma coisa não é real, que estão lhes passando a perna, bem...

— Está propondo pregar o evangelho do bom senso?

— Claro que não — disse Renata. — Ninguém daria ouvidos, não acha?

— Não agora.

— Não. Temos que fornecer provas... fatos... a verdade...

— E temos tais coisas?

— Temos. As coisas que trouxe de Frankfurt... o que você me ajudou a trazer em segurança para a Inglaterra....

— Não entendi...

— Ainda não... Em breve. Agora temos papéis a interpretar. Estamos prontos, bem-dispostos, quase ansiosos para sermos doutrinados. Veneramos a juventude. Somos fiéis seguidores do jovem Siegfried.

— *Você* consegue se sair bem nesse papel, sem dúvidas. Já eu, nunca fui um bom adorador de nada. O bobo da corte também não é. Ele é quem desmascara tudo. E ninguém vai gostar muito se isso acontecer agora, certo?

— É claro que não. Não mesmo. Não exponha esse lado de sua personalidade. A não ser, é claro, quando se referir aos seus chefes e seus superiores, políticos e diplomatas, ao Ministério das Relações Exteriores, às instituições etc. Aí sim você pode ser amargurado, malicioso, irônico e levemente cruel.

— Ainda não entendi qual é meu papel na cruzada mundial.

— É um papel muito antigo, que todos entendem e apreciam. Você receberá algo em troca. Essa é sua fala. Você não foi reconhecido no passado, mas o jovem Siegfried e tudo que ele representa vão lhe dar a esperança da recompensa. Porque você fornece a ele todos os segredos de seu próprio país, ele vai prometer a você posições de poder nos bons tempos que virão.

— Você insinua que este é um movimento mundial. É verdade?

— É claro que é. Bem parecido com aqueles furacões, sabe, aqueles que têm nomes. Flora ou Pequena Annie. Eles começam no sul, no norte, no leste ou no oeste, mas surgem do nada e destroem tudo. É isso o que todo mundo quer. Na Europa, na Ásia e na América. Talvez na África, embora lá talvez não cause a mesma comoção. O poder e a corrupção são novidades para eles. Mas sim, com certeza, é um movimento mundial. Capitaneado pela juventude e por toda a vitalidade de que ela dispõe. Eles não têm conhecimento nem experiência, mas têm visão e vitalidade, e são respaldados pelo dinheiro. Rios e rios de dinheiro. O materialismo é cada vez mais comum, então pedimos algo mais, e conseguimos. Mas como é baseado no ódio, não tem como ir adiante. Do chão não passa. Você não se lembra do ano de 1919, quando todos bradavam que o comunismo era a resposta para tudo? Que a doutrina marxista produziria um novo céu dentro de uma nova terra. Tantas ideias nobres pairando por aí. Mas então, veja você, quem pode ajudar você a elaborar essas ideias? No fim, os mesmos seres humanos de sempre. Você pode criar um terceiro mundo agora, conforme todos pensam, mas esse terceiro mundo vai conter as mesmas pessoas do primeiro e do segundo mundos ou seja lá como queira chamar. E quando os mesmos seres humanos estão orquestrando as coisas, tudo é orquestrado do mesmo jeito. Basta estudar a história do mundo até aqui.

— E hoje alguém se importa em estudar história?

— Não. As pessoas preferem olhar para frente, para um futuro imprevisível. Teve uma época em que a ciência traria resposta para tudo. As crenças freudianas e o sexo livre seriam as soluções da vez para a tristeza humana. Não haveria mais pessoas com transtornos mentais. Se alguém tivesse dito que as instituições psiquiátricas ficariam ainda mais lotadas como resultado do fim das repressões, ninguém teria acreditado.

Stafford Nye interrompeu Renata:

— Tem uma coisa que preciso saber.

— O quê?

— Para onde vamos agora?

— Para a América do Sul. Talvez passemos pelo Paquistão ou pela Índia no caminho. E com certeza vamos aos Estados Unidos. Tem muita coisa interessante acontecendo por lá. Sobretudo na Califórnia...

— Nas universidades? — perguntou Sir Stafford, com um suspiro. — Ninguém aguenta mais as universidades. Elas são muito repetitivas.

Ficaram em silêncio durante alguns minutos. O sol estava se pondo, iluminando o topo da montanha de um tom de vermelho suave.

Stafford Nye perguntou, com certa nostalgia:

— Se pudéssemos ouvir um pouco de música *agora*, nesse exato momento, você sabe o que eu escolheria?

— Mais Wagner? Ou você já se libertou de Wagner?

— Não, você acertou em cheio, eu pediria mais Wagner. Gostaria de ver Hans Sachs sentado sob o sabugueiro, dizendo para o mundo: "Loucos, loucos, todos loucos..."

— É, a frase ilustra bem. E é uma música linda também. Mas *nós* não estamos loucos. Estamos lúcidos.

— Eminentemente lúcidos — retrucou Stafford Nye. — Esse vai ser o desafio. Tem mais uma coisa que quero saber.

— O quê?

— Talvez você não queira me contar. Mas eu *preciso* saber. Será que vamos tirar alguma diversão dessa loucura toda?

— É claro que sim. Como não?

— Loucos, loucos, todos loucos... mas vamos nos divertir do começo ao fim. Ainda viveremos muito, Mary Ann?

— Provavelmente não.

— Esse é o espírito. Conte comigo, minha guia e camarada. O resultado dos nossos esforços nos proporcionará um mundo melhor?

— Acho que não, mas talvez um mundo mais bondoso. O mundo está cheio de crenças e sem bondade.

— Já está de bom tamanho — respondeu Stafford Nye. — Avante!

Livro III

Em casa e no exterior

Capítulo 13

Conferência em Paris

Havia cinco homens sentados em uma sala em Paris. Aquela sala já abrigara reuniões históricas no passado. Inúmeras delas. Essa reunião em questão era muito diferente das outras, ainda que prometesse não ser menos histórica.

Monsieur Grosjean presidia a reunião. Ele era um homem preocupado dando o melhor de si para fazer com que as coisas fluíssem com facilidade, usando de um traquejo sedutor que lhe ajudara tantas vezes no passado. Desta vez, não sentia que o ajudava muito. *Signor* Vitelli chegara da Itália de avião havia uma hora. Seus gestos eram exaltados, seu temperamento instável.

— Isto ultrapassa todos os limites — dizia ele —, ultrapassa todos os limites imagináveis.

— Esses estudantes... — respondeu *monsieur* Grosjean — São um sofrimento, não são?

— Isso vai além dos estudantes. Muito além. Com o que podemos comparar? Um enxame de abelhas. Uma catástrofe natural nunca vista. Pior do que qualquer coisa já imaginada. Eles marcham por aí. Têm metralhadoras. Não sei onde conseguiram aviões. Propõem ocupar todo o norte da Itália. Mas é uma loucura! Eles são crianças... nada além disso. E ainda têm bombas, explosivos. Na cidade de Milão, por exemplo, são mais numerosos que a polícia. Então eu pergunto: o que podemos fazer? Chamar as forças armadas?

O exército também se rebelou. Dizem que apoiam *les jeunes*. Alegam que não há outra esperança para o mundo a não ser a anarquia. Falam de um tal de Terceiro Mundo, mas isso não pode acontecer.

Monsieur Grosjean suspirou.

— Isso é muito popular entre os jovens — disse ele —, a anarquia. Essa crença na anarquia. Sabemos disso desde aqueles tempos da Argélia, por causa dos problemas que o nosso país e o nosso império colonial sofreram. E o que podemos fazer? Chamar as forças armadas? No fim, elas apoiam os estudantes.

— Esses estudantes, ah, esses estudantes — lamentou-se *monsieur* Poissonier.

Ele era membro do governo francês e considerava a palavra "estudante" anátema. Se lhe fosse perguntado, confessaria preferir a gripe asiática ou até um surto de peste bubônica. Preferia qualquer coisa aos movimentos estudantis. Queria um mundo sem estudantes! Era com isso que o *monsieur* Poissonier às vezes sonhava. Bons sonhos aqueles. Mas não ocorriam com muita frequência.

— Quanto aos magistrados — disse *monsieur* Grosjean —, o que aconteceu com as nossas autoridades judiciais? A polícia... sim, a polícia ainda é leal, mas o judiciário não impõe sentenças, não sobre os jovens que são levados a julgamento, jovens que depredaram propriedades, propriedades do governo, propriedades privada... todo tipo de propriedade. E por que agem assim? Eu gostaria de saber. Andei fazendo investigações. A Préfecture me fez algumas sugestões. Dizem que é preciso que haja uma melhoria no padrão de vida das autoridades judiciárias, sobretudo nas áreas de província.

— Olha lá — disse *monsieur* Poissonier —, você precisa ser cuidadoso com o que propõe.

— *Ma foi*, por que eu deveria ser cuidadoso? As coisas precisam ser ditas. Já houve fraudes, fraudes estratosféricas, e agora o dinheiro está circulando por aí. E nós não sabemos de onde ele vem, mas a Préfecture me disse, e eu acredito, que está começando a entender para onde o dinheiro *vai*. Dá para imaginar, dá para conceber um estado corrupto subsidiado por uma fonte externa?

— Acontece o mesmo na Itália — respondeu *signor* Vitelli —, ah, eu poderia contar algumas coisas que acontecem por lá. Contar nossas suspeitas. Mas quem é que está corrompendo o mundo? Um grupo de industriais, um grupo de magnatas? Como pode?

— Isso precisa acabar — afirmou *monsieur* Grosjean. — Precisamos tomar uma atitude. Ação militar. Ação da força aérea. Esses anarquistas, esses saqueadores, eles vêm de todas as classes sociais. Precisamos acabar com isso.

— O gás lacrimogênio tem sido razoavelmente eficiente — sugeriu Poissonier, hesitante.

— Gás lacrimogênio não basta — disse *monsieur* Grosjean. — Obteríamos o mesmo resultado se colocássemos esses estudantes para descascar uma tonelada de cebola. Chorariam do mesmo jeito. É preciso mais do que isso.

Monsieur Poissonier perguntou, chocado:

— Por acaso está insinuando o uso de armas nucleares?

— Armas nucleares? *Quelle blague*! De que nos servem as armas nucleares? O que seria do solo da França, do ar da França, se usássemos armas nucleares? Podemos destruir a Rússia, isso já sabemos. Também sabemos que a Rússia pode nos destruir.

— Não está insinuando que grupos de estudantes rebeldes podem destruir as nossas forças autoritárias, está?

— É exatamente isso que estou insinuando. Fui alertado sobre algumas coisas. Sobre armazenamento de armas, inúmeros tipos de armas químicas e por aí vai. Ouvi relatos de alguns dos nossos cientistas mais eminentes. Os segredos estão às claras. Depósitos... mantidos em sigilo... armas de guerra foram roubadas. Então eu lhes pergunto: o que vai acontecer em seguida? O que vai acontecer em seguida?

A pergunta foi respondida de modo inesperado e muito mais rápido do que *monsieur* Grosjean poderia ter calculado. A porta se abriu, e o secretário-geral se aproximou de seu chefe com uma expressão de preocupação urgente. *Monsieur* Grosjean olhou com desagrado para ele.

— Eu não disse que não queria ser interrompido?

— De fato, *monsieur le président*, mas é uma situação extraordinária... — explicou, curvando-se para cochichar no ouvido do chefe. — O marechal está lá fora. Está pedindo para entrar.

— O marechal? Quer dizer...

O secretário balançou a cabeça inúmeras vezes para confirmar que sim, era isso mesmo. *Monsieur* Poissonier olhou, perplexo, para seu colega de trabalho.

— Ele exige que o recebam. Não admitirá recusa.

Os dois outros homens presentes na sala olharam primeiro para Grosjean e em seguida para o italiano agitado.

— Não seria melhor — disse *monsieur* Coin, o ministro do interior —, se o...

Ele se interrompeu no "se" quando a porta se abriu novamente e um homem entrou a passos largos. Um homem muito conhecido. Um homem cuja palavra não apenas tinha sido a lei durante algum tempo, mas estivera acima da lei francesa por anos a fio no passado. Revê-lo naquele momento foi uma surpresa desagradável para os presentes.

— Ah, muito bom vê-los, caros colegas — disse o marechal. — Venho para ajudá-los. Nosso país está correndo perigo. Precisamos tomar uma atitude, uma atitude imediata! Ponho-me à disposição dos senhores. Assumo todas as responsabilidades pelas ações para conter essa crise. Pode ser perigoso. Sei que pode, mas a honra está acima do perigo. A salvação da França está acima do perigo. Eles estão marchando para cá. Uma vasta manada de estudantes, de criminosos que saíram das prisões, e alguns deles cometeram homicídio. Homens que cometeram incêndios criminosos.

Eles bradam nomes. Cantam. Invocam os nomes de seus professores, de filósofos, daqueles que os colocaram neste caminho de insurreição. Aqueles que destruirão a França se nada for feito. Vocês ficam aqui sentados, conversando, lastimando a situação. Mas é preciso mais do que isso. Convoquei dois regimentos. Já alertei a força aérea, foram enviados telegramas cifrados para nossos aliados vizinhos, para os meus amigos da Alemanha, pois ela é a nossa aliada nesta crise!

"Precisamos conter o motim. Rebelião! Insurgência! Perigo para homens, mulheres e crianças, um perigo à propriedade. Avançarei para conter esta algazarra, para conversar com eles como um pai, como um líder. Esses estudantes, até esses criminosos, são meus filhos. Eles são a juventude da França. Vou conversar com eles sobre isso. Eles me darão ouvidos, haverá revisões no governo, estudos poderão ser retomados sob seus próprios auspícios. As subvenções oferecidas não têm sido suficientes, suas vidas foram privadas de beleza, de liderança. Chegarei para prometer tudo isso. Falarei em meu nome. Falarei também em nome dos senhores, em nome do Governo, vocês deram seu melhor, agiram de acordo com as suas possibilidades. Mas é preciso uma liderança mais forte. A *minha* liderança. Preciso ir. Tenho listas de outros telegramas cifrados a serem enviados. Forças nucleares que podem ser usadas em determinados lugares desabitados de forma a provocar terror na multidão, mas sem oferecer perigo real. Já pensei em tudo. Meu plano entrará em ação. Vamos, fiéis companheiros, me sigam.

— Marechal, nós não podemos permitir... o senhor não pode se arriscar. Nós precisamos...

— Não ouço nada do que dizem. Aceito a minha sina, o meu destino.

O marechal andou a passos largos até a porta.

— A minha equipe está lá fora. Meus guarda-costas também. Estou indo agora conversar com esses jovens rebeldes, essa floração jovem da beleza e do terror, e lhes apontar seus deveres.

Ele desapareceu porta afora com a pompa de um ator principal interpretando seu papel favorito.

— *Bon Dieu*, ele está falando sério! — exclamou *monsieur* Poissonier.

— Ele vai arriscar a própria vida — disse *signor* Vitelli. — Vai saber! É um ato de coragem, ele é um homem corajoso. Sim, é valente, mas o que acontecerá com ele? Do jeito que estão os ânimos dos *les jeunes* agora, podem até matá-lo.

Monsieur Poissonier soltou um suspiro de prazer. "Pode ser verdade", pensou. "É, pode ser que sim."

— É possível — afirmou ele. — Sim, podem matá-lo.

— Não é o que desejamos, é claro — completou *monsieur* Grosjean com cuidado.

Na verdade, era isso mesmo o que *monsieur* Grosjean desejava. Torcia para tal, embora um pessimismo inerente à sua natureza o levasse a pensar que as coisas raramente acontecessem da forma desejada. Na verdade, uma perspectiva muito mais medonha o confrontava. Era bem possível, e fazia parte da tradição do marechal, que de um jeito ou de outro ele conseguisse persuadir um grande grupo de estudantes exultantes e sanguinários a ouvir seu discurso, acreditar em suas promessas e insistir em devolver-lhe o poder que um dia tivera. Era o tipo de coisa que já acontecera algumas vezes durante a carreira do marechal. Seu magnetismo pessoal era tanto que, no passado, alguns políticos tinham sido derrotados por ele quando menos esperavam.

— Precisamos detê-lo — exclamou ele.

— Sim, sim — concordou *signor* Vitelli —, o mundo precisa dele.

— Sinto até medo — disse *monsieur* Poissonier. — Ele tem muitos amigos na Alemanha, é cheio de contatos, e vocês sabem como eles são ágeis quando o assunto é militarismo. Pode ser que agarrem essa oportunidade.

— *Bon Dieu, Bon Dieu* — lamentou *monsieur* Grosjean, esfregando a testa. — O que vamos fazer? O que podemos fazer? Que barulho é esse? Estou ouvindo rifles, é isso?

— Não, não — respondeu *monsieur* Poissonier, tentando acalmá-lo. — É apenas o barulho das bandejas de café na cantina.

— Eu faria uma citação agora — disse *monsieur* Grosjean, que era um grande amante de teatro —, se conseguisse me lembrar. Uma citação de Shakespeare: "Ninguém me livrará deste..."

— ... "Padre insolente" — completou o *monsieur* Poissonier. — Daquela peça, *Becket*.

— Um louco como o marechal é pior do que um padre. Um padre ao menos deveria ser inofensivo, embora até a Sua Santidade o Papa tenha recebido uma delegação de estudantes ontem. Ele os *abençoou*. Chamou-os de seus filhos.

— É um gesto cristão — comentou *monsieur* Coin, incerto.

— É possível ir longe demais até com gestos cristãos — disse *monsieur* Grosjean.

Capítulo 14

Conferência em Londres

Na Sala do Gabinete da Downing Street, número 10, Mr. Cedric Lazenby, primeiro-ministro, sentou-se na cabeceira da mesa e olhou para as instalações de seu gabinete sem demonstrar qualquer prazer. A expressão em seu rosto era de total desânimo, o que de certa forma lhe proporcionava algum alívio. Começava a pensar que só na privacidade de sua sala de reuniões podia relaxar o rosto em uma expressão infeliz e abandonar aquela que costumava apresentar ao mundo, uma expressão de sabedoria e otimismo satisfeito que lhe fora tão útil nas inúmeras crises da vida política.

Olhou para Gordon Chetwynd, que franzia a testa, para Sir George Packham, que estava nitidamente preocupado, pensando e ponderando como de costume, para a impassibilidade militar do Coronel Munro, para o Marechal Kenwood, da força aérea, um homem de expressão tensa que não se dava ao trabalho de esconder sua desconfiança profunda em relação a políticos. Também estava presente o Almirante Blunt, um homem grande e formidável, que tamborilava a mesa com os dedos enquanto esperava seu momento de falar.

— A situação está periclitante — dizia o marechal da aeronáutica. — É preciso admitir. Quatro aviões foram sequestrados na última semana. Voaram para Milão. Tiraram os passageiros e os levaram para outro lugar. Para a África. Havia pilotos por lá. Homens negros.

— É o Movimento Negro — respondeu Coronel Munro, pensativo.

— Ou seria Vermelho? — sugeriu Lazenby. — Vejam bem, eu acho que todas as nossas dificuldades são consequências da doutrina russa. Se alguém conseguisse entrar em contato com os russos... Uma visita pessoal seria ainda melhor...

— O senhor fique onde está, primeiro-ministro — disse o Almirante Blunt. — Não se meta com os russos de novo. Tudo o que *eles* querem no momento é ficar bem longe dessa confusão. Não tiveram tantos transtornos com os estudantes quanto a maioria de nós. Eles só se preocupam em ficar de olho nos chineses para ver qual será seu próximo passo.

— É que eu realmente acho que uma influência mais pessoal...

— Fique aqui e cuide do seu próprio país — disse o Almirante Blunt abruptamente, fazendo jus ao significado de seu nome e ao seu jeito de agir.

— Não seria melhor se ouvíssemos... pedíssemos um relatório detalhado do que está de fato de acontecendo? — perguntou Gordon Chetwynd, e olhou para o Coronel Munro.

— Querem fatos? Então vamos lá. Eles são bastante desagradáveis. Acredito que queiram menos os detalhes do que está acontecendo por aqui e mais a situação geral do mundo, certo?

— Certíssimo.

— Muito bem, na França, o marechal ainda está hospitalizado. Dois tiros no braço. Os círculos políticos estão pegando fogo. Grandes áreas do país estão dominadas pelas tropas do que chamam de Poder da Juventude.

— Está dizendo que estão armados? — perguntou Gordon Chetwynd, horrorizado.

— Até os dentes — confirmou o coronel. — Sinceramente não sei onde conseguiram tanto armamento. Mas há pistas. Uma grande remessa foi enviada da Suécia para a África Ocidental.

— O que isso tem a ver? — disse Mr. Lazenby. — E daí? Eles que estoquem quantas armas que quiserem na África Ocidental. Podem sair atirando uns nos outros.

— Bem, de acordo com os relatórios do nosso serviço de inteligência, há um detalhe curioso nessa transação. Aqui está a lista de armamentos que foram enviados para a África Ocidental. O interessante é que essas armas foram despachadas pra lá, e de lá foram enviadas para outro lugar. Elas foram recebidas e registradas, e o pagamento pode ou não ter sido feito, mas cinco dias depois foram despachadas novamente para fora do país. E elas foram enviadas, redirecionadas para outro lugar.

— E qual é conclusão dessa história?

— A conclusão parece ser que — explicou Munro — o destino delas nunca foi a África Ocidental. Os pagamentos foram realizados mas elas foram enviadas para outro lugar. É possível que da África tenham seguido para o Oriente Próximo. Para o Golfo Pérsico, a Grécia e a Turquia. Além disso, uma remessa de aviões foi enviada para o Egito. De lá, seguiram para a Índia, e da Índia para a Rússia.

— Achei tivessem sido enviados *da* Rússia.

— ... e da Rússia foram para Praga. É uma loucura.

— Não entendo — disse Sir George. — Fico me perguntando...

— Parece haver, em algum lugar, um posto central que está direcionando suprimentos de várias coisas. Aviões, armamentos, bombas, tanto as explosivas quanto aquelas usadas em guerras biológicas. Todas essas remessas circulam em direções inesperadas. São entregues por meio de inúmeras rotas que cruzam países para chegar a regiões de conflito e serem usadas por líderes e regimentos, se quiserem chamar assim, do Poder da Juventude. A maioria vai parar nas mãos dos líderes desses movimentos estudantis de guerrilha, anarquistas assumidos que aceitam de bom grado alguns dos modelos mais novos e modernos, embora eu duvide que paguem por tudo isso.

— Quer dizer que estamos enfrentando uma guerra em escala mundial? — perguntou Cedric Lazenby, chocado.

O homem mais brando do grupo, de feições asiáticas, que estava sentado na outra ponta da mesa e ainda não tinha tomado a palavra, levantou a cabeça, abriu um sorriso mongol e declarou:

— Somos forçados a acreditar que sim. As nossas observações apontam que...

Lazenby o interrompeu.

— Vocês terão que parar de observar. A própria ONU precisará pegar em armas e resolver a situação.

O rosto sereno permaneceu imóvel e respondeu:

— Isso seria contra os nossos princípios...

O Coronel Munro levantou a voz e continuou seu resumo da situação.

— Há revoltas em várias partes de todos os países. O sudeste da Ásia declarou independência há tempos e existem quatro ou cinco divisões de poder na América do Sul: Cuba, Peru, Guatemala e por aí vai. No que diz respeito aos Estados Unidos, vocês sabem que Washington praticamente virou pó... o oeste está dominado pelas Forças Armadas do Poder da Juventude... Chicago está sob Lei Marcial. Souberam de Sam Cortman? Foi baleado na noite passada na escadaria da nossa Embaixada Americana.

— Ele viria aqui hoje — comentou Lazenby. — Viria nos mostrar seu ponto de vista da situação.

— Não acho que ajudaria muito — retrucou o Coronel Munro. — É um grande sujeito, mas muito bola murcha.

— Mas quem está *por trás* de tudo isso? — disse Lazenby, levantando a voz com irritação. — Podem ser os russos, claro... — completou, mais esperançoso. Ainda se imaginava em um avião com destino a Moscou.

O Coronel Munro balançou a cabeça e respondeu:

— Duvido.

— Um apelo pessoal — disse Lazenby, o rosto iluminado pela esperança. — Uma esfera de influência inteiramente nova. Os chineses...?

— Também não — declarou o Coronel Munro. — Mas vocês sabem que vem ocorrendo um nítido renascimento do neofascismo na Alemanha.

— Você não acha mesmo possível que os alemães...

— Não acho que estejam por trás de tudo isso, mas quando você diz "possível"... Sim, acho facilmente possível. Já fizeram isso antes, sabe. Prepararam tudo anos antes, deixaram tudo planejado, tudo pronto, esperando só por um OK. São bons planejadores, ótimos planejadores. Trabalham muito bem em equipe. Eu admiro os alemães. Não posso evitar.

— Mas a Alemanha parecia estar tão pacífica e bem-administrada...

— É, até certo ponto, sim. Mas veja, a América do Sul está cheia de alemães, de jovens neofascistas, e por lá eles têm uma grande Federação da Juventude. Intitulam-se os Superarianos ou algo assim. Sabe como é, um pouco daquelas coisas antigas, suásticas e saudações, e há um líder por trás, um tal de jovem Wotan ou jovem Siegfried, não sei. A mesma lenga-lenga ariana de sempre.

Ouviu-se uma batida na porta, e o secretário entrou.

— Senhor, o Professor Eckstein está aqui.

— É melhor deixá-lo entrar — disse Cedric Lazenby. — Afinal, se tem alguém que pode nos inteirar das pesquisas científicas mais recentes sobre armamentos é ele. Talvez tenhamos uma carta na manga para acabar com todo esse disparate.

Além de ser um viajante para o exterior no papel do pacificador profissional, Mr. Lazenby tinha um otimismo incurável e raramente justificado por resultados.

— Uma boa arma secreta não seria nada mal — disse o marechal da aeronáutica, esperançoso.

O Professor Eckstein, considerado por muitos o cientista mais qualificado da Grã-Bretanha, parecia um homem sem qualquer importância ao primeiro olhar. Ele era baixo, usava costeletas antiquadas e tinha uma tosse asmática. Demonstrava o jeito de alguém ansioso para se desculpar pela própria existência. Ele fez ruídos de "ah", "hmmm", "uhum", assoou o nariz, tossiu como um asmático e deu apertos de mão tímidos quando foi apresentado a todos os presentes. Boa parte deles já eram seus conhecidos, os quais cumprimentou com acenos nervosos de cabeça. Sentou-se na cadeira indicada e deu uma olhadela ao redor da sala. Levou a mão à boca e começou a roer as unhas.

— Os Chefes estão todos aqui — anunciou Sir George Packham. — Estamos muito ansiosos para saber sua opinião sobre o que pode ser feito.

— Ah — disse o Professor Eckstein —, feito? Sim, sim, feito.

Silêncio na sala.

— O mundo está se encaminhando velozmente para um estado de anarquia — explicou Sir George.

— Parece que sim, não é mesmo? Ao menos é o que leio no jornal. Não que eu confie nos jornais. As coisas que os jornalistas inventam, vou te contar. Nunca são precisos em suas declarações.

— Soube que fez grandes descobertas recentemente, professor — disse Cedric Lazenby em tom encorajador.

— Ah, sim, fizemos. Fizemos, sim — confirmou o Professor Eckstein, mais animado. — Arranjamos um monte de material químico devastador. Se um dia quisermos usá-los. Armas biológicas, sabem, material biológico, gás infiltrado nas saídas comuns de gás, poluição do ar e envenenamento dos reservatórios de água. Se os senhores quiserem, acho que conseguiríamos matar metade da população da Inglaterra em uns três dias. — Ele esfregou as mãos. — É isso que querem?

— Não, de forma alguma. Meu Deus, é claro que não. — Mr. Lazenby ficou horrorizado.

— Bem, foi isso que eu quis dizer. Não é uma questão de não ter armas letais suficientes. Temos até demais. Tudo que temos é letal *demais*. A dificuldade seria manter qualquer um vivo, inclusive nós mesmos. Não é? Todas as pessoas de alto nível. Ou seja... *nós*, por exemplo — disse ele, dando uma risadinha chiada e alegre.

— Mas não é isso que nós *queremos* — insistiu Mr. Lazenby.

— A questão não é o que vocês *querem*, a questão é o que nós *temos*. Tudo o que temos em mãos é magnificamente letal. Se quisessem tirar do mapa todas as pessoas abaixo de 30 anos, acho que seria possível. Mas lembre-se, uma boa quantidade de velhos também desapareceria. Sabe, é muito difícil separar um lote do outro. Pessoalmente, eu seria contra essa atitude. Temos alguns jovens pesquisadores muito bons. Sanguinários, mas inteligentes.

— O que deu de errado com o mundo? — perguntou Kenwood, de supetão.

— Essa é a questão — respondeu o Professor Eckstein. — Nós não sabemos. Mesmo estando onde estamos, e apesar de tudo que *de fato* sabemos sobre isso e aquilo. Hoje em dia já temos um pouco mais de conhecimento sobre a lua, muito sobre biologia, podemos fazer transplantes de fígado e de coração; de cérebros também, em breve, assim espero, mesmo sem saber como vai *funcionar*. Mas não sabemos quem está fazendo *isso*. Alguém está, tenho certeza. É uma coisa bem poderosa, que está sendo feito às escondidas. Mas sim, a coisa está sendo feita de várias formas. Alianças criminosas, alianças de tráfico de drogas e por aí vai. Um grupo bem poderoso, comandado por mentes perspicazes nos bastidores. Esse tipo de coisa já aconteceu aqui e ali em certos países, ocasionalmente em escala europeia. Mas está indo mais longe agora, para o outro lado do globo... o hemisfério sul. Suponho que chegará à Antártica antes do fim dessa conversa. — Ele parecia satisfeito com sua análise.

— Pessoas de má-fé...

— É, pode-se dizer assim. Má-fé por má-fé ou má-fé por dinheiro ou poder. Difícil, viu, chegar no *xis* da questão. Nem os pobres recrutas sabem dizer. Querem violência e gostam de violência. Não suportam o mundo, não suportam nossa postura materialista. Não aprovam nossos modos perversos de ganhar dinheiro, não suportam grande parte de nossas falcatruas. Não gostam de ver pobreza. Querem um mundo melhor. Olha, é até *possível* construirmos um mundo melhor, talvez, se nos dedicássemos muito a isso. Mas o problema é que se você insiste em tirar alguma coisa do lugar, precisa substituí-la por outra. A natureza não admite o vácuo... é um ditado antigo, mas verdadeiro. Ora, é como um transplante de coração. Você tira um coração, mas tem que botar outro no lugar. Um funcional. E você tem que arrumar um coração bom para colocar ali *antes* de tirar o ruim do paciente. Falando a verdade, eu acho que é melhor deixar a maioria dessas coisas pra lá, mas acho que ninguém me daria ouvidos. E, de todo modo, não é a minha especialidade.

— Um gás? — insinuou o Coronel Munro.

O Professor Eckstein ficou animado.

— Ah, nós temos uma grande variedade de *gases* armazenada. Veja bem, alguns deles são razoavelmente inofensivos. Repressores leves, digamos assim. Desse tipo, temos *todos*. — Ele abriu um sorriso radiante, como um cortês vendedor de ferragens.

— Armas nucleares? — sugeriu Lazenby.

— Não brinquem com *isso*! Vocês não querem uma Inglaterra radioativa, ou um continente radioativo, querem?

— Então não pode nos ajudar — concluiu o Coronel Munro.

— Não até que se descubra mais sobre tudo isso — disse o professor. — Bem, peço desculpa. Mas devo esclarecer que a grande maioria das coisas com as quais estamos trabalhando hoje é *perigosa*. — Ele enfatizou a palavra. — *Muito* perigosa.

O professor olhou para eles com ansiedade, como um tio nervoso poderia olhar para um bando de crianças brincando com uma caixa de fósforos e que poderia botar fogo na casa.

— Bem, obrigado, Professor Eckstein — disse Mr. Lazenby, que não parecia muito grato.

O professor, concluindo corretamente que estava liberado, sorriu para todos e saiu da sala a passos rápidos.

Mr. Lazenby mal esperou a porta se fechar antes de expor suas impressões.

— Todos iguais, esses cientistas — resmungou, com amargura. — Nunca apontam uma saída prática. Nunca dão respostas sensatas. Tudo que sabem fazer é dividir o átomo... e depois *nos* dizer para não mexer com isso!

— Era melhor nem ter vindo — declarou o Almirante Blunt, mais uma vez abruptamente. — O que *nós* queremos é algo mais artesanal e caseiro, uma espécie de herbicida que poderia... — Ele fez uma pausa abrupta. — Mas que diabo...?

— Sim? — disse o primeiro-ministro educadamente.

— Nada... isso só me lembrou de uma coisa. Mas não lembro o quê...

O primeiro-ministro suspirou.

— Mais algum cientista especialista esperando do lado de fora? — perguntou Gordon Chetwynd, olhando esperançoso para o relógio de pulso.

— Acho que o velho Pikeaway está aqui — respondeu Lazenby. — Ele quer nos mostrar um quadro...um desenho... um mapa, ou algo assim...

— Do que se trata?

— Eu não sei. Parecem umas bolhas — disse Mr. Lazenby, sem precisão.

— Bolhas? Por que bolhas?

— Não faço ideia. Bem — suspirou —, vamos dar uma olhada.

— Horsham também está aqui...

— Ele pode ter alguma novidade — disse Chetwynd.

Coronel Pikeaway entrou na sala. Carregava um rolo que foi aberto com a ajuda de Horsham e, com certa dificuldade, posto sobre a mesa de modo que os homens sentados ali pudessem examiná-lo.

— Não está desenhado na escala certa, mas dá para ter uma ideia geral — disse o Coronel Pikeaway.

— O que significa isso, se é que significa algo?

— Bolhas? — murmurou Sir George. E uma ideia lhe veio à mente: — É um gás? Um novo gás?

— É melhor você explicar, Horsham — disse Pikeaway. — Você conhece a ideia geral.

— Só sei o que me contaram. É o esboço de diagrama que expõe uma organização de controle mundial.

— Quem controla?

— Grupos que têm ou controlam os pilares do poder... as matérias-primas do poder.

— E as letras do alfabeto?

— Cada uma representa uma pessoa ou um codinome para um grupo especial. São círculos intercessores que já cobrem todo o globo a essa altura.

— Esse círculo marcado como "A" representa os armamentos. Alguém ou algum grupo tem o controle dos armamentos. Todo tipo de armamentos. Explosivos, armas, rifles. Armamentos estão sendo produzidos no mundo todo de acordo com um plano, despachados ostensivamente para nações subdesenvolvidas, nações atrasadas, nações em guerra. Mas esses armamentos não permanecem nos locais de destino. São redirecionados quase imediatamente para outros lugares. Guerrilhas na América do Sul... rebeliões e combates nos Estados Unidos... depósitos do Movimento Negro... vários países da Europa.

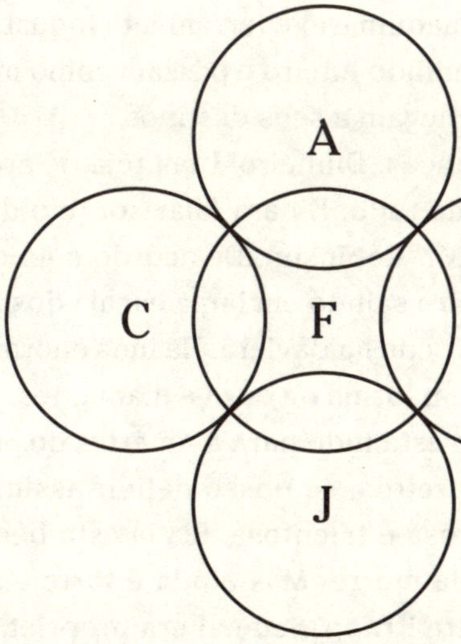

"O 'D' representa as drogas... uma rede de fornecedores as distribui de vários depósitos e estoques. Todos os tipos de drogas, das mais inofensivas às fatais. Parece que o quartel-general fica na região do Levante, e passa pela Turquia, pelo Paquistão, pela Índia e pela Ásia Central."

— Eles ganham dinheiro com isso?

— Rios de dinheiro. Mas vai além de uma simples associação de traficantes. Há um lado mais sinistro nessa história. As drogas estão sendo usadas para dizimar os mais fracos entre os jovens para, digamos, transformá-los em escravos. Escravos porque não conseguem viver nem existir ou trabalhar para os seus empregadores sem um suprimento de drogas.

Kenwood assobiou.

— Cenário triste, não? Não tem ideia de quem são esses traficantes de drogas?

— Alguns sim. Mas só os peixes-pequenos. Os grandes chefões, não. Os quartéis-generais ficam, até onde sei, na Ásia Central e no Levante. De lá são despachados dentro de pneus de carros, em saco de cimento, em placas de concreto, em todo tipo de maquinário e ferramenta industrial. São distribuídos para o mundo inteiro e passam como mercadoria comum quando chegam a seus destinos.

"O 'F' é para Finanças. Dinheiro! Uma teia de aranha de dinheiro no centro de tudo. E para falar sobre o dinheiro, terá que recorrer a Mr. Robinson. De acordo com este memorando, tem dinheiro saindo em larga escala dos Estados Unidos, além de uma sede na Baviera. Há uma enorme reserva na África do Sul, em forma de ouro e diamantes. A maior parte desse dinheiro está indo para a América do Sul. E um dos principais tesoureiros, se posso definir assim, é uma mulher muito poderosa e talentosa. Ela já está bem velha, deve estar à beira da morte. Mas ainda é forte e ativa. O nome dela é Charlotte Krapp. Seu pai era proprietário dos estaleiros Krapp na Alemanha. Ela sempre foi um gênio financeiro e trabalhou em Wall Street. Acumulou fortuna em cima de fortuna com investimentos em todos os cantos do mundo. É dona de transportes, de maquinário, de interesses industriais. Vive em um castelo imenso na Baviera... de onde coordena um fluxo de dinheiro para diferentes partes do mundo.

"O 'C' representa a Ciência... o novo conhecimento sobre as guerras química e biológica. Vários cientistas jovens fugiram... acreditamos que parte deles se reuniram em um núcleo nos Estados Unidos, ao que parece, totalmente dedicado à anarquia."

— Lutando pela anarquia? Uma contradição. É possível isso?

— Acredita-se na anarquia quando se é jovem. Você quer um mundo novo, mas primeiro precisa botar o velho abaixo... assim como derruba uma casa velha antes de construir uma nova no lugar. Mas se não sabe onde está indo, se não sabe para onde está sendo levado, ou mesmo empurrado, por alguém, como será esse novo mundo, e onde estarão esses adeptos quando conseguirem o que querem? Alguns serão escravos, outros estarão cegos pelo ódio, outros pela violência e pelo sadismo, ambos pregados e praticados. Alguns deles, que Deus os ajude, ainda idealista, ainda acreditando, conforme os franceses na época da Revolução Francesa, que aquela revolução trará prosperidade, paz, felicidade, contentamento para o povo.

— E o que *nós* estamos fazendo sobre tudo isso? Quais são as nossas propostas de ação? — perguntou o Almirante Blunt.

— O que estamos fazendo? Tudo o que podemos. Posso assegurar a todos aqui presentes que estamos fazendo tudo o que podemos. Temos pessoas trabalhando para nós em todos os países. Agentes, investigadores, pessoas que coletam informações e as repassam para nós...

A ALIANÇA

F	— Grande Charlotte	— Baviera
A	— Eric Olafsson	— Suécia, Industrial, Armamentos
D	— Conhecido pelo nome de Demetrius	— Esmirna, Drogas
C	— Dr. Sarolensky	— Colorado, EUA, físico-químico. Apenas suspeito.
J		— Uma mulher. Codinome Juanita. Supostamente perigosa. Nenhuma pista do nome verdadeiro.

— Informações são mais que necessárias — disse o Coronel Pikeaway. — Primeiro precisamos *saber*... saber quem é quem, quem está conosco e quem está contra nós. Depois precisamos ver o que pode ser feito, se é que há algo a ser feito.

— O nome que demos para esse diagrama é A Aliança. Aqui há uma lista de tudo que sabemos sobre os líderes da Aliança. Em relação a alguns, só sabemos os nomes pelos quais são chamados... ou que suspeitamos que sejam as pessoas que queremos pegar.

Capítulo 15

Tia Matilda faz uma cura

— Algum tipo de cura, talvez? — arriscou Lady Matilda.

— Uma cura? — disse o Dr. Donaldson

Ele pareceu um pouco intrigado, perdendo o ar de onisciência médica, o que, é claro, pensou Lady Matilda, era uma das sutis desvantagens de ser atendida por um médico jovem em vez de um médico mais velho ao qual já estava acostumada havia vários anos.

— É como costumávamos chamar — explicou ela. — No meu tempo, sabe, a gente buscava a Cura. Marienbad, Carlsbad, Baden-Baden, por aí vai. Outro dia mesmo li no jornal sobre um novo lugar. Novíssimo e moderno. Dizia que são cheios de novos métodos e novas ideias. Não que eu me venda a novas ideias, mas não teria medo de me arriscar. Quer dizer, deve ser uma reprise das mesmas coisas de sempre. Água com gosto de ovo podre e a última dieta do momento e caminhada para tomar a Cura, ou as Águas, ou sei lá como chamam hoje em dia, a uma hora inconvenientemente cedo da manhã. E suponho que façam massagens também. Costumava ser com algas marinhas. Mas esse lugar novo fica pros lados das montanhas. Baviera ou Áustria ou algo do tipo. Então acho que não devem usar algas marinhas. Talvez musgo felpudo... que parece uma raça de cachorro. E talvez também tenha uma bela água mineral além da água sulfurosa com gosto de ovo podre. Dizem que as instalações são soberbas.

A única coisa enervante hoje em dia é que parece que não botam mais corrimões nesses prédios modernos. Belíssimas escadas de mármore, mas nenhum apoio.

— Acho que sei que lugar é esse — disse Dr. Donaldson. — Foi muito divulgado na imprensa.

— Bem, você sabe como é, na minha idade — continuou Lady Matilda. — Nós gostamos de experimentar coisas novas. Na verdade, acho que fazemos essas coisas só para nos distrair. Não parece melhorar a saúde de ninguém. Mesmo assim, o senhor acha que poderia ser uma boa ideia, Dr. Donaldson?

O Dr. Donaldson olhou para ela. Ele não era tão jovem quanto Lady Matilda o rotulara em pensamento. Já se aproximava dos 40 e era um homem de muito tato, gentil e disposto a fazer as vontades de seus pacientes idosos até o limite do que considerava desejável, sem expô-los ao perigo real dos métodos claramente inadequados.

— Tenho certeza de que não lhe faria mal algum — confirmou ele. — Pode ser uma ótima ideia. É claro que viajar é um pouco cansativo, embora hoje em dia seja bem rápido e fácil chegar de avião nos lugares.

— Rápido é. Mas não é fácil — retrucou Lady Matilda. — Rampas e escadas rolantes e entrar e sair de ônibus do aeroporto para o avião, e pegar um avião para outro aeroporto e do aeroporto para outro ônibus. É muita coisa, sabe. Mas ouvi dizer que é possível usar cadeiras de rodas nos aeroportos.

— Sim, é verdade. Excelente ideia. Se a senhora prometer usar a cadeira de rodas e nem cogitar ficar andando de um lado para o outro...

— Eu sei, eu sei — disse a paciente, interrompendo-o. — Você compreende. É um homem muito compreensivo. É que todo mundo tem seus orgulhos, né, e enquanto ainda dá para mancar por aí escorada em uma bengala, ninguém quer parecer uma entrevada ou velha acamada. Seria mais fácil se eu fosse homem — refletiu ela. — Quer dizer, poderia amarrar uma daquelas ataduras enorme na minha perna ou aquelas coisinhas acolchoadas como se estivesse com gota. Quer dizer, a gota não é um transtorno para o sexo masculino. Ninguém vê com maus olhos. Os amigos mais velhos acham que eles andaram passando da medida no vinho do porto, porque antigamente se pensava assim, mas eu nunca caí nessa conversa. Vinho do porto *não* provoca gota. Mas sim, vou usar a cadeira de rodas, e posso voar para Munique ou coisa parecida. Também seria possível arranjar um carro para me buscar quando eu pousar no destino.

— E é claro que a senhora vai levar Miss Leatheran para acompanhá-la.

— Amy? Ah, com certeza. Sem ela não sou ninguém. Enfim, você acha que não tem problema mesmo eu ir, certo?

— Acho que poderia lhe fazer muito bem.

— Você é um homem *muito* gentil.

Lady Matilda deu uma piscadela para o médico, que já estava ficando familiarizado com o gesto.

— Você acha que viajar para um novo lugar e ver rostos novos vai me entreter e me animar, e é claro que tem toda razão. Mas eu prefiro pensar que estou indo para fazer uma Cura, embora não precise ser curada de nada. Quer dizer, só a velhice avançada. Infelizmente não existe cura para a velhice, ela só piora, não é mesmo?

— O mais importante é: a senhora vai se divertir? Eu acho que sim. Por sinal, sempre que se cansar durante uma atividade, pare de fazê-la.

— E ainda devo beber copos de água com gosto de ovo podre. Não que eu goste ou ache que vai me fazer bem. Mas só por aquele sentimento desagradável que isso provoca. As velhas do nosso vilarejo faziam assim. Adoravam tomar um remédio bem forte e eficaz, aqueles de cor preta ou roxa ou rosa escuro, com bastante gosto de hortelã. Elas achavam que tinha muito mais efeito do que um comprimidinho ou um frasquinho com líquido que parecia inofensivo e não tinha cor exótica alguma.

— A senhora sabe muito sobre a natureza humana — comentou o Dr. Donaldson.

— O senhor é muito gentil comigo — disse Lady Matilda. — Eu agradeço. Amy!

— Pois não, Lady Matilda.

— Pegue um atlas para mim, por favor. Não sei mais nada da Baviera nem dos países vizinhos.

— Vejamos. Um atlas. Imagino que tenha algum na biblioteca. Deve ter uns atlas velhos por lá, pelos idos de 1920 ou coisa que o valha, eu acho.

— Queria um atlas um pouco mais moderno.

— Atlas — repetiu Amy, refletindo.

— Se não tiver um, você pode comprar e trazer amanhã para mim. Vai ser muito difícil porque todos os nomes mudaram, os países estão diferentes, e eu não vou conseguir me localizar. Mas você vai ter que me dar uma ajudinha. E me arranje uma lupa, pode ser? Acho que outro dia estava lendo na cama com uma lupa, mas ela deve ter escorregado e caído entre a cama e a parede.

As solicitações de Lady Matilda levaram certo tempo para serem atendidas, mas o atlas, a lupa e o atlas antigo para cotejo foram providenciados por Amy, uma mulher tão atenciosa, pensou Lady Matilda, e também muito prestativa.

— Pois sim, vamos ver. Acho que ainda tem o nome de Monbrügge ou algo assim. Fica no Tirol ou na Baviera. Parece que tudo mudou de lugar e ganhou nomes diferentes...

Lady Matilda observou seu quarto na Gasthaus. Era bem-decorado. Caríssimo. Combinava conforto com uma atmosfera de tamanha austeridade que poderia até levar o hóspede a aderir a um ascético programa de exercícios, dieta e provavelmente a sessões penosas de massagem. O mobiliário, ela pensou, era interessante. Atendia a todos os gostos. Havia uma grande escritura gótica na parede. O alemão de Lady Matilda não era mais tão fluente quanto na juventude, mas a escritura, ela pensou, dizia algo sobre a áurea e encantadora ideia de retorno à juventude. Não só a juventude tinha o futuro nas mãos, mas os velhos estavam sendo gentilmente doutrinados a sentir que eles próprios poderiam ter a chance de viver um segundo afloramento áureo.

Havia auxílios sutis para permitir que alguém seguisse a doutrina de qualquer um dos muitos caminhos de vida que atraíam tipos diferentes de pessoas. (Sempre presumindo que elas teriam dinheiro para pagar por isso.) Ao lado da cama havia uma Bíblia dos Gideões Internacionais, igual às que Lady Matilda encontrara tantas vezes ao lado da cama em suas viagens aos Estados Unidos. Ela pegou a publicação com um ar de aprovação, abriu-a ao acaso e pôs o dedo em um versículo em especial. Leu, assentiu com satisfação e fez uma breve nota em um bloco sob a mesa de cabeceira. Ela fazia isso com frequência... era seu jeito de conseguir orientação divina a curto prazo.

Fui jovem e agora sou velho, no entanto não vi os justos desamparados.

Ela fez outras inspeções pelo quarto. Ao alcance da mão, mas não muito aparente, havia um *Almanaque de Gotha*, modestamente acomodado em uma prateleira inferior da mesinha de cabeceira. Um livro inestimável para aqueles que desejavam se familiarizar com as camadas mais altas da sociedade das últimas centenas de anos e que continuava a ser lido, comentado e consultado por pessoas de linhagem aristocrática ou com interesse no assunto. Virá a calhar, ela pensou, posso me entreter.

Próximo à mesa, junto ao fogão de porcelana da época, havia edições de bolso de pregações e dogmas dos profetas modernos. Aqueles que agora ou recentemente haviam gritado aos sete ventos que estavam aqui para serem lidos e aprovados por jovens seguidores com cabelos volumosos, vestuário esquisito e corações devotados. Marcuse, Guevara, Lévi-Strauss, Fanon.

Para o caso de travar alguma conversa com a juventude áurea, era melhor ela ler um pouco daqueles livros também.

Ouviu uma tímida batidinha na porta, que foi entreaberta e o rosto da fiel Amy apareceu. Amy, pensou Lady Matilda de repente, ficaria igualzinha a uma ovelha dali a dez anos. Uma ovelha simpática, leal e bondosa. Naquele momento, pensou com satisfação, ela ainda se parecia com uma cordeira rechonchuda e muito amável, com seus cabelinhos encaracolados e seus olhos atenciosos e gentis, emitindo carinhosos "bés" em vez de balidos.

— Espero que tenha dormido bem.

— Dormi, sim, minha querida, muito bem. Conseguiu o que pedi?

Amy sempre sabia o que ela queria dizer. Entregou uma folha de papel para a patroa.

— Ah, minha dieta — exclamou Lady Matilda, lendo com atenção. — Que coisa mais sem graça! Que água é essa que me mandam beber?

— Não tem um gosto muito bom.

— Claro, duvido que tenha. Volte daqui a meia hora. Quero que despache uma carta.

Empurrando a bandeja do café da manhã, ela caminhou até a escrivaninha. Ficou pensando durante alguns minutos antes de escrevê-la.

— Deve funcionar — murmurou ela.

— Perdão, Lady Matilda, o que a senhora disse?

— Estava escrevendo uma carta para aquela velha amiga que mencionei para você.

— Aquela que a senhora não vê há mais de cinquenta anos?

Lady Matilda assentiu.

— Eu só espero... — disse Amy, em tom humilde. — Quer dizer... já faz tanto tempo. As pessoas têm memória curta hoje em dia. Eu só espero que ela se lembre da senhora e de tudo o mais.

— É claro que vai — afirmou Lady Matilda. — As pessoas de quem sempre nos lembramos são aquelas que conhecemos entre os 10 e 20 anos. Elas ficam coladas na mente para sempre. Você se lembra dos chapéus que elas usavam, da risada, dos defeitos e das qualidades e de todos os detalhes sobre elas. Agora, as pessoas que conheci há vinte anos, por exemplo, eu nem consigo me lembrar quem são. Nem se já ouvi falar delas, nem se algum dia já vi seus rostos. Ah, sim, ela vai lembrar de *mim*. De tudo que vivemos em Lausanne. Despache esta carta. Preciso fazer minha lição de casa.

Ela pegou o *Almanaque de Gotha* e voltou para a cama, onde fez um estudo rigoroso dos pontos que lhe poderiam ser úteis. Algumas relações familiares e inúmeros outros parentescos convenientes. Quem tinha casado com quem, quem morou onde, que infortúnios viveram outros. Não que houvesse muitas chances de a pessoa que tinha em mente figurar no *Almanaque Gotha*, mas ela morara em uma determinada parte do mundo, saíra de lá para morar em um *Schloss* de seus antepassados nobres, e absorvera o respeito e a adulação dos locais àqueles de boa linhagem. Ela própria, conforme sabia bem Lady Matilda, não fora agraciada com berço de ouro, ainda que maculado pela pobreza. Tivera que se satisfazer com dinheiro. Rios de dinheiro. Uma quantidade inacreditável de dinheiro.

Lady Matilda Cleckheaton não tinha dúvidas de que ela, filha de um oitavo duque, seria recebida com algum tipo de festividade. Café, talvez, e deliciosos bolinhos de nata.

Lady Matilda Cleckheaton entrou em uma das grandes salas de recepção do *Schloss*. Fizera uma viagem de quinze milhas de carro. Vestira-se com certo apuro, embora, de alguma maneira, o resultado não tenha agradado tanto Amy. Ela raramente oferecia conselhos, mas estava tão ansiosa para que sua patroa obtivesse sucesso naquela missão, fosse lá qual fosse, que se arriscara a demonstrar moderada desaprovação.

— A senhora não acha que esse vestido vermelho está um pouco *gasto*, se é que me entende? Digo, logo debaixo dos braços e, bem, em duas ou três áreas bem esgarçadas...

— Eu sei, querida, eu sei. É um vestido surrado mas ainda assim é um modelo feito por Patou. É velho, mas custou muito caro. Não estou tentando parecer rica ou extravagante. Sou um membro empobrecido de uma família aristocrática. Qualquer pessoa abaixo dos 50 anos com certeza me desprezaria. Mas a minha anfitriã hoje vive e viveu durante alguns anos em uma parte do mundo onde os ricos precisam esperar pela sua refeição, ao passo que a anfitriã sempre fará questão de receber e servir uma senhora esfarrapada de ascendência impecável. Tradições de família são coisas que não se perdem com facilidade. Elas permanecem intrínsecas às pessoas até quando se mudam para uma nova vizinhança. A propósito, na minha mala você encontrará um boá de plumas.

— A senhora vai usar um boá de plumas?

— Sim, vou. Plumas de avestruz.

— Minha nossa, isso deve ter mil anos.

— Sim, mas foi guardado com todo cuidado. Você vai ver, Charlotte saberá do que se trata. Ela vai pensar que uma das melhores famílias da Inglaterra teve que se contentar a usar suas roupas velhas guardadas com cuidado ao longo dos anos. E eu vou usar meu casaco de pele de foca também. Está um pouco surrado, mas foi um casaco magnífico nos seus dias áureos.

E assim se apresentou. Amy foi junto como uma acompanhante bem-vestida, mas de elegância discreta.

Matilda Cleckheaton já se preparara para a visão. Uma baleia, conforme alertara Stafford. Uma baleia encalhada, uma mulher velha e horrorosa em uma sala cercada por quadros de valor exorbitante. Levantando-se com dificuldade de sua poltrona-trono, que poderia ter figurado em uma peça de teatro cujo cenário fosse o palácio de um príncipe sobre-eminente de qualquer época da Idade Média para baixo.

— Matilda!

— Charlotte!

— Ah! Quanto tempo. É até estranho!

Elas trocaram palavras de saudação e contentamento, conversando parte em alemão, parte em inglês. O alemão de Lady Matilda deixava um pouco a desejar. Charlotte falava alemão perfeitamente, assim como inglês, embora com um sotaque gutural acentuado, e ocasionalmente com sotaque americano. Ela era mesmo, Lady Matilda pensou, soberbamente monstruosa. Chegou a sentir ternura por um momento, quando pensou no passado, mas no momento seguinte se lembrou da garota detestável que Charlotte sempre fora. Ninguém nunca gostou de Charlotte, e ela certamente não fora exceção. Mas, digam o que digam, sempre existe um grande apego às memórias dos tempos de escola. Se Charlotte algum dia gostara dela ou não, Lady Matilda jamais soube. Mas ela lembrava que Charlotte, com certeza — como se dizia naquela época —, a bajulara. Possivelmente sonhava em se hospedar em um castelo ducal na Inglaterra. O pai de Lady Matilda, embora pertencesse a uma das linhagens mais louváveis, havia sido um dos duques menos pecuniosos da Inglaterra. Seu patrimônio só fora mantido graças à esposa rica com quem se casara, a quem tratara com extrema cortesia e que, por sua vez, adorava maltratá-lo sempre que podia. Lady Matilda tivera a sorte de ser fruto de seu segundo casamento. Sua mãe fora uma mulher extremamente agradável e uma atriz de muito sucesso, capaz de representar o papel de duquesa muito melhor do que qualquer duquesa verdadeira seria capaz.

Trocaram reminiscências dos anos passados, os suplícios que infligiram a alguns professores, os casamentos venturosos e infelizes de algumas das colegas de escola. Matilda mencionou certos acordos e famílias colhidos das páginas do *Almanaque de Gotha* — "mas é claro que deve ter sido um casamento péssimo para a Elsa. Era uma Bourbon de Parma, não era? Sim, sim, bem, a gente sabe no que isso dá. Lamentável."

O café foi servido, um café delicioso, pratos com mil-folhas e bolinhos de nata.

— Eu não deveria tocar nisso — exclamou Lady Matilda. — De forma alguma! O meu médico é muito severo. Ele disse que devo me concentrar exclusivamente na Cura enquanto estiver aqui. Mas, no fim das contas, hoje é um dia de festa, não é mesmo? De renovação da juventude. É isso o que realmente me interessa. O meu sobrinho-neto, que visitou você há pouco... esqueci o nome de quem o trouxe aqui, a Condessa... ai, começava com Z, mas não consigo lembrar.

— A Condessa Renata Zerkowski....

— Isso, esse era o nome dela. Uma jovem muito charmosa, creio. E ela o trouxe aqui para visitar você. Foi muito gentil da parte dela. Ele ficou tão impressionado. Mais impressionado ainda com todas as suas belas posses. Com seu jeito de viver e, é claro, com as maravilhas que ouvira a seu respeito. A maneira como você mantém todo esse movimento de... ah, eu não sei qual é o termo correto. Uma Galáxia da Juventude. Uma juventude áurea e bela. Eles são o seu rebanho. Veneram você. Que vida maravilhosa deve ter. Eu não conseguiria suportar. Preciso de uma vida pacata. Artrite reumatoide. E problemas financeiros. Dificuldade em manter a casa que pertence à família. Bem, você sabe como é a vida na Inglaterra... nossos problemas de sempre com impostos.

— Eu lembro do seu sobrinho, sim. Ele era agradável, um homem muito agradável. Trabalha no Serviço Diplomático, certo?

— É, isso mesmo. Mas é que... bem, você sabe, eu não acho que os talentos dele estão sendo valorizados.. Ele não fala muito sobre isso. Nem reclama, mas acha que é... bem, ele acha que não tem sido reconhecido como deveria. Os poderosos, aqueles que estão no comando no momento, o que eles são?

— *Canaille!* — disse Grande Charlotte.

— Intelectuais que levam uma vida sem *savoir faire*. Há cinquenta anos teria sido diferente — falou Lady Matilda —, mas hoje ele não tem sido recompensado como deveria. E vou até lhe contar, cá entre nós, é claro, que desconfiaram dele. Suspeitaram dele, de que estivesse envolvido com... como posso dizer?... rebeliões e essas frentes revolucionárias. No entanto, é preciso perceber o que o futuro pode reservar para um homem capaz de adotar pontos de vista mais progressistas.

— Quer dizer então que ele não está, como dizem na Inglaterra, alinhado com o sistema?

— Silêncio, silêncio, não devemos falar essas coisas. Pelo menos *eu* não devo — disse Lady Matilda.

— Você me interessa — comentou Charlotte.

Matilda Cleckheaton suspirou.

— Deposite isso, se quiser, na conta da estima de uma velha parente. Staffy sempre foi o meu preferido. Ele é encantador e sagaz. Acho que também é cheio de ideias. Ele antevê o futuro, um futuro que deveria ser bem diferente do presente em que vivemos. O nosso país, ai de mim, está vivendo um clima político deplorável. Stafford pareceu muito impressionado pelas coisas que você disse e mostrou a ele. Você faz muito pela música, pelo que entendi. Mas o que acho mais necessário é o ideal da super-raça.

— Deve e pode haver uma super-raça. Adolf Hitler estava certo — afirmou Charlotte. — Um homem sem importância, mas cuja personalidade era dotada de traços artísticos. E sem dúvida tinha poder de liderança.

— Ah, sim. Liderança, é disso que precisamos.

— Vocês escolheram os aliados errados na última guerra, minha querida. Se a Inglaterra e a Alemanha estivessem agora lado a lado, se tivessem os mesmos ideais de juventude, de força, seriam duas nações arianas com os ideais certos. Imagina onde o seu país e o meu estariam hoje? Ainda assim, essa talvez seja uma visão muito estreita das coisas. Por um lado, os comunistas e aqueles outros nos ensinaram uma lição. Trabalhadores do mundo, uni-vos? Mas ainda é um ponto de vista muito limitado. Os trabalhadores são apenas nossa matéria-prima. O certo é "Líderes do mundo, uni-vos!" Homens jovens com o dom da liderança, de sangue nobre. E nós precisamos começar, mas não com os homens acomodados de meia-idade, se repetindo como um disco de gramofone empacado. Temos que procurar na população estudantil, nos jovens de coração valente, de grandes ideias, dispostos a marchar, a morrer e a matar. A matar sem remorso... afinal é certo que sem agressividade, sem violência, sem ataque... não há vitória. Vou lhe mostrar uma coisa...

Com esforço, ela conseguiu ficar em pé. Lady Matilda seguiu seu exemplo, ressaltando um pouco a própria dificuldade, que não era tão grande quanto deixava transparecer.

— Foi em maio de 1940 — começou Charlotte —, quando a Juventude Hitlerista chegou em seu segundo estágio. Quando Himmler conseguiu aprovar um decreto com Hitler. O decreto da famosa SS. Que se formou visando a destruição dos povos orientais, os escravizados, os nomeados escravos do mundo. Isso abriria espaço para a raça dominante alemã. O instrumento de execução da SS nasceu. — Ela abaixou um pouco a voz, assumindo um tom de reverência religiosa.

Lady Matilda quase fez um sinal da cruz por engano.

— A Ordem da Caveira — concluiu Grande Charlotte.

Ela caminhou lenta e dolorosamente pela sala e apontou para a parede onde estava, emoldurada em dourado e encimada por um crânio, a Ordem da Caveira.

— Veja, este é o meu bem mais precioso. Fica aqui na minha parede. Minha jovem gangue dourada, quando vem aqui, faz uma saudação à ordem. E nos arquivos aqui do castelo estão os fólios de suas crônicas. Algumas delas são leituras apenas para pessoas de estômago forte, mas é preciso aprender a engolir essas coisas. Mortes em câmaras de gás, celas de tortura, os Julgamentos de Nuremberg detratam todas essas coisas. Mas era uma grande tradição. A força por meio da dor. Eles eram treinados muito cedo, os meninos, a fim de não errar ou voltar atrás ou sofrer qualquer tipo de fraqueza. Mesmo Lenin, pregando sua doutrina marxista, declarou: "Abaixo a fraqueza!" Era uma de suas primeiras regras para se criar um Estado perfeito. Mas fomos limitados demais. Quisemos confinar nosso sonhos apenas à raça dominante alemã. Mas há outras raças. Eles também podem atingir a supremacia por meio do sofrimento, da violência e de uma prática já considerada, a anarquia. Precisamos botar abaixo, botar abaixo todas as instituições fracas. Acabar com as formas mais humilhantes de religião. Existe uma religião da força, a antiga religião do povo viking. E nós temos um líder, um jovem, que ganha poder a cada dia. O que disse uma vez um grande homem? Me dê ferramentas e farei o trabalho. Algo assim. Nosso líder já tem as ferramentas. E terá ainda mais. Terá aviões, bombas, os meios para atuar em uma guerra química. Terá homens aptos à luta. Terá meios de transporte. Terá embarcações e petróleo. Terá o que se costuma chamar de gênio da lâmpada do Aladim. Você esfrega a lâmpada e o gênio aparece. Está tudo nas nossas mãos. Os meios de produção, os meios de conseguir bem-estar e o nosso jovem líder, um líder nato e reputado. Ele é completo.

Ela arquejou e tossiu.

— Deixe-me ajudá-la.

Lady Matilda ajudou Charlotte a se sentar. Ela arquejou um pouco enquanto se sentava.

— É triste ser velha, mas ainda vou durar muito. O suficiente para ver triunfar um novo mundo, uma nova era. É isso que você deseja para o seu sobrinho. Vou ver o que posso fazer. Ele quer ter mais poder em seu próprio país, não é isso? Você estaria disposta a encorajar a liderança militar por lá?

— Já tive influência no passado. Mas agora... — Lady Matilda balançou a cabeça com pesar. — Agora já era.

— Vai voltar a ter, minha querida — afirmou a amiga. — Você fez bem em vir falar comigo. Eu exerço certa influência.

— É uma grande causa — disse Lady Matilda, suspirando e murmurando —, o jovem Siegfried.

— Espero que tenha gostado de encontrar sua velha amiga — disse Amy enquanto voltavam de carro para a Gasthaus.

— Se tivesse ouvido todas as besteiras que falei, você nem acreditaria — respondeu Lady Matilda Cleckheaton.

Capítulo 16

A fala de Pikeaway

— As notícias da França são muito ruins — disse o Coronel Pikeaway, espanando uma nuvem de cinza de charuto do casaco. — Eu ouvi Winston Churchill dizer isso na última guerra. Este, sim, era um homem que sabia falar com simplicidade e economia de palavras. Era muito impressionante. Ele nos dizia o que precisávamos saber. Bem, isso já faz muito tempo, mas eu as repito hoje. As notícias da França são muito ruins.

Ele tossiu, chiou e espanou mais algumas cinzas do casaco.

— As notícias da Itália são muito ruins — continuou ele. — As notícias da Rússia, imagino, também seriam muito ruins se eles deixassem escapar informações. Também têm problemas por lá. Hordas de estudantes protestando nas ruas, vitrines estilhaçadas, ataques às embaixadas. As notícias do Egito são muito ruins. As notícias de Jerusalém são muito ruins. As notícias da Síria são muito ruins. Isso já é mais ou menos normal, então não precisamos nos preocupar demais. As notícias da Argentina eu chamaria de peculiares. Muito peculiares, de fato. Argentina, Brasil e Cuba se juntaram. Se autointitulam Estados Federados da Juventude Áurea, algo assim. Eles têm um exército também. Devidamente treinado, devidamente armado, devidamente comandado. Têm aviões, bombas e sabe Deus o que mais. E a maioria deles parece saber o que fazer com tudo isso, o que piora a situação. Têm também um coro de seguidores. Música popular, antigas canções folclóricas locais e hinos militares de épocas passadas. Eles funcionam como um Exército da Salvação... sem querer blasfemar... não estou menosprezando o Exército da Salvação. Sempre fizeram um excelente trabalho. E as garotas... bonitas de doer com aquelas boinas.

Ele prosseguiu:

— Ouvi dizer que algo semelhante está acontecendo nos países civilizados, a começar pelo *nosso*. Alguns de nós ainda podem ser chamados de civilizados, certo? Outro dia um dos nossos políticos, lembro bem, disse que éramos uma nação esplêndida, principalmente porque éramos tolerantes, fazíamos nosso protestos, quebrávamos coisas, batíamos nas pessoas na falta de coisa melhor para fazer, destruíamos nosso bom humor demonstrando violência, e a nossa pureza moral tirando a roupa. Eu não sei se ele sabia o que estava falando... os políticos raramente sabem... mas são eloquentes. É por isso que são políticos.

Ele fez uma pausa e olhou para homem a quem se dirigia.

— É angustiante... deprimente — comentou Sir George Packham. — Não dá pra acreditar... é preocupante... se pelo menos alguém... — E concluiu, melancólico: — Só tem essas notícias para nos dar?

— Não está de bom tamanho? Você nunca está satisfeito. A anarquia avançando por todo o mundo... essa é a notícia que temos. Ainda oscilante... não totalmente estabelecida, mas perto disso... bem perto disso, na verdade.

— Mas certamente podemos tomar atitudes para conter tudo isso, não?

— Não é tão fácil quanto imagina. O gás lacrimogêneo interrompe os tumultos momentaneamente e dá um descanso à polícia. E é claro que temos muitas armas biológicas, bombas nucleares e muitos outros truques na manga... O que acha que aconteceria se começássemos a lançar mão desses recursos? Um grande massacre dos rapazes e das moças marchando nas ruas, das colegas de compras das donas de casa, dos velhos pensionistas, de uma boa cota de nossos políticos pomposos enquanto eles alegam que não estivemos em situação tão boa, e claro, eu e você...

"E, de qualquer forma — acrescentou o Coronel Pikeaway —, se só está atrás de notícias, soube que recebeu algumas bem quentes hoje ao chegar. Notícias ultraconfidenciais da Alemanha, dadas pelo próprio *Herr* Heinrich Spiess."

— Como diabos você soube disso? Deveria ser estritamente...

— Sabemos de tudo — disse o Coronel Pikeaway, usando sua frase preferida —, estamos aqui para isso. Soube que trouxe também um doutor submisso...

— Sim, um tal de Dr. Reichardt, um cientista renomado, pelo visto...

— Não. Ele é médico...de manicômios...

— Minha nossa... um psicólogo?

— Deve ser. A maioria dos que dirigem manicômios são psicólogos. Se tivermos sorte, ele foi trazido para examinar as cabeças de alguns dos nossos jovens agitadores. Elas estão lotadas de filosofia alemã, filosofia do Movimento Negro, filosofia de escritores franceses mortos e por aí vai. Provavelmente vão deixar que ele examine as cabeças dos ilustres que presidem as nossas instâncias judiciais alegando que que precisamos ter muito cuidado para não fazer algo que danifique o ego de um jovem porque ele *pode* ter que trabalhar para se sustentar. Seria muito mais seguro se os mandássemos recorrer à Assistência Social para que pudessem voltar aos seus quartos, continuar sem trabalhar e se divertir lendo mais filosofia. De todo modo, estou desatualizado. Nem precisa me dizer isso.

— É preciso levar em conta as novas formas de pensamento — disse Sir George Packham. — A gente sente, ou melhor, tem esperanças... Bem, é difícil dizer...

— Deve ser preocupante para você — comentou Coronel Pikeaway —, achar tão difícil dizer certas coisas.

O telefone tocou. Ele atendeu, então passou para Sir George.

— Pois não — disse Sir George. — Como? Ah, sim. Sim, claro. Concordo. Suponho que... Não... não... não, no Ministério, não. Não. Em particular. Bem, acho que seria melhor usarmos... é... — Ele olhou ao redor, cauteloso.

— Não tem escuta aqui — afirmou o Coronel Pikeaway cordialmente.

— A palavra-chave é Danúbio Azul — falou Sir George Packham, em um sussurro alto e rouco. — Sim, sim, o Pikeaway vai me acompanhar. Ah, sim, claro. Sim, sim. Vou passar pra ele. Entendido, você faz questão que ele esteja presente, mas tendo em mente que nosso encontro deve ser estritamente confidencial.

— Então não podemos ir no meu carro — disse Pikeaway. — É conhecido demais.

— Henry Horsham está vindo nos buscar no Volkswagen dele.

— Ótimo — respondeu o Coronel Pikeaway. — Bem interessante, sabe, essa coisa toda.

— Você não acha que... — começou Sir George, e hesitou.

— Não acho o quê?

— Assim... bem... quero dizer... se não se incomodar com a minha sugestão... uma escova de roupa, talvez?

— Ah, tá — disse o Coronel Pikeaway. Ele deu uma batidinha no ombro, levantando uma nuvem de cinza de charuto que se espalhou pelo ar e fez Sir George engasgar.

— Nanny! — gritou o Coronel Pikeaway, apertando um botão sobre a mesa.

Uma mulher de meia-idade entrou na sala com uma escova de roupa, aparecendo tão subitamente quanto o gênio do Aladim ao ser invocado pela lâmpada.

— Por favor, prenda a sua respiração, Sir George — pediu ela. — O cheiro pode ser um pouco pungente.

Ela deixou a porta aberta, e ele saiu da sala enquanto ela escovava o Coronel Pikeaway, que tossiu e reclamou:

— Essas pessoas são um estorvo. Sempre querem que você se arrume como um bonequinho.

— Eu não descreveria a sua aparência assim, Coronel Pikeaway. O senhor já deveria estar acostumado com a mãozinha que lhe dou na limpeza. Sabe que o Secretário de Estado para Assuntos Internos é asmático.

— Bem, a culpa é dele. Quem mandou não cuidar da poluição que avança pelas ruas de Londres?

— Vamos lá, Sir George, vamos ouvir o que nosso amigo alemão tem para nos dizer. Parece que o assunto é urgente.

Capítulo 17

Herr Heinrich Spiess

Herr Heinrich Spiess era um homem preocupado. E não procurava esconder esse fato. Admitia, de fato, sem dissimulação, que a situação a ser discutida por aqueles cinco homens era grave. Ao mesmo tempo, trazia consigo aquele senso de segurança que vinha sendo seu ponto forte ao lidar com as recentes dificuldades do cenário político da Alemanha. Ele era um homem confiável, atencioso, um homem capaz de trazer o bom senso a todas as reuniões de que participava. Não passava a impressão de ser um homem brilhante, e isso por si só já era tranquilizador. Políticos brilhantes haviam sido responsáveis por três terços das crises nacionais em mais de um país. O outro terço era referente aos problemas causados por aqueles políticos incapazes de esconder o fato de que — embora devidamente eleitos em governos democráticos — tinham notável precariedade de raciocínio, de bom senso e, na realidade, de qualquer indício de inteligência.

— Vejam bem, esta não é, de forma alguma, uma visita oficial — disse o chanceler.

— Ah, sim, claro.

— Chegou a mim certa informação que eu julgo ser essencial compartilharmos. Ela lança uma luz deveras interessante sobre certos ocorridos que tanto nos intrigaram quanto atormentaram. Este é o Dr. Reichardt.

Todos foram apresentados. O Dr. Reichardt era um homem alto e de aparência à vontade que tinha o hábito de dizer "*Ach, so*" de tempos em tempos.

— O Dr. Reichardt é responsável por um grande estabelecimento nas cercanias de Karlsruhe. Trata pacientes com distúrbios mentais. Acho que estou certo em afirmar que trata de quinhentos a seiscentos pacientes, não?

— *Ach, so* — confirmou o Dr. Reichardt.

— Acredito que lide com diferentes tipos de doenças mentais, certo?

— *Ach, so*. Lido com diferentes tipos de doença mental, porém, tenho um interesse especial e trato quase exclusivamente um tipo em particular.

Ele se enveredou pelo alemão, e *Herr* Spiess forneceu uma breve tradução para o caso de incompreensão por parte de seus colegas ingleses. Foi necessário e de bom tom. Dois deles entenderam em parte, um não entendeu nada, e os outros dois ficaram nitidamente intrigados.

— O Dr. Reichardt alcançou — explicou *Herr* Spiess — grande êxito no tratamento do que um leigo como eu descreveria como megalomania. A crença de ser alguém que não é. A ideia de ser mais importante do que se é. Ideias de mania de perseguição que...

— *Ach,* não! — disse o Dr. Reichardt. — Mania de perseguição, *não*, eu não trato isso. Não tem mania de perseguição na minha clínica. Não no grupo pelo qual tenho interesse especial. Pelo contrário, eles têm tais ilusões porque desejam ser felizes. E são felizes, consigo mantê-los felizes. Mas se eu os curar, bem, aí eles não serão felizes. Então preciso encontrar uma cura que devolva a sanidade e que permita que eles permaneçam felizes do mesmo jeito. Chamamos esse estado de espírito de...

Ele pronunciou uma palavra longa e ferozmente germânica de no mínimo oito sílabas.

— Levando em conta nossos amigos ingleses, vou continuar usando o termo megalomania, embora eu saiba — continuou *Herr* Spiess, apressado — que esse não é o termo usado hoje em dia, Dr. Reichardt. Então, como eu ia dizendo, o senhor tem seiscentos pacientes na sua clínica.

— E houve uma época, a época à qual estou prestes a me referir, em que tive oitocentos.

— Oitocentos!

— Foi interessante… muito interessante.

— O senhor tem essa quantidade de pessoas.... Para começar do começo...

— Temos o Deus Todo-Poderoso conosco — explicou o Dr. Reichardt. — Compreende?

Mr. Lazenby pareceu um pouco espantando.

— Ah... é... sim... é.... claro. Muito interessante, de fato.

— Há um dois jovens que pensam que são Jesus Cristo, é claro. Mas Jesus não é tão popular quanto o Todo-Poderoso. E há outros também. Já passaram por lá pelo menos uns 24 Adolf Hitler. Mas isso foi na época em que Hitler estava vivo. É, 24 ou 25 Adolf Hitler… — Ele consultou uma caderneta que tirou do bolso. — Fiz algumas notas aqui. Quinze Napoleões. Napoleão nunca perde popularidade, dez Mussolinis, cinco reencarnações de Júlio Cesar e muitos outros casos, casos muito curiosos e muito interessantes. Mas não vou desperdiçar o tempo de vocês com estes casos agora. Como os senhores não têm qualificação médica, não tirariam proveito algum. Vamos falar sobre o caso que importa.

O Dr. Reichardt continuou a falar, mas sem ser tão prolixo, e *Herr* Spiess continuou a traduzir.

— Um dia um funcionário do governo foi até ele. Um homem tido em alta conta naquela época... isso foi durante a guerra... pelo governo que estava no poder. Vou chamá-lo agora de Martin B. Saberão de quem falo. Ele levou o chefe consigo. Na verdade, levou... bem, não há por que enrolar... Ele levou o próprio Führer.

— *Ach, so* — confirmou o Dr. Reichardt.

— Foi uma grande honra, compreendem, que ele tenha ido fazer uma inspeção — continuou o doutor. — Ele foi cortês, *mein* Führer. Disse que tinha ouvido ótimos relatos sobre os meu êxitos. Contou que andava enfrentando problemas. Situações no exército. Que lá, mais de uma vez, haviam aparecido homens que achavam ser Napoleão, ou marechais de Napoleão e, algumas vezes, se me faço claro, agindo de acordo, dando ordens militares e causando dificuldades entre os militares. Teria sido um prazer lhe passar todo conhecimento profissional que pudesse ser útil para ele, mas Martin B, que o acompanhava, disse que não era necessário. No entanto, o nosso grande Führer — disse o Dr. Reichardt, olhando para *Herr* Spiess com leve desconforto — não queria ser incomodado com detalhes médicos. Ele disse que, sem dúvida, seria melhor que homens mais qualificados da medicina e com experiência como neurologistas fossem se consultar. O que ele queria era... *ach*, bem, ele queria dar uma olhada na clínica, e logo descobri o que de fato o interessava. Não deveria ter me surpreendido. Não mesmo, porque, vejam, era um sintoma fácil de ser reconhecido. No caso do Führer, a tensão de sua vida já estava começando a mostrar sinais.

— Acho que já estava começando a achar que era Deus nessa época — comentou o Coronel Pikeaway de súbito, e deu uma risadinha.

O Dr. Reichardt pareceu chocado.

— Ele me pediu que o deixasse ciente de certas coisas. Disse que Martin B. lhe dissera que eu tinha de fato um grande número de pacientes que pensavam, sem meias-palavras, que eram o próprio Adolf Hitler. Expliquei a ele que isso era comum, e que naturalmente, por todo o respeito e devoção que dedicavam a Hitler, era mais do que natural que o grande desejo de ser ele terminasse os levando a se identificar com ele. Fiquei muito nervoso ao explicar isso, mas me alegrei ao perceber que ele demonstrava claros sinais de satisfação. Interpretou aquela revelação, felizmente, como um elogio, aquele fervoroso desejo de identificarem-se com ele. Depois perguntou se poderia encontrar um certo grupo de pacientes que sofressem dessa condição específica. Debatemos um pouco. Martin B. pareceu ter dúvidas, mas me puxou no canto e me assegurou que *Herr* Hitler de fato desejava passar por essa experiência. O que ele estava aflito para assegurar era que *Herr* Hitler não teria... bem, em suma, que *Herr* Hitler não correria risco algum. Se um dos autointitulados Hitler, crentes fervorosos na própria ilusão, tivesse alguma tendência violenta ou perigosa... Eu lhe garanti que não precisava se preocupar. Sugeri reunir um grupo dos nossos Führer mais amáveis e marcar um encontro com ele. *Herr* B. insistiu que o Führer estava muito ansioso para entrevistá-los e passar um tempo com eles sem o meu acompanhamento. Os pacientes, ele disse, não se comportariam naturalmente se vissem o diretor da clínica ali, e como não havia perigo... Eu lhe garanti mais uma vez que não havia perigo. Afirmei, no entanto, que ficaria satisfeito se *Herr* B. o acompanhasse. Não houve maiores dificuldades quanto a isso. Tudo foi providenciado. Enviamos recados para os Führer pedindo que se reunissem em uma sala e esperassem um visitante muito distinto que estava muito ansioso para trocar ideias com eles.

"*Ach, so*. Martin B. e o Führer foram apresentados ao grupo. Eu me retirei, fechei a porta e fiquei conversando com dois auxiliares que acompanhavam o grupo. O Führer, comentei, parecia estar em um estado particularmente ansioso. Sem dúvida vinha enfrentando muitos problemas. Isso tudo foi bem perto do fim da guerra, quando as coisas, francamente, iam de mal a pior. O próprio Führer, me disseram, andava muito aborrecido, mas estava convencido de que poderia encerrar a guerra com êxito se as ideias que continuamente apresentava ao seu estado-maior fossem postam em prática e prontamente aceitas."

— O Führer, presumo — disse Sir George Packham —, naquela altura... quero dizer... sem dúvida estava em um estado que...

— Não precisamos enfatizar esses pontos — interrompeu *Herr* Spiess. — Ele estava completamente fora de si. Tiveram que reduzir sua autoridade em várias áreas. Mas os senhores sabem tudo sobre o assunto, pelas investigações que fizeram no meu país.

— Lembrando que os Julgamentos de Nuremberg...

— Não há motivo para se referir aos Julgamentos de Nuremberg, tenho certeza — interrompeu Mr. Lazenby, decidido. — São águas passadas. Visamos um grande futuro no Mercado Comum com a ajuda do seu governo, com o governo do *monsieur* Grosjean e os demais colegas europeus. Passado é passado.

— De fato — disse *Herr* Spiess —, e é sobre o passado que estamos conversando agora. Martin B. e *Herr* Hitler passaram pouquíssimo tempo na sala de reunião com os pacientes. Saíram sete minutos depois. *Herr* B. falou ao Dr. Reichardt que estavam muito satisfeitos com a experiência. Que um carro os aguardava, e que ele e *Herr* Hitler tinham que se encaminhar imediatamente para outro compromisso. Saíram às pressas.

Silêncio na sala.

— E depois? — perguntou o Coronel Pikeaway. — Alguma coisa aconteceu? Ou já tinha acontecido?

— Um dos nossos Hitler assumiu um comportamento incomum — contou o Dr. Reichardt. — Era um homem particularmente parecido com *Herr* Hitler, fato que sempre lhe dera mais segurança em sua personificação. Mas ele passou a insistir com mais intensidade do que nunca que *era* o Führer, que precisava partir imediatamente para Berlim, que precisava presidir uma assembleia do estado-maior. Na verdade, o homem não demonstrava mais os sinais da ligeira melhora notada anteriormente. Parecia tanto outra pessoa que mal consegui compreender aquela mudança súbita. Fiquei aliviado, de fato, quando, dois dias depois, seus parentes foram buscá-lo para continuar o tratamento em casa.

— E você o liberou — disse *Herr* Spiess.

— Claro que sim. Eles estavam acompanhados por um médico, e ele era um paciente voluntário, sem atestado, portanto tinha esse direito. E assim ele foi embora.

— Eu não entendo... — começou Sir George Packham.

— *Herr* Spiess tem uma teoria...

— Não é uma teoria — disse Spiess. — O que estou contando é um fato. Os russos esconderam esse fato, nós também. Muitas evidências e provas apareceram. Hitler, o nosso Führer, *permaneceu no manicômio por livre e espontânea vontade*, e um homem, que era o mais parecido com o Hitler verdadeiro, partiu com Martin B. O corpo encontrado posteriormente no bunker era desse paciente. Não vou ficar me prolongando. Não precisamos entrar em detalhes desnecessários.

— Precisamos saber a verdade — afirmou Lazenby.

— O verdadeiro Führer foi levado ilegalmente, por meio de uma rota subterrânea planejada de antemão, para a Argentina, onde por viveu por alguns anos. Teve um filho com uma linda moça ariana e de boa família. Há quem diga que ela era inglesa. Hitler teve uma piora no seu estado mental e morreu louco, acreditando que comandava seus exércitos no campo de batalha. Era o único plano possível para ele escapar da Alemanha. E ele o aceitou.

— Então quer dizer que, depois de todos esses anos, nenhuma informação a respeito disso vazou, nada veio à tona?

— Houve rumores, mas sempre há rumores. Não sei se lembra, mas diziam que uma das filhas do czar russo conseguira escapar do massacre de sua família.

— Mas isso era... — George Packham fez uma pausa. — Mentira, invenção pura.

— Foi provado como falso por um determinado grupo de pessoas. Foi aceito como verdadeiro por um outro. Os dois grupos haviam conhecido a moça. A tal Anastasia era de fato

Anastasia, ou aquela Anastasia, grã-duquesa da Rússia, na verdade, era só uma camponesa? Qual história é a verdadeira? Boatos! Quanto mais tempo duram, menos as pessoas acreditam neles, exceto quem tem uma mente romântica, que seguem acreditando em tudo. Sempre houve rumores de que Hitler estivesse vivo, não morto. Não há sequer uma pessoa que tenha afirmado com certeza que examinara seu cadáver. Os russos disseram que sim. Entretanto, nunca apresentaram provas.

— O senhor está realmente dizendo... Dr. Reichardt, o *senhor* acredita nessa história extraordinária?

— *Ach* — respondeu o doutor. — O senhor está me perguntando, mas eu já contei minha parte da história. Tenho certeza de que foi Martin B. quem compareceu ao meu sanatório. Foi também Martin B. quem voltou lá com o Führer. Foi Martin B. quem o tratou por Führer, quem se dirigiu e ele com a reverência típica de quem se dirige ao Führer. Já eu, eu já convivia com centenas de Führers, de Napoleões, de Júlio Césares. Os senhores precisam entender que todos os Hitlers internados no meu sanatório eram parecidos, eles poderiam ter sido, quase todos eles *poderiam* ter sido Adolf Hitler. Eles mesmos nunca acreditariam em si mesmo com tanto fervor e veemência a menos que tivessem uma semelhança mínima com o próprio, de maquiagem, vestuário, uma encenação contínua, atuando em seus papéis. Eu nunca me encontrara com *Herr* Adolf Hitler antes daquela ocasião. Todo mundo via fotos dele nos jornais, todos faziam ideia de como era a figura de nosso grande gênio, mas o que todos viam eram as fotos que ele queria mostrar. Bom, então ele chegou, ele era o Führer, e Martin B., o homem com mais autoridade no assunto, disse que ele era o Führer. Não, eu não tive dúvida. Obedeci às ordens. *Herr* Hitler queria entrar sozinho na sala para encontrar o grupo de... como posso dizer?... suas cópias. Ele entrou. Ele saiu. Pode ter havido uma troca de roupas, mas não eram roupas muito diferentes, em todo caso.

Foi ele mesmo ou um dos autointitulados Hitler que saiu da sala? Que foi retirado do sanatório às pressas por Martin B. de carro enquanto o Hitler verdadeiro pode ter ficado pra trás, pode ter gostado de encenar seu papel, sabendo que só desse modo e por mais nenhum outro conseguiria fugir do país que a qualquer momento poderia se render. Ele já estava perturbado, já estava mentalmente afetado pela fúria e pela raiva, de modo que as ordens que dava, as mensagens sem sentido e fantasiosas que enviava para sua equipe dizendo o que deviam fazer, o que deviam falar, as coisas impossíveis que tinham que levar a cabo, já não eram, como um dia foram, prontamente obedecidas. Ele sabia que já não tinha mais o controle supremo das coisas. Mas ainda tinha dois ou três homens de sua confiança, e estes bolaram um plano para ele, para tirá-lo do país, tirá-lo da Europa e levá-lo a um lugar, um continente diferente onde ele pudesse se encontrar com seus seguidores nazistas, os jovens que acreditavam nele com toda devoção. A suástica renasceria nesse novo lugar. Ele fez o papel que lhe cabia. E, sem dúvida, gostou. É, isso condiz com a atitude de um homem cuja razão já andava à beira de um colapso. Ele mostrou para esses outros homens que poderia fazer o papel de Adolf Hitler melhor do que ninguém. Às vezes, ria de si mesmo, e os meus médicos e enfermeiros observavam seu comportamento e percebiam algumas mudanças. Um paciente que parecia estar especialmente perturbado da cabeça, talvez. Até aí, nada demais. Vivia acontecendo. Com os Napoleões, com os Júlio Césares, com todos eles. Alguns dias, como poderia dizer um leigo, eles ficavam mais loucos que o normal. Isso é tudo que tenho a declarar. Agora passo a palavra para *Herr* Spiess.

— Fantástico! — exclamou o Secretário de Assuntos Internos.

— Sim, fantástico — concordou *Herr* Spiess, resignado —, mas coisas extraordinárias podem de fato acontecer. Na história, na vida real, por mais fantásticas que sejam.

— E ninguém suspeitou de nada, ninguém soube?

— Foi muito bem planejado. Bem-planejado e bem-executado. A rota de fuga estava preparada, ninguém sabe ao certo dos mínimos detalhes, mas recapitulando, é possível identificá-los. Algumas das pessoas envolvidas, que foram responsáveis por transportar uma certa figura de um lugar a outro, sob diferentes disfarces, usando nomes diferentes, algumas dessas pessoas, descobrimos ao fazer investigações e rememorações, não viveram por muito tempo depois.

— Acha que para evitar que contassem o segredo ou falassem demais?

— A SS cuidou dessa questão. Boas recompensas, prêmios, promessas de altos cargos no futuro, então... a morte, uma solução muito mais fácil. E a SS estava acostumada à morte. Conheciam as várias formas de morrer, sabiam como se livrar dos corpos... Ah, sim, posso afirmar, isso já vem sendo apurado há muito tempo. As informações foram chegando pouco a pouco até nós, fizemos investigações, conseguimos documentos e trouxemos a verdade à tona. Adolf Hitler com certeza chegou à América do Sul. Disseram que houve uma cerimônia de casamento... que um filho nasceu. A criança foi marcada com uma suástica no pé. Foi marcada ainda bebê. Eu conversei com agentes confiáveis. Eles viram esse criança do pé marcado lá na América do Sul. Disseram que foi muito bem criada, cuidadosamente acolhida, protegida, preparada... preparada como Dalai Lama pode ter sido preparado para seu grande destino. Pois essa era a ideia por trás dos jovens fanáticos, uma ideia maior do que a que deu origem a tudo. Não era meramente um ressurgimentos dos novos nazistas, da nova raça pura alemã. Tratava-se disso, mas também de muitas outras coisas. Tratava-se da união de jovens de outras nações, da super-raça de homens jovens de quase todos os países da Europa se juntando nas linhas de frente da anarquia para destruir o velho mundo, o mundo materialista, para promover a entrada de um novo e numeroso bando de irmãos assassinos, matadores, violentos. Focados primeiro na destruição, depois na tomada do poder. E agora eles teriam um líder. Um líder com sangue puro correndo nas veias, um líder que, apesar de não compartilhar semelhança física com o pai morto, era... não, *é*... um garoto nórdico branco e louro, que herdara os traços da mãe. Um menino de ouro. Um garoto que poderia ser aceito pelo mundo todo. Primeiro pelos alemães e austríacos, porque representava um grande objeto de sua fé, a música, o jovem Siegfried. E assim ele cresceu como o jovem Siegfried que comandaria seus seguidores, que os levaria rumo à terra prometida. Não à terra prometida dos judeus, que eles desprezavam, onde Moisés levou seus seguidores. Os judeus já estavam enterrados, mortos ou assassinados em câmaras de gás. Essa terra prometida seria só deles, uma terra conquistada por seu próprio mérito. Os países da Europa se uniriam aos países da América do Sul. E por lá já haveria seus pontas de lança, seus anarquistas, seus profetas, seus Guevaras, seus Castros, suas guerrilhas, seus seguidores, uma vida de treinamento árduo em crueldade e tortura e violência e morte e, por fim, a glória. Liberdade! Como Regentes de um Novo Mundo. Os nomeados conquistadores.

— Um absurdo sem tamanho — comentou Mr. Lazenby. — Quando tudo isso for interrompido... o plano irá por água abaixo. É tudo muito ridículo. O que *eles* podem fazer? — Cedric Lazenby soava meramente ranzinza.

Herr Spiess balançou sua cabeçorra com sabedoria.

— Já que perguntou, eu tenho a resposta, que é... *eles não sabem*. Eles não sabem para onde estão indo. Não sabem o que vai acontecer com eles.

— Quer dizer que não são os verdadeiros líderes?

— Eles são jovens heróis em marcha, caminhando para a glória por meio de uma trilha de violência, dor, ódio. Agora têm seguidores não só na América do Sul e na Europa. O culto se deslocou para o norte. Nos Estados Unidos também há jovens fazendo motins, marchando, sendo guiados pelo estandarte do jovem Siegfried. Eles aprendem a seguir seus passos, aprendem a matar, a gostar da dor, aprendem as regras da Caveira, as regras de Himmler. Veja bem, eles estão em treinamento. Estão sendo doutrinados secretamente. E não sabem para quê. Mas nós sabemos, ou ao menos parte de nós. E os senhores? Neste país?

— Somos quatro ou cinco, talvez — disse o Coronel Pikeaway.

— Na Rússia eles sabem, nos Estados Unidos já começaram a tomar conhecimento. Sabem que existem esses seguidores do jovem herói, Siegfried, com base na mitologia nórdica, e que o jovem Siegfried é o líder. Que essa é a nova religião. A religião do garoto glorioso, o triunfo áureo da juventude. E que nele os antigos deuses nórdicos renasceram.

— Mas é claro que essa — disse *Herr* Spiess, assumindo um tom mais mundano —, é claro que essa não é a verdade nua e crua. Há pessoas poderosas por trás disso. Homens malignos com mentes engenhosas. Um financista de alto nível, um grande industrial, alguém que controla minas, petróleo, reservas de urânio, que contrata cientistas de alto nível, e são esses que, organizados em um comitê de homens que por si só não passam a impressão de serem particularmente interessantes ou extraordinários, têm muito poder. Eles controlam as fontes de energia, e, por seus próprios meios, os jovens que matam e os jovens que são escravizados. Controlando as drogas, eles já conseguem seus escravos. Escravos que estão espalhados por todos os países e que, pouco a pouco, passam das drogas leves para as drogas pesadas até se tornarem completamente subservientes, dependentes dos homens que sequer conhecem, mas que já são secretamente donos de seus corpos e suas almas. A necessidade que têm de uma droga específica os tornam escravos que, com o tempo, se provam inúteis, porque são dependentes de drogas e só lhes resta ficar sentados em total apatia, sonhando, e aí são deixados de lado, relegados ou levados à morte. Eles não são herdeiros do império no qual acreditam.

São apresentados a religiões estranhas. Deuses dos tempos antigos disfarçados.

— E a permissividade sexual também tem o seu papel, certo?

— O sexo se autodestrói. Na Roma Antiga os homens que se afundavam no vício, que viviam a exacerbação da libido, que abusavam do sexo até ficarem entediados e exaustos, às vezes chegavam ao ponto de fugir para o deserto e virar anacoretas, como São Simeão Estilita. O sexo se esgotará. Ele tem o seu papel durante o tempo, mas não controla sua vida como as drogas. As drogas e o sadismo e o amor pelo poder e pelo ódio. Um desejo de dor pela dor. Os prazeres de causá-la. Eles estão se ensinando os prazeres do mal. Uma vez que os prazeres do mal tomam conta de você, não há caminho de volta.

— Meu caro chanceler... não posso acreditar no que diz... quer dizer, bem... isto é, se essas tendências existem, elas precisam ser extinguidas por meio da adoção de medidas drásticas. Veja bem, não se pode... não podemos permitir esse tipo de coisa. Precisamos ter uma postura firme... uma posição firme.

— Cale a boca, George — disse Mr. Lazenby, sacando o cachimbo. Ele o olhou e o guardou no bolso. — O melhor plano, creio eu — continuou, reafirmando sua *idée fixe* —, seria eu pegar um avião para a Rússia. Eu presumo que... bem, os russos têm conhecimento desses fatos.

— O suficiente — confirmou *Herr* Spiess. — Mas o quanto vão admitir que sabem... — Ele deu de ombros. — Isso não temos como responder. Nunca é fácil fazer os russos abrirem o jogo. Eles têm seus problemas na fronteira com a China. Talvez acreditem menos do que nós no estágio avançando desse movimento.

— Eu deveria fazer disso uma missão especial.

— Eu ficaria aqui se eu fosse você, Cedric.

A voz baixa de Lorde Altamount ecoou da cadeira onde, exaurido, recostava-se.

— Precisamos de você aqui, Cedric — disse ele, com gentil autoridade. — Você é o cabeça do Governo... precisa ficar aqui. Temos nossos agentes treinados... nossos emissários qualificados para missões no exterior.

— Agentes? — perguntou Sir George Packham, incrédulo. — O que agentes podem fazer a esta altura? Precisamos de um relatório do.. Ah, Horsham, você está aí. Não tinha notado a sua presença. Diga lá... que agentes nós temos? E como podem contribuir?

— Temos ótimos agentes — afirmou Henry Horsham calmamente. — Os agentes conseguem informações. *Herr* Spiess também trouxe informações. Informações que os agentes *dele* conseguiram para *ele*. O problema é que.... sempre foi, basta ler sobre a última guerra... *ninguém quer acreditar nas informações trazidas pelos agentes*.

— Sem dúvida... o serviço de inteligência...

— Ninguém quer aceitar que os agentes *são* inteligentes! Mas, veja bem, eles são. São altamente treinados, e os seus relatórios, nove em cada dez vezes, são *verdadeiros*. Mas o que acontece, então? Os altos escalões se recusam a acreditar neles, não querem acreditar neles, e acabam se recusando a tomar qualquer atitude.

— Ora, meu caro Horsham... eu não...

Horsham se virou para falar com o alemão.

— Mesmo no seu país, senhor, isso não aconteceu? Relatórios legítimos foram apresentados, mas nem sempre surtiram efeito. *As pessoas não querem saber... quando a verdade é intragável*.

— Tenho que concordar... que isso pode acontecer, e acontece... não com frequência, posso garantir... Mas sim, às vezes.

Mr. Lazenby voltou a remexer no cachimbo.

— Não vamos discutir informações. É uma questão de saber lidar... de agir de acordo com as informações que temos. Não é uma simples crise nacional... é uma crise mundial. É importantíssimo que tomemos decisões... precisamos agir.

Munro, precisamos que o exército reforce a polícia... devemos acionar as forças armadas. *Herr* Spiess, o senhor sempre representou uma grande nação militar... as rebeliões precisam ser contidas pelas forças armadas antes que fujam do controle. Tenho certeza de que concorda com essa diretiva...

— Com a diretiva, sim. Mas essas rebeliões já chegaram ao ponto que classificou como "fora do controle". Eles têm recursos, rifles, metralhadoras, explosivos, granadas, bombas, produtos químicos e outros gases...

— Mas com as nossas armas nucleares... uma simples ameaça de guerra nuclear...e...

— Não se trata apenas de estudantes descontentes. Por trás desse Exército da Juventude, há cientistas, jovens biólogos, químicos, físicos. Começar... ou perpetrar uma guerra nuclear na Europa... — *Herr* Spiess balançou a cabeça. — Nós já tivemos uma tentativa de envenenamento da água em Colônia... Tifoide.

— Toda essa situação é inacreditável... — Cedric Lazenby olhou ao redor, esperançoso. — Chetwynd... Munro... Blunt?

Para a surpresa de Lazenby, Almirante Blunt foi o único a responder:

— Não sei onde o almirantado entra nessa história... não é da nossa alçada. Tenho um conselho para você, Cedric: se quer fazer o melhor para si, pegue seu cachimbo e uma boa quantidade de tabaco e se afaste o máximo que puder de qualquer tipo de guerra nuclear que esteja pensando em iniciar. Vá acampar na Antártica ou em algum lugar onde a radioatividade leve algum tempo para alcançá-lo. O professor Eckstein já nos deu o aviso, e ele sabe do que está falando.

Capítulo 18

O adendo de Pikeaway

A reunião acabou assim. E o grupo rearranjou-se em dois.

O chanceler alemão com o primeiro-ministro, Sir George Packham, Gordon Chetwynd e o Dr. Reichardt saíram para almoçar na Downing Street.

Almirante Blunt, Coronel Munro, Coronel Pikeaway e Henry Horsham continuaram na sala a fim de trocar comentários com mais liberdade do que se permitiriam na presença dos VIPs.

As primeiras observações foram um pouco desconexas.

— Graças a Deus levaram o George Packham com eles — disse o Coronel Pikeaway. — Preocupação, inquietude, assombro, conjecturas... essas coisas me cansam.

— O senhor deveria ter ido com eles, almirante — respondeu o Coronel Munro. — Não acho que Gordon Chetwynd ou George Packham vão conseguir impedir nosso Cedric de viajar para uma reunião de alto escalão com os russos, os chineses, os etíopes, os argentinos ou sabe-se lá a que outro lugar a imaginação possa levá-lo.

— Ora, tenho mais o que fazer — retrucou o almirante com rispidez. — Vou para o interior visitar uma velha amiga. — Ele olhou com certa curiosidade para o Coronel Pikeaway.

— Essa história do Hitler foi mesmo uma surpresa pra você, Pikeaway?

Coronel Pikeaway balançou a cabeça.

— Na verdade, não. Todo mundo já ouviu rumores sobre a ida do nosso Adolf para a América do Sul e os esforços para manter a longevidade da suástica. Cinquenta por cento de chance de ser verdade. Seja lá quem fosse esse sujeito, louco, canastrão, impostor ou o próprio Hitler, ele bateu as botas bem cedo. Há histórias sórdidas sobre isso também... ele não era um trunfo para seus apoiadores.

— *De quem era o corpo no Bunker?* Essa ainda é uma boa discussão — disse Blunt. — Nunca houve uma identificação apropriada. Os russos se certificaram disso.

Ele se levantou, assentiu para todos os presentes e se dirigiu à porta.

Munro comentou, pensativo:

— Acho que o Dr. Reichardt sabe a verdade... mas preferiu a cautela.

— E o chanceler? — perguntou Horsham.

— Um homem sensato — resmungou o almirante do batente da porta, virando a cabeça. — Estava botando seu país nos eixos, da forma que queria, quando essa juventude começou a brincar com o mundo civilizado... Uma pena! — Ele lançou um olhar penetrante para o Coronel Munro.

— E quanto à Maravilha dos Cabelos Dourados? O filho de Hitler? O que sabe sobre ele?

— Não deve ser motivo de preocupação — disse o Coronel Pikeaway de repente.

O almirante soltou a maçaneta da porta, deu meia-volta e se sentou à mesa.

— Duvido — continuou o Coronel Pikeaway. — Hitler nunca teve um filho.

— Não pode ter certeza disso.

— Pois nós *temos* certeza... Franz Joseph, o jovem Siegfried, o líder venerado, não passa de uma fraude, um impostor de primeira linha. Ele é filho de um carpinteiro argentino e de uma loura belíssima, cantora de ópera de ascendência alemã... herdou os traços e a voz potente da mãe. Ele foi escolhido a dedo para o papel a ser interpretado, preparado para o estrelato. Na adolescência trabalhou como ator profissional… marcaram o pé dele com uma suástica… uma história que foi inventada para ele, cheia de detalhes românticos. Foi tratado como um dedicado Dalai Lama.

— Tem provas disso?

— Uma documentação completa — afirmou o Coronel Pikeaway com um sorrisinho. — Uma das minhas melhores agentes levantou tudo. Depoimentos juramentados, fotocópias, declarações assinadas, incluindo uma da mãe e uma prova médica reiterando a data da cicatriz, cópia da certidão de nascimento original de Karl Aguileros… e uma cópia assinada da identidade dele como Franz Joseph. Todos os truques de sempre. Minha agente conseguiu escapar com tudo isso por pouco. Estavam atrás dela… poderiam tê-la capturado se não fosse por um lance de sorte em Frankfurt.

— E onde está essa documentação?

— Em um lugar seguro. Aguardando pelo momento exato de desmascarar de maneira espetacular esse impostor de primeira…

— O governo sabe disso? O primeiro-ministro?

— Eu nunca repasso minhas informações para os políticos… não enquanto puder evitar, ou até que eu tenha certeza de que farão a coisa certa.

— Você é tinhoso, Pikeaway — disse o Coronel Munro.

— Alguém tem que ser — respondeu o Coronel Pikeaway, pesaroso.

Capítulo 19

Sir Stafford Nye recebe visitas

Sir Stafford Nye estava entretendo convidados. Eram pessoas com as quais nunca tivera contato, exceto por um deles, que conhecia de vista razoavelmente bem. Eram jovens bonitos, sérios e inteligentes, ou assim julgava que fossem. Seus cabelos eram penteados e estilosos, as roupas bem-cortadas, embora não antiquadas. Stafford Nye não podia negar que sua aparência lhe agradava. Ao mesmo tempo, se perguntava o que queriam dele. O único conhecido era filho de um barão do petróleo. Um outro, desde que deixara a universidade, havia se interessado por política. Esse tinha um tio que era dono de uma rede de restaurantes. O terceiro era um jovem de sobrancelhas grossas que viviam franzidas e para quem a desconfiança perpétua parecia ser sua segunda natureza.

— É muito gentil de sua parte nos receber aqui, Sir Stafford — disse o rapaz louro que parecia ser o líder dos três.

Tinha uma voz muito agradável. Seu nome era Clifford Bent.

— Esse é Roderick Ketely, e esse é Jim Brewster. Estamos muito ansiosos sobre o futuro. Será que posso dizer desse modo?

— Acho que a resposta é: "não estamos todos?" — disse Sir Stafford Nye.

— Não gostamos do jeito que as coisas estão caminhando — falou Clifford Bent. — Rebeliões, anarquia e tudo o mais. Ora, como uma filosofia, tudo bem. Honestamente, acho que é possível afirmar que todos nós passamos por essa fase, mas superamos. Queremos que as pessoas possam seguir carreiras acadêmicas sem interrupções. Queremos que haja protestos, mas não protestos que envolvam vandalismo e violência. Queremos protestos inteligentes. E o que mais desejamos, sendo muito franco com o senhor, ou assim creio eu, é um novo partido político. Jim Brewster aqui vem dedicando muito tempo e energia a ideias completamente novas e planejamentos relacionados a questões sindicais. Tentaram silenciá-lo e dissuadi-lo, mas ele não se calou, não é mesmo, Jim?

— São quase todos uns velhos tolos e atarantados — comentou Jim Brewster.

— Almejamos uma política séria e sensata para a juventude, um método de governo mais econômico. Queremos ideias inovadoras para a educação, mas nada muito extravagante ou pretensioso. E vamos querer, se obtivermos postos e se enfim formos capazes de formar um governo, e não vejo por que não seríamos, colocar essas ideias em prática. Há muitas pessoas integrando o nosso movimento. Representamos a juventude da mesma forma que esse bando violento. Representamos a moderação e almejamos um governo sensato, com uma redução do número de parlamentares, e estamos de olho, em busca de homens que já trabalhem na política independentemente de suas inclinações partidárias, desde que sejam homens de bom senso. E viemos aqui para ver o senhor se interessa pelos nossos objetivos. No momento, ainda estão em fase de desenvolvimento, mas já sabemos quem são os homens que queremos conosco. Posso afirmar que não queremos prosseguir com os que temos no momento e que tampouco queremos os que poderiam substituí-los. Quanto ao terceiro partido, parece ter se enfraquecido, embora haja um ou dois membros competentes que sofrem por serem minoria, mas acho que se aliariam ao nosso modo de pensar. Queremos despertar o interesse do senhor. Queremos um dia, um dia não tão distante quanto possa imaginar, contar com alguém que entenda e ponha em prática uma política externa adequada e bem-sucedida. O resto do mundo está metido em uma bagunça muito pior do que a nossa. Washington está aniquilada, a Europa está repleta de intervenção militar, de protestos e de destruição dos aeroportos. Enfim, eu não preciso lhe resumir as notícias dos últimos seis meses, mas o nosso objetivo não é colocar o mundo nos eixos novamente, mas sim a Inglaterra. Contar com os homens certos para fazê-lo. Queremos os homens jovens, um sem fim de homens jovens, e já contamos com inúmeros que não são revolucionários, que não são anarquistas, e que estarão dispostos a tentar fazer com que o país encontre o progresso. E queremos também aliados mais velhos... não digo homens de sessenta e tantos, mas de quarenta ou cinquenta... e procuramos o senhor porque, bem, ouvimos comentários interessantes ao seu respeito. Conhecemos os seus talentos e sabemos que é exatamente o tipo de homem que nos interessa como aliado.

— Vocês acham que são sensatos? — perguntou Sir Stafford.

— Ora, *nós* achamos que sim.

O segundo jovem deu uma risadinha.

— Espero que concorde conosco.

— Não sei se concordo. Estão falando com muita liberdade.

— Estamos na sua sala de estar.

— Sim, sim, estão no meu apartamento e na minha sala de estar. Mas o que estão dizendo, e na verdade o que pretendem dizer, talvez não seja sensato. Para vocês e para mim.

— Ah! Acho que sei onde quer chegar.

— Vocês estão me fazendo uma oferta. Um modo de vida, uma nova carreira, e de certa forma o rompimento de certos laços. Estão sugerindo uma forma de deslealdade.

— Não estamos sugerindo que o senhor se torne um desertor, se é isso que quer dizer.

— Não, não, esse não é um convite para a Rússia ou para China ou para qualquer outro lugar já mencionado, mas creio que esse convite tenha uma ligação com certos interesses estrangeiros. Eu voltei recentemente do exterior. Uma viagem muito interessante. Passei as últimas três semanas na América do Sul. E há algo que gostaria de compartilhar com vocês. Desde que voltei à Inglaterra, tomei consciência de estar sendo seguido.

— Seguido? Será que não está imaginando coisas?

— Não, não acho que seja coisa da minha imaginação. Esse é o tipo de coisa que aprendi a perceber no decorrer de minha carreira. Já estive em lugares muito remotos e, por que não dizer, partes muito interessantes do mundo. Vocês quiseram me visitar para me sondar a respeito de uma proposta. Porém, teria sido mais seguro nos encontrarmos em outro lugar.

Stafford se levantou, entrou no banheiro e abriu a torneira.

— Nos filmes aos quais eu assistia antigamente — prosseguiu ele —, quando alguém queria disfarçar uma conversa em uma sala grampeada, abria as torneiras. Não duvido que eu seja um pouco antiquado e que já existam métodos melhores de lidar com situações como essa hoje em dia. De todo modo, talvez possamos falar mais abertamente agora, embora eu ainda ache que devamos ser cautelosos. A América do Sul é uma região muito interessante do mundo. A União das Nações Sul-Americanas, que costumavam ser chamadas de Ouro Espanhol, composta agora por Cuba, Argentina, Brasil, Peru e mais uns dois outros países que ainda não aderiram, mas estão finalizando os trâmites. Sim. Muito interessante.

— E qual é o ponto de vista do senhor sobre o assunto que viemos tratar? — perguntou o desconfiado Jim Brewster. — O que tem a declarar?

— Vou continuar sendo cauteloso — respondeu Stafford Nye. — Poderão confiar mais em mim se eu não for imprudente. Mas acho que consigo me explicar melhor depois que fechar a torneira do banheiro.

— Feche a torneira, Jim — pediu Cliff Bent.

Jim abriu um sorriso súbito e obedeceu.

Stafford Nye abriu uma gaveta da mesa e tirou uma flauta doce.

— Não tenho muita prática ainda — disse ele.

Levou a flauta à boca e começou a tocar uma melodia. Jim Brewster voltou do banheiro de cenho franzido.

— Que isso? Uma porcaria de concerto que vamos organizar?

— Cale a boca — disse Cliff Bent. — Você é um ignorante, não entende nada de música.

Stafford Nye sorriu.

— Vejo que compartilha de meu gosto pela música de Wagner — comentou ele. — Estive no Festival da Juventude e apreciei muito os concertos a que assisti.

Ele repetiu a melodia.

— Não conheço a melodia — disse Jim Brewster. — Poderia ser a "Internacional", ou "Red Flag", ou "Deus salve o rei", ou "Yankee Doodle", ou "A bandeira estrelada". Que diabo é isso?

— É o tema de uma ópera — respondeu. — E cala a boca. Sabemos tudo que queremos saber.

— É o toque da trompa de um jovem herói — explicou Stafford Nye.

Ele ergueu a mão em um gesto rápido, o gesto do passado que significava "*Heil* Hitler". E murmurou:

— O novo Siegfried.

Os três se levantaram.

— O senhor tem razão — disse Clifford Bent. — Penso que devemos todos ser muito cautelosos.

Apertaram as mãos.

— Ficamos contentes de saber que poderemos contar com o senhor. Uma das coisas que este país precisará no futuro... em seu futuro promissor, espero... é de é um ministro das Relações Exteriores de alto nível.

Eles saíram da sala. Stafford Nye os observou pela fresta da porta enquanto entravam no elevador.

Abriu um sorriso curioso, fechou a porta, ergueu o olhar para o relógio da parede e se sentou em uma poltrona... para esperar...

Voltou a pensar no dia em que, na semana anterior, ele e Mary Ann se despediram no aeroporto Kennedy. Eles ficaram parados por alguns instantes, ambos sem saber o que dizer. Então Stafford Nye rompeu o silêncio.

— Acha que vamos nos reencontrar um dia? Fico me perguntando...

— Existe alguma razão para que isso não aconteça?

— Todas as razões, eu acho.

Ela olhou para Stafford por um breve momento, então desviou o olhar.

— Essas despedidas são necessárias. Fazem... parte do trabalho.

— O trabalho! Você só pensa no trabalho, não é?

— É como deve ser.

— Você é uma profissional. Eu sou só um amador. Você é uma... — Ele se interrompeu. — O que você é? Quem é você? Eu não sei de verdade, sei?

— Não.

Stafford olhou para ela. Pensou ter visto tristeza em seu rosto. Uma tristeza que era quase dor.

— Então eu só posso... imaginar... Acha que eu deveria confiar em você?

— Não, isso não. É uma das coisas que eu aprendi, que a vida me ensinou. Não podemos confiar em ninguém. Lembre-se disso... sempre.

— É nesse mundo que vive? Um mundo de desconfiança, de medo, de perigo.

— Eu só quero continuar viva. Eu estou viva.

— Eu sei.

— E quero que *você* fique vivo.

— Eu confiei em você... em Frankfurt...

— Você se arriscou.

— Valia a pena correr o risco. Você sabe disso tão bem quanto eu.

— Diz isso porque...?

— Porque ficamos juntos. E agora... meu voo está sendo anunciado. Será que o nosso companheirismo, que nasceu em um aeroporto, termina agora em outro aeroporto? Para onde você vai? Fazer o quê?

— Fazer o que preciso fazer. Vou a Baltimore, Washington, Texas. Fazer o que me pediram fazer.

— E eu? Não me pediram nada. Vou voltar para Londres...e fazer o que lá?

— Esperar.

— Esperar o quê?

— As propostas que quase certamente serão feitas a você.

— E o que eu faço com elas?

Ela sorriu, o sorriso repentino e alegre que ele conhecia tão bem.

— Aí você improvisa. Você vai saber o que fazer melhor do que qualquer um. Vai gostar das pessoas que abordarão você. Serão escolhidas a dedo. É importante, muito importante, que saibamos quem são essas pessoas.

— Tenho que ir. Adeus, Mary Ann.

— *Auf Wiedersehen*.

O telefone tocou no apartamento em Londres. Tocou em um momento muito apropriado, pensou Stafford Nye, despertando-o de suas lembranças bem na hora da despedida.

— *Auf Wiedersehen* — murmurou ele ao se levantar para atender ao telefone —, assim seja.

A voz ofegante era inconfundível.

— Stafford Nye?

Ele deu a resposta esperada:

— Não há fumaça sem fogo.

— Meu médico diz que preciso parar de fumar. Coitado — disse o Coronel Pikeaway —, ele que trate de perder as esperanças. Novidades?

— Ah, sim. Trinta moedas de prata. Quer dizer, essa é a promessa.

— Imundos!

— Sim, sim, acalme-se.

— E o que você disse?

— Toquei uma melodia para eles. O tema da trompa de Siegfried. Segui o conselho de uma tia idosa. Funcionou muito bem.

— Que loucura!

— Você conhece uma canção chamada Juanita? Preciso aprender a tocar essa também, caso seja necessário.

— Você sabe quem é Juanita?

— Acho que sim.

— Hum... da última vez disseram que ela estava em Baltimore.

— E a sua garota grega, Daphne Theodofanous? Por onde anda?

— Deve estar sentada em algum aeroporto da Europa esperando por você — disse o Coronel Pikeaway.

— Parece que quase todos os aeroportos europeus estão fechados porque sofreram explosões ou foram mais ou menos depredados. Incêndios, sequestros, traquinagens.

"Meninas e meninos, venham brincar
A noite está linda e já brilha o luar
Não é hora de jantar ou de contar carneirinhos
Venham para a rua fuzilar seus amiguinhos."

— A Cruzadas das Crianças *à la mode*.

— Não que eu saiba muito do assunto. Só conheço aquela cruzada do Ricardo Coração de Leão. Mas de certa forma tudo isso que está acontecendo é muito parecido com a Cruzada das Crianças. Começa com o idealismo, com as ideias do mundo cristão libertando a cidade sagrada dos pagãos, e acaba em morte, morte e mais morte. Quase todas as crianças morreram. Ou foram vendidas como escravas. O que estamos vivendo também acabará assim, a menos que descubramos um jeito de salvá-las...

Capítulo 20

O almirante visita uma velha amiga

— Pensei que estivessem todas mortas — disse o Almirante Blunt, bufando.

O comentário foi dirigido não ao tipo de mordomo que ele gostaria de ver abrir a porta da frente da casa, mas à jovem cujo sobrenome ele nunca conseguia se lembrar, mas cujo nome de batismo era Amy.

— Telefonei para vocês pelo menos quatro vezes na semana passada. Disseram que estavam no exterior.

— E estávamos mesmo. Acabamos de voltar.

— Matilda não deveria se aventurar no exterior. Não a essa altura da vida. Vai acabar morrendo de pressão alta ou de problemas no coração nesses aviões modernos. Desses que ficam cabriolando nas alturas, carregados de explosivos infiltrados pelos árabes ou israelenses ou sabe-se lá quem mais. Não são mais seguros.

— Foi recomendação do médico dela.

— Ora, nós sabemos bem como são os médicos.

— E ela voltou com um ótimo humor.

— Onde ela foi, afinal?

— Ah, foi a uma Cura. Na Alemanha ou... nunca consigo me lembrar se é Alemanha ou Áustria. Naquele lugar novo, sabe, o Golden Gasthaus.

— Ah, sim, sei qual é. Custa os olhos da cara, não é?

— Bem, dizem que os resultados são formidáveis.

— Deve ser só um jeito diferente de matar a pessoa mais rápido — disse o Almirante Blunt. — E *você*, gostou do lugar?

— Bem, não muito. A paisagem era muito bonita, mas...

Uma voz imperiosa retumbou do andar de cima.

— Amy. Amy! O que está fazendo, conversando no hall até agora? Traga o Almirante Blunt aqui em cima. Estou esperando por ele.

— Perambulando por aí — repreendeu o Almirante Blunt depois de cumprimentar sua velha amiga. — Qualquer dia desses vai acabar morrendo por isso. Pode apostar.

— Não vou, não. Não é difícil viajar hoje em dia.

— Sei, correndo por aeroportos, rampas, escadas, ônibus...

— Nada disso. Eu tinha uma cadeira de rodas.

— No nosso último encontro, há um ou dois anos, você disse que nem queria ouvir falar em uma coisa dessas. Disse ser orgulhosa demais para admitir que precisava de uma.

— Pois é, venho abrindo mão do meu orgulho nos últimos tempos, Phillip. Vem, senta um pouco e me conta por que insistiu tanto em me visitar de repente. Você me abandonou o ano passado inteirinho.

— Bem, é que eu não andava muito bem. Também tive uma coisas para resolver. Você sabe como é. As pessoas pedem conselhos, mas não têm a menor intenção de acatá-los. Não conseguem deixar a Marinha em paz. Continuam revirando essa história, uma chatice.

— Você me parece muito bem — disse Lady Matilda.

— Você também não parece nada mal, minha querida. Está com um brilho nos olhos.

— Estou mais surda do que da última vez. Você precisará falar mais alto.

— Combinado. Vou falar alto.

— O que quer beber, gim-tônica, uísque ou rum?

— Parece que tem uma bela dispensa de bebidas. Se não se importa, vou querer um gim-tônica.

Amy se levantou e saiu da sala.

— E quando ela voltar com a bebida — disse o almirante —, dispense-a novamente, ok? Quero conversar com você. Conversar em particular.

Depois que a bebida foi servida, Lady Matilda fez um gesto de dispensa com a mão e Amy saiu da sala com um ar de quem sai por vontade própria, não por ordem da patroa. Ela era uma jovem muito educada.

— Boa moça — comentou o almirante —, ela é ótima.

— Foi por isso que me pediu para dispensá-la e mandar que fechasse a porta? Para que ela não ouvisse seus elogios?

— Não, queria consultar você.

— Sobre? A sua saúde, ou onde conseguir novos empregados, ou o que plantar no jardim?

— Quero consultá-la sobre uma coisa muito séria. Pensei que talvez possa me ajudar a lembrar de algo.

— Querido Phillip, é até emocionante que você ache que eu me lembre de *alguma coisa*. A cada ano minha memória está pior. Cheguei à conclusão de que só nos lembramos dos tais "amigos da juventude". Até das garotas insuportáveis com as quais estudamos, mesmo sem querer. Aliás, foi o que fiz nessa viagem.

— Onde? Andou visitando escolas?

— Não, não, não, fui visitar uma velha amiga de escola que eu não via há trinta... quarenta... cinquenta... por aí vai.

— Como ela estava?

— Imensamente gorda e ainda mais nojenta e insuportável do que eu me lembrava.

— Você tem uns gostos muito estranhos, Matilda.

— Vai, anda, me conta. O que quer que eu lembre?

— Queria saber se você lembrava de outro amigo seu, Robert Shoreham.

— Robbie Shoreham? Mas é claro.

— O cientista. Aquele renomado.

— Claro que me lembro. Não é um tipo de homem fácil de esquecer. Queria saber por que pensou dele.

— Utilidade pública.

— Engraçado você dizer isso — disse Lady Matilda. — Eu também pensei nisso outro dia.

— No quê?

— Que o mundo precisava dele. Ou de alguém como ele... se é que existe alguém como ele.

— Não existe. Agora me escute, Matilda. As pessoas conversam com você o tempo todo. Contam as coisas. Eu mesmo já contei umas tantas.

— E eu nunca entendi o motivo, porque sabem que nunca vou entender ou repetir o que dizem. E isso vale ainda mais para Robbie do que para você.

— Eu não conto segredos navais para você.

— Ué, mas ele também não me contava secretos científicos. Quer dizer, só por alto.

— Mas ele conversava com você sobre o assunto, não?

— Ah, ele gostava de dizer coisas para me chocar às vezes.

— Pois então, chegamos ao ponto. Eu queria saber se alguma vez ele já falou com você, na época em que ainda conseguia falar, coitado, sobre algo chamado Projeto B.

— Projeto B — repetiu Matilda Cleckheaton, pensativa. — Parece um pouco familiar. Ele falava sobre um tal projeto assim ou assado, ou operação isso ou aquilo. Mas nunca fez qualquer *sentido* para mim, e ele sabia disso. Mas gostava de... ah, como explicar?... de me surpreender, sabe. Ele falava de um modo que parecia um mágico descrevendo como consegue tirar três coelhos da cartola sem deixar escapar como consegue tal façanha. Projeto B? É, faz muito, muito tempo ... Ele ficou muito empolgado na época. Eu até perguntava pra ele: "Como anda o Projeto B?"

— Eu sei, eu sei, você sempre foi muito educada. Sempre lembra o que as pessoas estão fazendo ou quais são seus interesses. E mesmo que não entenda nada sobre o assunto, demonstra interesse. Uma vez lhe descrevi em detalhes um novo canhão naval, e você deve ter morrido de tédio. Mas ouviu tudo atentamente, como se tivesse passado a vida esperando para ouvir aquilo.

— Como disse, eu sempre fui educada e boa ouvinte, mesmo que sempre tenha sido cabeça de vento.

— Bem, eu queria que você me contasse um pouco mais do que Robbie dizia sobre o Projeto B.

— Ele disse que… bem, é difícil me lembrar agora. Ele tocou nesse assunto depois de falar de uma tal operação que costumavam fazer no cérebro das pessoas. Sabe, nas pessoas que sofriam de terrível melancolia e que pensavam em suicídio e pessoas muito aflitas e neurasténicas e que acabam sofrendo com uma ansiedade terrível. Coisas desse tipo, que as pessoas falavam fazendo relações com Freud. E ele disse que os efeitos colaterais eram insustentáveis. Quer dizer, as pessoas ficavam muito felizes e mansas e dóceis e não se preocupavam com outra coisa nem pensavam mais em se matar, mas também elas... bem, ficavam *tão* despreocupadas que começavam a ser atropeladas e sofrer todo tipo de acidente porque não pensavam em qualquer perigo e nem se davam conta de nada. Estou explicando mal, mas você entende. De qualquer jeito, ele disse que achava que esse seria o grande problema do Projeto B.

— Mas ele deu mais detalhes?

— Ele disse que eu tinha colocado essa ideia na cabeça dele — disse Matilda Cleckheaton, de supetão.

— Como? Está querendo dizer que um cientista, um cientista do gabarito de Robbie, disse que você tinha colocado uma ideia naquela mente científica dele? Você não sabe coisa alguma sobre ciência.

— Não sei mesmo. Mas tinha o costume de tentar oferecer um pouco de bom senso às pessoas. Quanto mais inteligentes são, menos bom senso têm. Quer dizer, as pessoas que fazem diferença de verdade para o mundo são aquelas que pensaram em coisas simples como perfurações nos selos postais, ou pessoas como o Adam, ou sei lá qual era o nome dele... Não, o MacAdam, lá nos Estados Unidos, que inventou aquela coisa preta nas estradas que permitiu que os fazendeiros conseguissem transportar as safras de suas fazendas até a o litoral e obter mais lucro. Ou seja, eles fazem coisas mais importantes do que todos esses cientistas de primeira linha. Os cientistas só sabem pensar em coisas para destruir a gente. E eu dizia essas coisas para o Robbie. Como muita gentileza, é claro, em tom de brincadeira. Ele ficava me contando sobre coisas esplêndidas que haviam sido feitas no mundo científico sobre guerras biológicas e experimentos na área da biologia e o que se pode fazer com bebês nascituros se interceptá-los a tempo. Também algumas peculiaridades escabrosas sobre gases de efeito nocivo, comentando o quanto as pessoas eram ingênuas de ficar protestando contra bombas nucleares porque estas eram fichinha se comparadas a outras coisas que haviam sido inventadas desde então. E eu respondi que seria muito proveitoso se alguém como ele ou tão esperto quanto ele pensasse em soluções mais sensatas para as coisas. E ele olhou pra mim com aquele brilho aguçado que tem nos olhos e perguntou: "Mas o que você considera sensato?" E eu disse: "Ora, em vez de inventarem todas essas guerras biológicas e todos esses gases tenebrosos, por que você não inventa algo que ajude as pessoas a serem mais felizes?" Comentei que não podia ser tão mais difícil de se fazer. E continuei: "Acho que você me contou, por exemplo, de uma operação que tirava uma parte da frente ou de trás do cérebro. Enfim, o resultado fazia uma grande diferença no humor das pessoas. Elas ficavam muito diferentes. Não ficavam mais angustiadas e desistiam de cometer suicídio. Pois então, se você consegue mudar a vida das pessoas assim, pelo simples fato de remover ou pedaço do osso ou do músculo ou do nervo ou mexendo em uma glândula aqui, tirando uma glândula dali ou inserindo uma glândula acolá... enfim, se você consegue mexer no temperamento das pessoas assim e melhorar a vida delas, por que não inventa algo que deixará as pessoas mais agradáveis ou sonolentas, talvez? Vamos supor que você fizesse algo assim, não um remédio pra dormir, mas algo que permitisse que as pessoas se sentassem em uma cadeira e tivessem um belo sonho. Algo que durasse 24 horas ou algo assim e que a pessoa só acordasse para comer de vez em quando." Eu disse a ele que essa seria uma ideia muito melhor.

— Mas era disso que se tratava o Projeto B?

— Bem, é claro que ele nunca me contou o que era exatamente. Mas estava animado com uma ideia e disse que eu a tinha posto na cabeça dele, então devia ser uma ideia muito aprazível, não acha? Quer dizer, eu não tinha dado nenhuma ideia sobre jeitos mais terríveis de matar pessoas, nem queria que as pessoas, sei lá, chorassem, como no caso do tal gás lacrimogênio, ou algo assim. Queria talvez que as pessoas rissem... é, acho que falei sobre o gás hilariante. Eu disse que, bem, quando você vai arrancar um dente e o dentista te dá três baforadas daquilo e você ri, bem, com certeza você poderia inventar algo tão útil quanto isso, mas que tivesse um efeito mais longo, não acha? Porque o gás hilariante só dura uns cinquenta segundos, não? Uma vez meu irmão foi arrancar um dente. A cadeira do dentista ficava muito perto da janela e o meu irmão ria tanto, quando estava inconsciente, que esticou a perna com força e bateu na janela e o vidro se estraçalhou todo e caiu pela rua e o dentista ficou todo emburrado.

— As suas histórias sempre têm umas imagens loucas — comentou o almirante. — Resumindo, então foi isso que o Robbie Shoreham resolveu levar adiante, a partir do seu conselho.

— Olha, eu não sei exatamente. Quer dizer, não sei se ele inventou algo para dormir ou parar rir. De todo modo, *alguma* coisa ele fez. Mas não era bem Projeto B. Tinha outro nome.

— Que tipo de nome?

— Eu lembro que ele comentou vez ou outra. O nome que dera pra coisa. Algo parecido com Benger's Food — disse tia Matilda, pensativa.

— Algo para ajudar na digestão?

— Não, acho que não tinha nada a ver com digestão. Acho que era mais algo que você tinha que aspirar ou coisa assim, talvez fosse uma glândula. Nós dois conversávamos sobre tantas coisas que nem sempre dava para saber qual era o assunto em questão. Benger's Food... Ben... Ben... começava com Ben. E tinha uma outra palavra agradável depois.

— É só disso que consegue lembrar?

— Acho que sim. Quer dizer, conversamos sobre isso apenas uma vez, e aí muito tempo depois ele disse que eu tinha colocado uma ideia na cabeça dele, de um tal Projeto Ben não sei o que lá. Depois disso, quando eu lembrava do assunto, perguntava se ele estava trabalhando no Projeto Ben e às vezes ele ficava muito exasperado e dizia que não, que estava resolvendo um pepino e que esse assunto tinha ficado de lado porque estava em... em... ai, nossa, as oitos palavras que vinham depois eram puro jargão e eu não conseguiria me lembrar delas por nada nesse mundo, e você também não entenderia se me ouvisse repetir a frase inteira. Mas no fim das coisas, olha, eu acho que isso já faz... pra lá de uns... uns bons oito ou nove anos... mas enfim, um belo dia ele se virou pra mim e perguntou: "Você se lembra do Projeto Ben?" E eu respondi: "Claro que me lembro. Ainda está trabalhando nele?" Aí ele disse que não, que estava decidido a largar mão dessa ideia. Eu disse que lamentava, que era uma pena que ele tivesse desistido. Então ele explicou: "Não que eu não esteja conseguindo fazer o que almejava. Agora eu sei que seria *possível* finalizar tudo. Sei o que fiz de errado. Sei qual foi o pepino que mudou o rumo da coisa, e sei também o que fazer para resolvê-lo. Lisa está trabalhando nisso comigo. É, poderia funcionar. Teríamos que fazer experimentos aqui e ali, mas poderia dar certo." Aí eu disse pra ele: "Então qual é o problema?" E ele respondeu: "É que eu não sei qual seria o efeito nas pessoas." Eu perguntei se ele estava com medo de que pudesse matar as pessoas ou deixá-las mutiladas para sempre. "Não", ele respondeu. "Não é nada disso." Ele disse que era um... ah, mas é claro, agora lembrei! O nome que ele deu era Projeto Benvo. Isso. Era porque tinha algo a ver com *benevolência*.

— Benevolência! — exclamou o almirante, muito surpreso. — Benevolência? Algo relação com a caridade?

— Não. Acho que ele queria dizer simplesmente que isso tornaria as pessoas benevolentes. Faria com que se *sentissem* benevolentes.

— Paz e boa vontade entre os homens?

— Ele não usou bem esses termos.

— Não, esses termos são reservados a líderes religiosos. Eles pregam isso, e se todos obedecessem, o mundo seria um lugar mais afortunado. Mas, pelo que entendi, Robbie não estava pregando. Ele se propôs a fazer algo em seu laboratório para chegar a esse resultado por meios puramente físicos.

— É bem por aí. E ele disse que nunca é possível saber quando as coisas *são* benéficas para pessoas ou quando não são. Que elas serão benéficas por um lado, mas não por outro. E falou coisas sobre a... ah, a penicilina e as sulfonamidas e transplantes de coração e pílulas para mulheres, embora ainda não tivéssemos a "pílula" naquela época. Em suma, coisas que parecem ótimas, remédios milagrosos ou gases milagrosos ou sei lá o que milagroso, e aí há algo nelas que dá tão errado quanto dá certo, e aí você começa a desejar que nunca tivessem existido, sequer pensadas. Era esse tipo de coisa que ele tentava me explicar. Era tudo muito difícil de entender. Eu disse pra ele "Então quer dizer que você não quer correr o risco?", e ele respondeu "Você tem razão. Eu não quero correr o risco. O problema é justamente esse porque, veja você, sequer sei qual será o risco. É isso que acontece conosco, os pobres coitados dos cientistas. Assumimos os riscos mas eles não residem nas descobertas que fizemos, os riscos estão no uso que as pessoas farão das nossas descobertas." Então eu disse: "Agora você está falando sobre armas nucleares e bombas atômicas", ao que ele retrucou "Ah, que se danem as armas nucleares e as bombas atômicas. Nós já avançamos muito desde então."

"Aí eu falei: 'Mas se vai deixar as pessoas bem-humoradas e benevolentes, qual é a sua preocupação?' Ao que ele respondeu: 'Você não entende, Matilda. Nunca entenderá. Meus colegas cientistas muito provavelmente não entenderiam também. Tampouco os políticos. E aí você vê que é um risco muito a alto a se assumir. De todo modo, seria necessária muita reflexão.' Então eu perguntei: 'Mas você poderia tirar as pessoas desse estado, assim como acontece com o gás hilariante, não? Isto é, poderia tornar as pessoas benevolentes por um curto período, então elas voltariam a ficar bem... ou mal... depende do ponto de vista, creio eu.' Ele respondeu: 'Não. Veja bem, será uma mudança permanente. Até irreversível, porque afeta o...' E aí prosseguiu com os jargões. Sabe como é, palavras longas e números e fórmulas e alterações moleculares e por aí vai... Acho que deve ser algo semelhante ao que fazem com pessoas que têm cretinismo. Sabe, para tratá-las, os médicos extraem ou enxertam partes da tireoide, não lembro qual dos dois, mas é algo assim. Bem, imagino que exista uma pequena glândula em algum lugar do corpo que se você arrancar ou queimar ou fizer qualquer coisa drástica com ela... mas aí as pessoas ficam permanentemente..."

— Permanentemente *benevolentes*? Tem certeza de que essa é a palavra? Benevolência?

— É, por isso que ele apelidou o projeto de *Benvo*.

— Mas o que será que os colegas acharam da desistência dele?

— Não acho que muita gente soubesse. Tinha a Lisa não sei das quantas, uma garota austríaca que trabalhava com ele. Tinha também um rapaz chamado Leandenthal ou algo assim, mas ele morreu de tuberculose. E Robbie sempre falava das outras pessoas que trabalhavam com ele como se fossem meras assistentes que não sabiam direito o que ele estava fazendo ou tentando fazer. Mas eu já sei onde você quer chegar — arrematou Matilda de repente. — Eu não acho mesmo que ele tenha aberto sua ideia completamente para alguém. Quer dizer, acho que ele destruiu as fórmulas e notas e tudo o mais, e desistiu da ideia como um todo. Aí teve o derrame e ficou doente e agora, coitado, mal consegue falar. Está com um lado do corpo paralisado. Mas a audição ainda está em bom estado. Ele ouve música. A vida dele é isso agora.

— Você acha que a vida profissional dele acabou?

— Ele nem encontra mais os amigos. Acho que deve ser doloroso vê-los. Sempre inventa alguma desculpa.

— Mas ele está vivo — disse o Almirante Blunt. — Ele ainda está vivo. Você tem o endereço dele?

— Tenho anotado em algum lugar na minha caderneta de endereços. Ele ainda vive no mesmo lugar. Para os lados do norte da Escócia. Mas olha... vou te contar... ele era um homem maravilhoso. Mas se tornou um nada. Para todos os efeitos, está praticamente morto.

— Sempre há esperança — respondeu o Almirante Blunt. — E crença — acrescentou. — Fé.

— E benevolência, pelo visto — concluiu Lady Matilda.

Capítulo 21

Projeto Benvo

O Professor John Gottlieb estava sentado em sua cadeira olhando fixamente para a bela mulher sentada à sua frente. Ele coçou a orelha com um gesto simiesco que era tão característico dele. Ele se parecia muito com um macaco, de qualquer forma. Um queixo prógnato, uma cabeça cuja simetria entendia-se pela matemática avançada e um corpo pequeno e franzino.

— Não é todo dia — disse o Professor Gottlieb — que uma jovem senhorita me traz uma carta do presidente dos Estados Unidos. Contudo — continuou, animado —, os presidentes nem sempre sabem o que fazem. Do que se trata? Concluo que esteja assegurada por uma altíssima autoridade.

— Eu vim perguntar o que o senhor sabe ou pode me contar sobre algo chamado Projeto Benvo.

— É mesmo a Condessa Renata Zerkowski?

— Essencial e possivelmente, sim. Mas sou mais conhecida como Mary Ann.

— Exato, foi o que me confidenciaram. E a senhorita quer saber do Projeto Benvo. Bem, tal projeto de fato existiu. Mas agora está morto e enterrado, assim como o homem que o inventou, imagino.

— Fala do Professor Shoreham.

— Isso mesmo. Robert Shoreham. Um dos grandes gênios do nosso tempo. Houve Einstein, Niels Bohr e alguns outros.

Mas Robert Shoreham não durou tanto quanto deveria. Uma perda imensa para a ciência... é o que Shakespeare diz sobre Lady Macbeth: *"Deveria ter morrido depois."*

— Ele não está morto — afirmou Mary Ann.

— Ah. Tem certeza? Nunca mais se ouviu falar dele.

— Sofre de invalidez. Mora no norte da Escócia. É paralítico, mal consegue falar, mal consegue andar. Passa a maior parte do tempo ouvindo música.

— Posso imaginar. Mas fico feliz em saber. Se consegue fazer pelo menos isso, não será tão infeliz. Do contrário, seria um inferno para um homem brilhante como ele que não disfruta mais de seu brilhantismo. E que está, digamos, morto em uma cadeira de rodas.

— Esse tal Projeto Benvo existiu *de fato*?

— Sim, ele tinha muito interesse no assunto.

— Ele chegou a conversar com o senhor?

— No começo, ele conversou com alguns de nós. Suponho que a senhorita não seja uma cientista, certo, minha jovem?

— Não, eu sou...

— É só uma agente, imagino. Espero que esteja trabalhando para o lado certo. Vivemos à espera de milagres hoje em dia, mas não acho que conseguirá descobrir alguma coisa sobre o Projeto Benvo.

— Por que não? O senhor disse que ele trabalhou no projeto. Teria sido uma grande invenção, certo? Ou descoberta, ou seja lá como chamam essas coisas?

— Sim, teria sido uma das maiores descobertas do nosso tempo. Mas não sei o que deu errado exatamente. Já aconteceu antes. A coisa anda nos conformes, mas nas últimas etapas, sabe-se lá por que, não decola. Cai por terra. Não atinge o resultado esperado e a pessoa desiste de tudo. Ou então toma a mesma atitude de Shoreham.

— O que ele fez?

— Destruiu tudo. Cada pedacinho. Ele mesmo me contou. Queimou todas as fórmulas, todos os documentos, todos os dados. Três semanas depois teve um derrame. Lamentável. Então veja que não tenho como ajudá-la. Nunca soube detalhes do processo, exceto a ideia original. Sequer lembro agora qual era, exceto por um detalhe. Benvo vinha de "Benevolência".

Capítulo 22

Juanita

Lorde Altamount estava ditando um texto.

A voz outrora retumbante e dominante agora se reduzia a uma voz amena, mas que ainda possuía um surpreendente apelo especial. Parecia vir suavemente das sombras do passado, mas com uma emoção que um tom mais dominante não conseguiria expressar.

James Kleek anotava as palavras à medida que ouvia, fazendo pausas de tempos em tempos e, quando havia hesitação, permitindo as demoras e esperando com gentileza.

— O idealismo — disse Lorde Altamount — pode se manifestar, e de fato se manifesta, quando provocado por um antagonismo natural à injustiça. É uma repulsa natural ao materialismo crasso. O idealismo que é tão natural à juventude é alimentado cada vez mais por um desejo de destruir essas duas etapas da vida moderna, a injustiça e o materialismo crasso. Esse desejo de destruir o que é maligno às vezes conduz, por si só, ao amor pela destruição. Pode conduzir ao prazer pela violência e pela inflição de dor. Tudo isso pode ser estimulado e fortalecido por fatores externos, por pessoas que têm o dom da liderança. O idealismo original se manifesta antes da maturidade. E tem o dever e a possibilidade de conduzir a um desejo por um mundo novo. Deveria também conduzir ao amor por todos os seres humanos, e à boa-vontade em relação aos outros. Mas aqueles que um dia aprenderam a amar a violência pela violência nunca amadurecerão. Ficarão estagnados em seu próprio desenvolvimento tardio e assim permanecerão a vida inteira.

O interfone tocou. Lorde Altamount fez um gesto para James Kleek atender.

— Mr. Robinson está aqui.

— Ah, sim. Mande-o entrar. Continuamos depois.

James Kleek se levantou e guardou o caderno e o lápis.

Mr. Robinson entrou. James Kleek pôs uma cadeira para ele, uma grande o bastante para comportar o corpo dele sem desconforto. Mr. Robinson sorriu em agradecimento e se sentou do lado do Lorde Altamount.

— Pois bem — disse Lorde Altamount —, tem novidades para nós? Diagramas? Círculos? Bolhas?

Ele parecia estar bem-humorado.

— Não exatamente — respondeu Mr. Robinson, inabalável —, é mais como mapear o curso de um rio...

— Rio? — perguntou o idoso. — Que tipo de rio?

— Um rio de dinheiro — disse Mr. Robinson, com o tom de voz ligeiramente tímido que costuma usar para se referir à sua especialidade. — O dinheiro é bem como um rio... vem de um lugar e vai para outro. É muito interessante... isto é, se você se interessa pelo assunto... O dinheiro conta a sua própria história, sabe...

James Kleek não pareceu saber, mas Altamount disse:

— Entendo. Prossiga.

— O dinheiro jorra da Escandinávia...da Baviera... dos Estados Unidos... do sudeste da Ásia... é abastecido por tributários menores no curso...

— E vai... para onde?

— Sobretudo para a América do Sul... obedecendo às demandas do já estabelecido Quartel-General da Juventude Militante...

— Que representam quatro ou cinco daqueles círculos que nos mostrou... Armamentos, Drogas, Mísseis de guerra biológica e química e Finanças?

— Isso... e ao que parece, agora já sabemos com bastante precisão quem controla esses inúmeros grupos...

— E o tal círculo J... Juanita? — perguntou James Kleek.

— Ainda não temos certeza.

— James tem algumas ideias sobre isso — declarou Lorde Altamount. — Eu espero que ele esteja errado... como espero. A inicial J é interessante. O que será que significa, justiça? Julgamento?

— É uma assassina dedicada — respondeu James Kleek. — A fêmea da espécie é mais mortal do que o macho.

— Há precedentes históricos — admitiu Altamount. — Jael servindo manteiga em um prato nobre para Sísera antes de assassiná-lo com um prego na cabeça. Judite executando Holofernes e sendo aplaudida por seus patrícios. Sim, pode ter coisa aí.

— Então acha que sabe quem é Juanita? — perguntou Mr. Robinson. — Interessante.

— Bem, talvez eu esteja enganado, senhor, mas aconteceram coisas que me fizeram pensar...

— Claro — disse Mr. Robinson —, todos nós tivemos que pensar, não é? Melhor dizer logo quem é acha que é, James.

— A Condessa Renata Zerkowski.

— O que faz com que ela seja sua aposta?

— Os lugares onde ela esteve, as pessoas com quem encontrou. E há coincidências demais na forma como tem aparecido em lugares diferentes, e assim por diante. Ela esteve na Baviera. Visitou a Grande Charlotte. Além do mais, levou Stafford Nye consigo. Acho que é considerável...

— Acha que são cúmplices? — perguntou Altamount.

— Não gostaria de afirmar isso. Não sei muita coisa sobre ele, mas... — E se interrompeu.

— É — disse Lorde Altamount —, há suspeitas sobre ele. Suspeitaram desde o início.

— Henry Horsham?

— Henry Horsham também. O Coronel Pikeaway acho que não tem certeza. Está sendo vigiado. É provável que saiba também, não é bobo.

— Deve ser mais um deles — disse James Kleek, indignado. — É incrível, nós criamos essas pessoas, confiamos nelas, abrimos nossos segredos, informamos sobre nosso passos e dizemos coisas como: "Se existe uma pessoa em quem tenho certeza de que posso confiar é... ah, McLean, ou Burgees ou Pheelby ou qualquer um do bando." E agora Stafford Nye.

— Stafford Nye, doutrinado por Renata, codinome Juanita — afirmou Mr. Robinson.

— Teve aquele incidente curioso no aeroporto de Frankfurt — comentou Kleek —, também a visita a Charlotte. Pelo que entendi, Stafford Nye esteve com ela desde então na América do Sul. Quanto à Renata... sabemos onde ela está agora?

— Aposto que Mr. Robinson sabe — disse Lorde Altamount. — Sabe, Mr. Robinson?

— Ela está nos Estados Unidos. Ouvi dizer que, depois de passar um tempo com amigos em Washington ou arredores, ela esteve em Chicago, passou pela Califórnia, e de Austin fez uma visita a um cientista renomado. É a notícia mais recente que tenho.

— O que ela foi fazer lá?

— Nossa suposição — disse Mr. Robinson em sua voz calma — é que ela está tentando conseguir informações.

— Que informações?

Mr. Robinson suspirou.

— É o que todos querem saber. Presumimos que sejam as mesmas informações que *nós* estamos loucos para conseguir e que ela esteja fazendo isso em nosso nome. Mas nunca se sabe... pode ser que esteja trabalhando para o outro lado.

Ele se virou e olhou para Lorde Altamount.

— Então hoje à noite o senhor está de partida para a Escócia, certo?

— Exato.

— Acho que ele não deveria ir, senhor — opinou James Kleek, virando o rosto ansioso para o patrão. — O senhor não esteve muito bem ultimamente. Será uma viagem cansativa de todo modo. De avião ou trem. Não pode deixar a missão para Munro e Horsham?

— Na minha idade, é perda de tempo tomar cuidado — disse Lorde Altamount. — Se posso ser útil, gostaria de morrer na flor da idade, como se diz.

Ele sorriu para Mr. Robinson.

— É melhor vir conosco, Robinson.

Capítulo 23

Viagem à Escócia

O líder do esquadrão pôs-se a imaginar o que significava tudo aquilo. Estava acostumado a ficar à margem dos acontecimentos. Isso era responsabilidade da Segurança, pressupunha. Não correr riscos. Ele já tinha feito coisa semelhantes antes, mais de uma vez. Levar um avião cheio de gente para um lugar improvável, com passageiros improváveis, tomando cuidado para não fazer perguntas que não fossem de natureza factual. Conhecia alguns passageiros desse voo, mas não todos. Reconheceu Lorde Altamount. Um homem doente, muito doente, ele pensou, um homem que só estava vivo por pura força de vontade. O homem atento com cara de gavião ao seu lado era o cão de guarda especial, supôs. Preocupado mais com seu bem-estar do que com a segurança. Um cão fiel, sempre ao seu lado. Levava consigo fortificantes, estimulantes e todos os truques da medicina. O líder do esquadrão se perguntou por que também não havia um médico de plantão. Precaução nunca é demais. O velho parecia uma caveira. Uma caveira da nobreza. Uma peça de mármore em um museu. Henry Horsham já era velho conhecido do líder do esquadrão. Conhecia muito homens da Segurança. Também Coronel Munro, que parecia menos bravo do que de costume, mais preocupado. De um modo geral, quase infeliz. Havia também um homem imenso de cara pálida. Estrangeiro, talvez. Asiático? Mas o que fazia em um avião em direção ao norte da Escócia? O líder do esquadrão disse, com deferência, para o Coronel Munro:

— Tudo pronto, senhor? O carro está esperando.

— Qual é a distância exata?

— Dezessete milhas, senhor. Estrada irregular, mas não muito ruim. Temos cobertores no carro.

— Está com as ordens? Queira repeti-las, Líder do Esquadrão Andrews.

Ele obedeceu, e o coronel assentiu com satisfação. Enquanto o carro se afastava, o líder do esquadrão ficou se perguntando por que cargas d'água aquelas pessoas estavam ali, seguindo por aqueles pântanos desertos em direção a um antigo e venerável castelo onde um homem doente vivia sua reclusão sem amigos ou visitas. Supôs que Horsham soubesse. Horsham devia saber muitas coisas estranhas. Mas, bem, não era como se o homem fosse lhe dizer qualquer coisa.

O carro foi dirigido com habilidade e cautela. Enfim chegou a uma entrada de cascalho e parou diante do pórtico. Era uma torre de pedra maciça. Luzes pendentes ladeavam a porta principal. A porta se abriu antes que fosse necessário tocar uma campainha ou pedir permissão para entrar.

Uma velha escocesa de sessenta e tanto anos e rosto austero e sorumbático postava-se sob o batente. O chofer ajudou os passageiros a descer do carro.

James Kleek e Horsham ajudaram Lorde Altamount a se levantar e subir os degraus. A velha escocesa abriu caminho e lhe fez uma reverência respeitosa.

— Boa noite, vossa senhoria. O patrão está à espera do senhor. Ele já foi informado de sua chegada, os quartos estão arrumados e as lareiras acesas.

Outra silhueta apareceu no hall de entrada. Uma mulher alta e esguia de seus 50 ou 60 anos, ainda bela. Tinha o cabelo preto partido ao meio, uma testa alta, nariz adunco e pele bronzeada.

— Essa é Miss Neumann, ela vai acompanhar os senhores — informou a escocesa.

— Obrigada, Janet — disse Miss Neumann. — Verifique se as lareiras dos quartos estão acesas e guarnecidas.

— Cuidarei disso.

Lorde Altamount a cumprimentou com um aperto de mão.

— Boa noite, Miss Neumann.

— Boa noite, Lorde Altamount. Espero que a viagem não o tenha cansado demais.

— Fizemos um ótimo voo. Este é o Coronel Munro. E estes são Mr. Robinson, Sir James Kleek e Mr. Horsham, do Departamento de Segurança.

— Eu me lembro de Mr. Horsham, de alguns anos atrás.

— Lembro bem — disse Henri Horsham. — Foi na Leveson Foundation. Creio que a senhorita já fosse secretária do Professor Shoreham naquela época, certo?

— Primeiro fui assistente dele no laboratório, mais tarde virei sua secretária. E ainda sou, enquanto ele precisar de mim. Ele também precisa dos cuidados de uma enfermeira que more aqui na maior parte do tempo. De tempos em tempos, fazemos revezamentos... Miss Ellis, que está cuidando dele agora, entrou para substituir Miss Bude. Sugeri que ela ficasse a postos perto da sala na qual nos reuniremos. Imaginei que prefeririam conversar em privacidade, mas ela não pode se ausentar de todo, caso precisemos dela.

— Ele está muito mal de saúde? — perguntou Coronel Munro.

— Ele não sente dor — respondeu Miss Neumann —, mas os senhores precisam estar preparados, caso não o vejam há muito tempo. É só um resquício de homem.

— Só uma coisa, antes de nos levar até ele. Os processos mentais dele não estão de todo deteriorados? Ele consegue entender o que ouve?

— Ah, sim, ele entende tudo perfeitamente, mas como está semiparalisado, não consegue falar com muita clareza, embora isso varie, e é incapaz de andar sem ajuda. A mente dele, na minha opinião, continua boa como sempre. A única diferença é que agora ele se cansa muito rápido. Gostariam de beber alguma coisa antes de irmos?

— Não — disse Lorde Altamount. — Não, eu não quero esperar mais. O assunto que nos trouxe aqui é muito urgente, então se puder nos levar até ele agora... ele está nos esperando, certo?

— Sim, ele aguarda os senhores — confirmou Lisa Neumann.

Ela guiou o grupo escada acima, seguiu por um corredor e abriu a porta de uma sala de tamanho médio. Havia tapeçarias na parede e cabeças de veado vigiando do alto; o lugar já fora um pavilhão de caça. Pouquíssimas alterações tinham sido feitas nos móveis e na decoração. Havia um grande toca-discos em um canto da sala.

O homem alto estava sentado perto da lareira. Sua cabeça tremia um pouco, assim como a mão esquerda. A pele do rosto era caída de um dos lados. Indo ao direto ao ponto, só era possível descrevê-lo de um jeito: um homem em ruínas. Um homem que já fora alto, robusto, forte. Uma testa bonita, olhos profundos e um queixo enrugado e determinado. O olhar, sob as sobrancelhas grossas, era sagaz. Ele disse alguma coisa. Sua voz era vigorosa, emitia sons claros, mas pouco reconhecíveis. A faculdade da fala se ausentara em partes, mas ele ainda se fazia inteligível.

Lisa Neumann aproximou-se dele para observar o movimento de seus lábios e interpretar quando fosse necessário.

— O Professor Shoreham lhes dá as boas-vindas. Está muito contente em vê-los aqui, Lorde Altamount, Coronel Munro, Sir James Kleek, Mr. Robinson e Mr. Horsham. Ele gostaria que eu dissesse aos senhores que a audição dele é razoavelmente boa. Qualquer coisa que disserem ele conseguirá ouvir. Se houver dificuldades, eu posso ajudar. Qualquer coisa que ele quiser dizer aos senhores poderá ser transmitida por mim. Se ele ficar muito cansado para articular as palavras, eu posso fazer leitura labial e, caso haja impedimentos, nós também sabemos nos comunicar perfeitamente em linguagem de sinais.

— Tentarei — disse o Coronel Munro — não desperdiçar o seu tempo nem cansá-lo demais, Professor Shoreham.

O homem sentado na cadeira curvou a cabeça em reconhecimento às palavras.

— Também posso fazer algumas perguntas para Miss Neumann.

Shoreham estendeu a mão em um gesto vago em direção à mulher ao seu lado. Alguns sons saíram de seus lábios, mais uma vez quase incompreensíveis aos visitantes, mas traduzidos rapidamente.

— Ele diz que confia em mim para transcrever qualquer coisa que queiram dizer a ele ou que queira dizer aos senhores.

— Creio que o senhor já tenha recebido uma carta minha — falou o Coronel Munro.

— É verdade — confirmou Miss Neumann. — O professor Shoreham recebeu a sua carta e está ciente do conteúdo.

A enfermeira abriu uma fresta da porta, mas não entrou. Ela disse baixinho:

— Precisa de mim, Miss Neumann? Algo que eu possa fazer ou buscar para os hóspedes ou o Professor Shoreham?

— Acho que não, obrigada, Miss Ellis. Mas agradeço se puder aguardar na sala de espera perto do corredor, caso precisemos de algo.

— Perfeitamente — disse ela, fechando a porta com cuidado.

— Não queremos gastar muito tempo — afirmou o Coronel Munro. — Tenho certeza de que o Professor Shoreham está a par dos acontecimentos recentes.

— Inteiradíssimo — respondeu Miss Neumann —, de acordo com seus interesses.

— Ele está a par dos avanços científicos e coisas do tipo?

Robert Shoreham balançou a cabeça de leve. E ele mesmo respondeu:

— Não tenho mais nada a ver com isso.

— Mas o senhor faz alguma ideia de como está o mundo hoje em dia? O sucesso da chamada Revolução da Juventude. A tomada de poder por uma juventude muito bem aparelhada.

Miss Neumann disse:

— Ele tem total noção de tudo que está acontecendo... no âmbito político.

— O mundo está nas mãos da violência, da dor, das doutrinas revolucionárias e de uma filosofia estranha e incrível de controle por uma minoria anárquica.

Uma vaga expressão de impaciência transpareceu no rosto emaciado.

— Ele está ciente de tudo isso — disse Mr. Robinson, tomando a palavra. — Não precisamos repassar o estado das coisas. Ele é um homem muito bem-informado.

Ele perguntou:

— O senhor se lembra do Almirante Blunt?

Ele curvou a cabeça mais uma vez e esboçou um sorriso nos lábios tortos.

— O Almirante Blunt se lembra de um trabalho científico que o senhor fez em um determinado projeto... Acho que esse é o termo que usam, não? Projeto Benvo.

Todos os presentes notaram a inquietação nos olhos do professor.

— Projeto Benvo — repetiu Miss Neumann. — O senhor está voltando muito no passado, Mr. Robinson, para se lembrar disso.

— Era um projeto *seu*, não era? — perguntou Mr. Robinson.

— Sim, foi um projeto dele — afirmou Miss Neumann, respondendo por ele com naturalidade.

— Não podemos usar armas nucleares, não podemos usar explosivos ou gás ou armas químicas, mas o *seu* projeto, o Projeto Benvo, nós *poderíamos* usar.

Silêncio geral. Então novamente ouviu-se os grunhidos que saíam da boca do Professor Shoreham.

— Ele diz que, é claro — traduziu Miss Neumann —, o projeto Benvo *poderia* ser usado com sucesso nas circunstâncias em que nos encontramos...

O homem na cadeira tinha se virado para ela a fim de dizer alguma coisa.

— Ele quer que eu explique aos senhores — disse Miss Neumann. — O Projeto B, que passou a se chamar Projeto Benvo, foi uma missão à qual ele se dedicou por anos a fio, mas que abandonou por questões pessoais.

— Mas foi porque ele fracassou na concretização do projeto?

— Não, ele não fracassou — afirmou Lisa Neumann. — Nós não fracassamos. Eu trabalhei com ele nesse projeto. Ele o abandonou por certos motivos, mas não fracassou. Ele teve êxito. Estava no caminho certo, desenvolveu o projeto todo, fez testes e várias experiências de laboratório, e teve o resultado esperado.

Lisa Neumann se virou para o Professor Shoreham novamente, fez alguns sinais com a mão, tocou os lábios, a orelha e a boca em uma linguagem estranha de sinais.

— Estou perguntando se ele quer que eu explique do que se trata o Benvo.

— Adoraríamos ouvir a sua explicação.

— E ele quer saber como que os senhores ficaram sabendo do projeto.

— Ficamos sabendo — respondeu o Coronel Munro — por uma velha amiga do senhor, Professor Shoreham. Não foi pelo Almirante Blunt, ele não conseguia se lembrar direito, mas por outra pessoa para quem o senhor falou sobre o projeto, Lady Matilda Cleckheaton.

Miss Neumann se virou novamente para fazer leitura labial. E abriu um leve sorriso.

— Ele diz que achava que Matilda já estivesse morta há muito tempo.

— Ela está vivíssima. Foi ela quem nos informou sobre essa descoberta do Professor Shoreham.

— O Professor Shoreham vai explicar os pontos principais do que quiserem saber, embora queira alertá-los de que esse conhecimento será inútil para os senhores. Papéis, fórmulas, cálculos e provas da descoberta foram destruídos. Mas tendo em vista que a única maneira de responder às perguntas é explicar o esboço geral do Projeto Benvo, eu mesma posso explicar com clareza do que se trata. O senhores sabem o uso que a polícia faz do gás lacrimogêneo para conter multidões, tumultos, demonstrações de violência e por aí vai. O gás provoca um ataque de choro, lágrimas dolorosas e inflamação dos seios nasais.

— E são coisas semelhantes?

— Não, não são semelhantes, mas podem servir a um mesmo propósito. Ocorreu aos cientistas que é possível alterar não só as principais reações e os sentimentos das pessoas, mas as características mentais. É possível transformer o caráter de um homem. Os efeitos de um afrodisíaco, por exemplo, já são bem conhecidos. Proporciona um aumento do desejo sexual, e há vários medicamentos ou gases ou procedimentos em glândulas... qualquer coisa dessas pode levar a uma mudança de vigor mental, gerar um aumento de energia a partir de alterações na tireoide, e o Professor Shoreham deseja informar aos senhores que existe uma certo tipo de processo... ele não vai dizer se é glandular ou um gás que pode ser manufaturado, mas existe algo que pode mudar a perspectiva de um homem sobre a vida... sua relação com as pessoas e com a vida de modo geral. Um homem pode estar sentindo uma fúria homicida, pode ser patologicamente violento, porém, sob influência do Projeto Benvo, ele pode se transmudar, virar algo, isto é, *alguém* muito diferente. Ele se torna... e só há uma palavra para definir isso, acho, incorporado ao nome... ele se torna *benevolente*. Deseja beneficiar os outros. Exala bondade. Abomina infligir violência ou causar dor. O Benvo pode ser administrado em vasto território, pode afetar centenas, milhares de pessoas se fabricado em larga escala e bem distribuído.

— Mas quanto tempo o efeito dura? — perguntou o Coronel Munro. — Vinte quatro horas? Mais?

— O senhor não entendeu — disse Miss Neumann. — É *permanente*.

— Permanente? A partir do momento em que se altera a natureza de um homem, altera-se um componente, um componente físico do ser, produzindo o efeito de uma mudança permanente em sua natureza. E não se pode voltar atrás? Não pode voltar a ser o que era. Essa alteração precisa ser permanente?

— Sim. No início, talvez essa descoberta fosse mais de interesse médico, mas o Professor Shoreham a concebera como um repressor a ser usado na guerra, em levantes em massa, tumultos, revoluções, anarquia. Ele não a via por uma perspectiva puramente médica. A ideia não era produzir felicidade no próprio indivíduo, mas um grande desejo de que as outras pessoas fossem felizes. Essa vontade, ele diz, todos sentem em suas vidas, em um momento ou outro. As pessoas desejam fazer uma ou várias pessoas felizes, desejam que vivam confortavelmente, que tenham boa saúde, todas essas coisas benéficas. E uma vez que as pessoas podem sentir e de fato sentem essas coisas, nós acreditamos que existe um componente que controla o desejo em seus corpos, e se você coloca esse componente em ação, ele pode operar para sempre.

— Maravilhoso — comentou Mr. Robinson.

Ele disse em um tom mais reflexivo do que entusiasmado.

— Maravilhoso. Que descoberta. Que ideia a ser executada se... mas por quê?

A cabeça que descansava no encosto da poltrona se virou lentamente para Mr. Robinson. Então Miss Neumann disse:

— Ele diz que o senhor entende melhor do que os outros.

— Mas essa é a resposta! — exclamou James Kleek, entusiasmado. — Essa é a resposta *perfeita*! É maravilhoso.

Miss Neumann balançou a cabeça.

— O Projeto Benvo — disse ela — não está à venda e não é um presente. Ele foi abandonado.

— Está nos dizendo que a resposta é não? — perguntou Coronel Munro, incrédulo.

— Estou. O Professor Shoreham diz que a resposta é não. Ele determinou que o projeto ia contra. — Ela fez uma pausa e se virou para o homem sentado na poltrona. Ele fez gestos curiosos com a cabeça, com uma das mãos, e emitiu alguns grunhidos. Ela esperou até que terminasse e continuou: — Ele mesmo vai explicar, ele estava com medo. Com medo do que a ciência já fizera em seus momentos de triunfo. As coisas que foram descobertas e disseminadas, as coisas que foram inventadas e entregues ao mundo. Remédios miraculosos que nem sempre foram uma maravilha, a penicilina que salvou vidas e a penicilina que tirou vidas, os transplantes de coração que trouxeram desilusão e a decepção de uma morte inesperada. Ele viveu o tempo da fissão nuclear; novas armas para o massacre. As tragédias da radioatividade; a poluição como consequência de novas descobertas industriais. Ele ficou com medo do que a ciência poderia causar se usada indiscriminadamente.

— Mas isso é um benefício. Um benefício a todos — bradou Munro.

— Muitas coisas já foram consideradas assim. Saudadas como grandes benefícios para o humanidade, como grandes maravilhas. Aí surgem os efeitos colaterais, ou pior que isso, o fato de que algumas vezes tais descobertas não trouxeram benefícios, mas desastres. Então ele optou por desistir. Eis o que diz... — anunciou Miss Neumann, prestes a ler um papel que tinha nas mãos e enquanto recebia um gesto de consentimento do professor.

> "Estou satisfeito por ter feito tudo que me propus a fazer, por ter feito esta descoberta. Mas decidi não colocá-la em circulação. Ela precisava ser destruída. E assim o

fiz. Logo, a minha resposta é não. A benevolência não é vendida em barris. Poderia ter sido no passado, mas todas as fórmulas que desenvolvi, todo o desenvolvimento técnico, minhas notas e meus cálculos de procedimento não existem mais... viraram pó. Eu destruí a minha própria criação."

Robert Shoreham esforçou-se para fazer um discurso rouco e truncado.

— Eu destruí a minha criação e ninguém no mundo sabe como cheguei a ela. Tive a ajuda de um homem, mas ele está morto. Morreu de tuberculose um ano depois de obtermos êxito. Os senhores precisam ir embora. Eu não posso ajudá-los.

— Mas o seu conhecimento poderia ter salvado o mundo!

O homem na poltrona fez um ruído curioso. Era uma risada. A risada de um aleijado.

— Salvar o mundo. Salvar o mundo! Que frase! É o que os jovens pensam que estão fazendo! Vão cheios de ódio e violência para salvar o mundo. Mas não sabem como! Eles terão que fazer isso *sozinhos*, com seus corações e suas mentes. Não podemos oferecer uma saída artificial. Não. Bondade artificial? Gentileza artificial? Nada disso. Não seria *real*. Não *significaria* coisa alguma. Iria contra a natureza — disse Shoreham, e concluiu lentamente: — *Contra Deus*.

As duas últimas palavras saíram de supetão, pronunciadas com clareza.

Ele olhou para todos os ouvintes. Era como se implorasse por compreensão, mas, ao mesmo tempo, não tivesse qualquer esperança de ser compreendido.

— Eu tinha o direito de destruir o que criei...

— Duvido muito — retrucou Mr. Robinson. — Conhecimento é conhecimento. Aquilo que fez nascer... aquilo a que deu vida, não deveria destruir.

— Tem direito de opinar... mas precisa aceitar os fatos.

— Não — disse Mr. Robinson, com ênfase.

Lisa Neumann dirigiu-se a ele com raiva:

— O que quer dizer com "não"?

Os olhos dela flamejavam. Uma mulher bonita, pensou Mr. Robinson. Uma mulher que provavelmente amara Robert Shoreham a vida inteira. Que o amara e trabalhara com ele, e agora vivia ao seu lado, colocando seu intelecto à disposição para ajudá-lo e expondo sua devoção da forma mais pura, sem piedade.

— Tem coisas que aprendemos ao longo de uma vida — explicou Mr. Robinson. — Não acho que a minha será longa. Primeiro porque carrego peso demais. — Ele suspirou ao olhar para o próprio corpo. — Mas algumas coisas eu sei. Eu tenho razão, Shoreham. E você também tem que admitir que eu tenho razão. O senhor é um homem honesto. Nunca teria destruído o seu trabalho. Nunca teria conseguido se forçar a fazer isso. Esse projeto existe ainda, deve estar guardado a sete chaves em algum lugar, bem escondido, provavelmente não nesta casa. Eu apostaria, e isso é só uma suposição, que está guardando em um cofre ou em um banco. Ela também sabe onde está guardado. O senhor confia nela. É a única pessoa do mundo em que confia.

Shoreham se manifestou com uma voz quase límpida:

— Quem o *senhor* é? Com quem diabos estou falando?

— Sou só um homem que entende de dinheiro — respondeu Mr. Robinson — e dos desdobramentos vindos dele. As pessoas têm suas idiossincrasias e seus modos de viver. Se quisesse, poderia voltar a trabalhar no seu projeto. Não estou dizendo que faria o mesmo trabalho hoje, mas a essência está lá. Já nos expôs os seus pontos de vista, e eu não diria que o senhor está de todo errado. Provavelmente tem razão. Benefícios para humanidade são coisas traiçoeiras. Pobre Beveridge, pregava a liberdade em relação à vontade, a liberdade em relação ao medo, a liberdade em relação a sei lá mais o quê, e achou que estava criando um paraíso na Terra dizendo tudo isso e planejando e pondo em prática. Mas ele não criou o paraíso na Terra, e eu não acho que o seu benvo ou sei lá como chama... mais me parece nome de comida enlatada... tampouco fará da terra um paraíso. A benevolência, como todas as coisas, tem lá os seus perigos. O que pode fazer é nos poupar de um bocado de sofrimento, dor, anarquia, violência e dependência às drogas. É, pode evitar que muitas coisas ruins aconteçam, e *poderia* resguardar coisas importantes. Poderia... só *poderia*... fazer diferença na vida das pessoas. Dos jovens. Esse seu Benvoleo... agora fiz parecer um produto de limpeza... vai tornar as pessoas mais benevolentes e tenho que reconhecer que talvez as torne também condescendentes, presunçosas e convencidas, mas também há uma chance de que, se você muda a natureza das pessoas à força e elas passam a ter que conviver com essa natureza até a morte, uma ou outra pessoa... não muitas... poderá descobrir que tinha uma vocação natural, por meio da humildade, e não do orgulho, para aquilo que estava sendo forçada a fazer. Transformar-se, *de fato*, antes que morra. Sem conseguir perder um hábito já aprendido.

— Eu não entendo droga nenhuma do que está falando — disse o Coronel Munro.

— Ele está falando besteira — respondeu Miss Neumann. — Vocês precisam acatar a resposta do Professor Shoreham. Ele fará o que quiser com as próprias descobertas. Não podem coagi-lo.

— Não — concordou Lorde Altamount. — Não iremos coagi-lo ou torturá-lo, Robert, ou forçá-lo a revelar seus esconderijos. Você fará o que acha melhor. Ponto pacífico.

— Edward? — disse Robert Shoreham. Ele gesticulou quando sua voz falhou, e Miss Neumann logo fez a tradução.

— Edward? Ele diz que o senhor é o Edward Altamount.

Shoreham falou novamente, e ela o ouviu.

— Ele quer saber, Lorde Altamount, se o senhor tem certeza, com toda sua inteligência e do fundo do coração, de que está lhe pedindo para deixar o Projeto Benvo aos seus cuidados. Ele diz... — Ela fez uma pausa, observando e escutando. — Ele diz que o senhor é o único homem público no qual ele sempre confiou. E que se esse for o *seu* desejo...

James Kleek se levantou de repente. Ansioso, veloz como a luz, aproximou-se da cadeira de Lorde Altamount.

— Deixe-me ajudá-lo. O senhor está doente. O senhor não está bem. Peço que se afaste um pouco, Miss Neumann. Eu... eu preciso cuidar dele. Eu... estou com os remédios dele. Sei o que fazer...

Ele enfiou a mão no bolso e tirou uma seringa hipodérmica.

— Se eu não aplicar agora será tarde demais... — disse ele, pegando o braço de Lorde Altamount, enrolando a manga da camisa, apertando a carne entre os dedos e preparando a injeção.

Mas outra pessoa se mexeu. Horsham atravessou a sala, empurrando o Coronel Munro ao passar; ele agarrou a mão de James Kleek e arrancou a seringa. Kleek se debateu, mas Horsham era forte demais. E Munro também já se aproximara.

— Então era *você*, James Kleek — acusou ele. — Você é o traidor, o discípulo fiel que nunca foi fiel de verdade.

Miss Neumann já tinha corrido até a porta para escancará-la e pedir socorro.

— Enfermeira! Rápido! Venha.

A enfermeira apareceu. Lançou um olhar breve para o Professor Shoreham, mas ele fez um gesto de dispensa e apontou para o outro lado da sala, onde Horsham e Munro ainda seguravam Kleek, que se debatia. Ela enfiou a mão no bolso do uniforme.

Shoreham balbuciou:

— É Altamount! Ataque cardíaco!

— Ataque cardíaco que nada — esbravejou Munro. — Tentativa de homicídio.

Ele fez uma pausa.

— Segure o camarada aí — pediu para Horsham, saltando para o outro lado da sala. — Mrs. Cortman? Desde quando virou enfermeira? Perdemos você de vista desde que escapou em Baltimore.

Milly Jean ainda tentava tirar alguma coisa do bolso. Então puxou uma pistola automática. Olhou de relance para Shoreham, mas Munro a bloqueou, e Lisa Neumann se postou na frente da poltrona de Shoreham.

James Kleek começou a gritar:

— Em Altamount, Juanita, rápido, em Altamount!

Ela levantou o braço como um raio e atirou.

James Kleek exclamou:

— Belo tiro!

Lorde Altamount tivera uma formação clássica. Ele murmurou, em um fiapo de voz, olhando para James Kleek:

— Jamie? *Et tu Brute?* — E desabou.

Dr. McCulloch olhou ao redor sem saber exatamente o que dizer ou fazer em seguida. A noite tinha sido uma experiência um tanto incomum para ele.

Lisa Neumann se aproximou e pousou um drinque ao lado do médico.

— Um uísque quente — anunciou ela.

— Eu sempre soube que você era uma mulher única, Lisa — comentou com satisfação. — Admito que eu gostaria muito de saber o que aconteceu aqui... mas imagino que seja uma coisa muito sigilosa que ninguém vá me contar.

— O professor... ele está bem, não está?

— O professor? — Ele olhou com ternura para o rosto ansioso de Lisa. — Está ótimo. Se quer minha opinião, acho que tudo isso fez muito bem pra ele.

— Pensei que talvez o choque tivesse...

— Estou muito bem, obrigado — afirmou Shoreham. — Acho que eu precisava de um tratamento de choque. Eu me sinto... como dizer... *vivo* de novo — concluiu, com surpresa.

McCulloch disse para Lisa:

— Percebeu como a voz dele está mais forte? A apatia é a grande inimiga nesses casos... o que ele mais *quer* é voltar a trabalhar... o estímulo do trabalho mental. Música é excelente... ajudou-o a manter a tranquilidade e a apreciar a vida com suavidade. Mas ele tem uma potência intelectual grandiosa e sente falta da atividade mental que era a essência da vida para ele. Se for possível, ajude-o a recomeçar.

Ele balançou a cabeça de modo encorajador, mas Lisa o olhou com desconfiança.

— Eu acho, Dr. McCulloch — falou Coronel Munro —, que devemos algumas explicações para o senhor sobre o que aconteceu esta noite, embora, como bem observou, é certo que as autoridades exigirão uma política de sigilo. A morte de Lorde Altamount... — E hesitou.

— Na verdade, ele não morreu por causa do tiro — explicou o médico. — Ele morreu de choque. Aquela injeção teria surtido efeito... estricnina. Aquele jovem...

— Eu consegui arrancar a seringa da mão dele bem a tempo — contou Horsham.

— Era ele a mosca na sopa esse tempo todo? — perguntou o médico.

— Sim... tido em mais alta conta por mais de sete anos. Filho de um grande amigo de Lorde Altamount...

— Acontece. E a enfermeira... cúmplice dele, certo?

— Isso. Conseguiu o emprego com nome falso. É procurada pela polícia por assassinato.

— Assassinato?

— Pois é. Assassinato do marido, Sam Cortman, o embaixador americano. Atirou nele na escada da embaixada... e depois contou uma lorota muito bem elaborada sobre ele ter sido atacado por jovens mascarados.

— Mas por que fez isso? Motivos políticos ou pessoais?

— Achamos que ele descobriu algumas atividades suspeitas dela.

— Eu diria que suspeitava da fidelidade dela — opinou Horsham —, mas acabou descobrindo um vespeiro de espionagem e conspiração comandado pela esposa. Ele não soube como lidar com a situação. Grande camarada, mas meio lerdo… e ela teve o bom senso de agir rápido. Incrível como conseguiu expressar tamanho luto no Memorial.

— Memorial... — disse o Professor Shoreham.

Todos se sobressaltaram e olharam para ele.

— Uma palavra difícil de dizer, memorial... mas era o que eu queria dizer. Lisa, nós teremos que voltar ao trabalho.

— Mas, Robert…

— Eu estou vivo de novo. Pergunte ao médico se eu devo permanecer de pernas para o ar.

Lisa voltou o olhar interrogativo para o Dr. McCulloch.

— Se fizer isso, viverá menos e se afundará naquela apatia...

— Pronto — disse Shoreham. — É a moda hoje em dia... entre os médicos. Fazer as pessoas... mesmo as que estão... à beira da morte... voltarem à ativa.

O Dr. McCulloch riu e se levantou.

— Está certo. Vou mandar uns remedinhos para ajudar na retomada.

— Eu não vou tomar um sequer.

— Vai, sim.

Já na porta para sair, o médico fez uma pausa.

— Eu só queria saber uma coisa... como é que a polícia chegou tão rápido?

— O líder do esquadrão, Andrews — respondeu Munro —, que resolveu tudo. Chegou na hora certa. Sabíamos que a mulher encontrava-se nos arredores, mas não fazíamos ideia de que já estava na casa.

— Certo. Bem, estou indo. Tudo isso é verdade? Parece que posso acordar a qualquer hora, depois de capotar no meio de um filme de ação. Espiões, assassinatos, traidores, espionagem, cientistas...

Ele saiu.

Fez-se silêncio.

O Professor Shoreham falou, cuidadosa e calmamente:

— De volta ao trabalho...

Lisa disse o que as mulheres sempre dizem:

— Você precisa ter *cuidado*, Robert....

— Nada de cuidado. Talvez não tenha muito tempo.

E repetiu:

— Memorial...

— O que está dizendo? Já mencionou isso antes.

— Memorial? Ah, sim. Para Edward. O Memorial dele! Sempre achei que tivesse um rosto de mártir.

Shoreham parecia perdido em pensamentos.

— Queria encontrar Gottlieb. Talvez esteja morto. Ótimo companheiro de trabalho. Com ele e com você, Lisa... Tire as coisas do banco...

— O Professor Gottlieb está vivo... Está na Fundação Baker, em Austin, Texas — informou Mr. Robinson.

— O que está pensando em fazer? — perguntou Lisa.

— O Benvo, claro! Em memória de Edward Altamount. Ele morreu por isso, não foi? Ninguém deveria morrer em vão.

Epílogo

Sir Stafford Nye escreveu um telegrama pela terceira vez.

ZP 354XB 91 DEP S.Y.

PROVIDÊNCIAS TOMADAS PT CERIMÔNIA DE CASAMENTO SERÁ REALIZADA QUINTA-FEIRA SEMANA QUE VEM NA ST. CHRISTOPHERS EM STAUNTON IN THE VALE ÀS 14H30 PT CERIMÔNIA NORMAL IGREJA ANGLICANA SE CATÓLICO ROMANO OU GREGO ORTODOXO FAVOR TELEGRAFAR INSTRUÇÕES PT ONDE VOCÊ ESTÁ E QUAL NOME QUER USAR NA CERIMÔNIA DE CASAMENTO PT SOBRINHA TRAVESSA DE CINCO ANOS E MUITO DESOBEDIENTE QUER SER DAMA DE HONRA UM AMOR DE MENINA SE CHAMA SYBIL PT LUA DE MEL AQUI POIS ACHO QUE JÁ VIAJAMOS DEMAIS ULTIMAMENTE PT ASSINADO PASSAGEIRO PARA FRANKFURT.

PARA STAFFORD NYE BXY42698

ACEITO SYBIL COMO DAMINHA SUGIRO TIA-AVÓ MATILDA COMO MADRINHA DE HONRA PT TAMBÉM ACEITO PROPOSTA DE CASAMENTO EMBORA NÃO TENHA SIDO FEITA OFICIALMENTE PT IGREJA ANGLICANA ÓTIMO TAMBÉM PREPARATIVOS LUA DE MEL PT INSISTO NA PRESENÇA DO PANDA DE PELÚCIA PT NÃO ADIANTA DIZER ONDE ESTOU POIS NÃO ESTAREI MAIS QUANDO ESSA MENSAGEM ALCANÇAR VOCÊ PT ASSINADO MARY ANN

— Como estou? — perguntou Stafford Nye, nervoso, virando a cabeça para se olhar no espelho.

Estava na prova de roupa de seu casamento.

— Não está pior do que qualquer outro noivo — respondeu Lady Matilda. — Os noivos sempre ficam nervosos. Diferente das noivas que costumam ficar descaradamente exultantes.

— E se ela não for?

— Ela vai.

— Eu estou me sentindo... deveras esquisito.

— É porque comeu demais aquele patê de *foie gras*. É só nervosismo de noivo. Não se preocupe, Staffy. Você ficará bem na grande noite... quer dizer, quando chegar na igreja vai ficar tudo bem...

— Isso me lembra que...

— Não esqueceu de comprar a aliança, certo?

— Não, não, só esqueci de dizer que tenho um presente pra a senhora, tia Matilda.

— Que gentileza, meu garoto.

— A senhora disse que o organista tinha saído...

— Sim, graças a Deus.

— Arranjei um organista novo.

— Ora, mas que ideia maravilhosa, Staffy! Onde arranjou?

— Na Baviera... ele canta como um anjo...

— Ele não precisa cantar. Só precisa tocar o órgão.

— Ele toca também... é um músico muito talentoso.

— E por que deixou a Baviera para vir à Inglaterra?

— A mãe dele morreu.

— Nossa, foi o que aconteceu com o outro organista. Parece que as mães dos organistas são muito frágeis. Ele vai precisar de cuidados maternos? Não sou boa nisso.

— Acho que cuidados de avó ou bisavó já serão de bom tamanho.

A porta se abriu de repente e uma criança angelical, de pijama rosa pontilhado com botões de rosa, fez uma entrada triunfal... e disse, em um tom de voz doce, como quem espera uma recepção extasiada...

— Sou eu.

— Sybil, por que não está na cama?

— As coisas não estão muito agradáveis no meu quarto...

— Isso quer dizer que a senhorita fez travessura e a babá está brava com você. O que foi que você fez?

Sybil olhou para o teto e começou a dar risadinhas.

— Foi uma lagarta... uma bem peluda. Eu botei a lagarta em cima dela e ela desceu por *aqui*.

O dedo de Sybil apontou para um ponto no meio do peito que, no linguajar da alfaiataria, é chamado de "decote".

— Não foi à toa que a babá ficou zangada... eca! — disse Lady Matilda.

A babá apareceu nesse momento e disse que Miss Sybil estava muito agitada, que não queria fazer as orações nem se deitar para dormir.

Sybil se aproximou de Matilda.

— Eu quero rezar com você, Tilda...

— Está bem... mas depois vai direto pra cama.

— Tá bom, Tilda.

Sybil ficou de joelhos, juntou as mãos e começou a emitir vários ruídos estranhos que pareciam ser uma preliminar necessária para se abordar o Todo-Poderoso em uma oração. Ela suspirou, gemeu, grunhiu, resfolegou encatarrada e começou:

— Por favor, Deus, abençoe o papai e a mamãe que estão em Singapura, a tia Tilda, o tio Staffy, Amy e a cozinheira e Ellen, Thomas e todos os cachorros, o meu pônei Grizzle, Margaret e Diana, minhas melhores amigas, e, por último, Joan, minha amiga também, e que eu seja uma boa menina em nome de Jesus, amém. Ah, Deus, por favor, faça minha babá ser legal.

Sybil se levantou, trocou olhares com a babá na certeza de ter ganhado uma batalha, disse boa noite e sumiu.

— Alguém deve ter explicado o Benvo pra ela — comentou Lady Matilda. — A propósito, Staffy, quem vai ser seu padrinho?

— Esqueci completamente disso... Preciso ter um padrinho?

— É de praxe.

Sir Stafford Nye pegou um animalzinho de pelúcia.

— O panda vai ser o padrinho... agradará Sybil... agradará Mary Ann... Por que não? O panda presenciou tudo desde o começo...desde Frankfurt...

Notas sobre Passageiro para Frankfurt

Passageiro para Frankfurt é o último livro de espionagem escrito por Agatha Christie. É tido como o octogésimo livro da autora, lançado para comemorar seus 80 anos, mas, para chegar a essa conta, editores tiveram que acrescentar coletâneas lançadas tanto nos Estados Unidos quanto na Inglaterra. Curiosamente, é um de seus poucos trabalhos que nunca recebeu algum tipo de adaptação.

São inúmeras as referências a outros autores nesta obra. Citações de Shakespeare pululam o livro, e a cidade de nascimento do grande bardo inglês chega a ser mencionada na página 141. Há também alusões ao clássico *Alice no País das Maravilhas*, especialmente na figura da Tartaruga Falsa, na página 47.

No entanto, as obras que ganham maior destaque em *Passageiro para Frankfurt* são definitivamente as óperas que compõem *O anel de Nibelungo*, o grande épico da mitologia escandinava e germânica. Com o mesmo estilo do teatro grego — com três tragédias e uma comédia —, *O anel de Nibelungo* é composto por *O ouro do Reno*, *A valquíria*, *Siegfried* e *O crepúsculo dos deuses*. Wagner levou 26 anos para completar a obra, e a execução das quatro óperas em sequência demora cerca de quinze horas. A história é centrada em um anel mágico forjado pelo anão Alberich, o senhor dos Nibelungos, com ouro extraído do rio Reno. O objeto traz grande poder ao seu portador, mas também o amaldiçoa terrivelmente. Apesar disso, as óperas contam como diversas personagens lutaram para conseguir o anel. Siegfried, tão citado por todo o livro, foi um dos maiores heróis da mitologia nórdica, personagem central da Saga dos Volsungos, que conta a origem, o auge e o declínio do clã dos Volsungos.

Passageiro para Frankfurt talvez seja um dos livros mais polêmicos de Agatha Christie. Publicado seis anos antes de sua morte, a autora apresenta uma visão um tanto negativa dos anos 1960 e 1970, colocando as lutas das minorias por direitos civis, os novos gêneros musicais e os movimentos populares de cunho anarquista e socialista como partes do plano orquestrado por um grupo para levar o nazifascismo de volta ao poder. Por conta dessa percepção deturpada que a autora coloca no livro, um crítico à época do lançamento chegou a questionar se Agatha Christie saberia "diferenciar um hippie de um skinhead". É fato que os julgamentos dados ao Movimento Negro, aos defensores de sistemas políticos que não o capitalismo, e às características do "Terceiro Mundo" (um termo que, por si só, já está defasado) são retrógrados. No entanto, é importante lembrar que *Passageiro para Frankfurt* é um retrato de sua época e dos pensamentos de sua autora.

Este livro foi impresso pela Leograf,
em 2023, para a HarperCollins Brasil.
A fonte usada no miolo é Cheltenham, corpo 9,5/13,5pt.
O papel do miolo é pólen bold 70g/m²,
e o da capa é couché 150g/m² e offset 150g/m².